La cabeza de Villa

La cabeza de Villa

PEDRO SALMERÓN

Formación y diseño tipográfico: Moisés Arroyo
Fotografía de autor: Leonardo Monterrubio

Bajo el sello editorial PLANETA M.R.
Avenida Presidente Masarik núm. 111, 2o. piso
Colonia Chapultepec Morales
C.P. 11570, México, D.F.
www.editorialplaneta.com.mx

Primera edición: enero de 2013
ISBN: 978-607-07-1490-0

Impreso en los talleres de Litográfica Ingramex, S.A. de C.V.
Centeno núm. 162, colonia Granjas Esmeralda, México, D.F.
Impreso y hecho en México – *Printed and made in Mexico*

Índice

I. EL DESIERTO

Preludio. María Eugenia sueña con el desierto 11

1. Noticias de Parral 20
2. Mujeres 25
3. Militares 30
4. Derrotas 35
5. Y a esto le llaman ciudad 39
6. Parral 42
7. Un yaqui 47
8. Balas 54
9. Antiguos amigos 59
10. Sotol 66
11. Donde una gentil doncella interrumpe el relato 72
12. Cabalgatas 76
13. Cuencamé 82
14. Asado 87

II. LA CIUDAD

Preludio. María Eugenia sueña con la ciudad 95
1. Un Dorado 105
2. Recuerdos 112
3. Comunistas 120
4. Ferrocarriles 129

III. EL GOLFO

Preludio. María Eugenia sueña con el mar 135
1. Úrsulo Galván 143
2. Donde reaparece la verdadera protagonista de este relato 148
3. Martes de carnaval 156
4. Carnestolendas 164
5. Explicaciones que (quizá) sobran 172
6. Cañeros 180
7. Proyectos de venganza 189
8. Villistas 194
9. Inspeccionando el terreno 200
10. La espera 208
11. Un asalto nocturno 212
12. La ratonera 218
13. Milagros 225
14. Levantando el campo 229
15. Cárceles 233
16. Despedidas 239

Noticia 247

Para Gaby, otra vez

I

EL DESIERTO

Preludio
María Eugenia sueña con el desierto

María Eugenia volvió a soñar con el desierto. De la penumbra vaga de la mente surgían de pronto los dorados rayos que rompían la oscuridad, ese caos de hilos ocres que al acercarse se revelaban como una tormenta de arena levantada por cientos, quizá miles de cascos de caballos de una columna de guerreros fantasmas, descarnados, recubiertos apenas con harapos e informes tocados que acaso recordaban las elegantes formas de los sombreros texanos. El sueño la llevaba —ella lo sabía— del brillante polvo sin forma a los dos fantasmas que guiaban la obtusa cabalgata: uno recordaba a un hombre rubicundo, casi gordo, de poderoso bigote castaño y ojos alguna vez sonrientes; el otro fue en vida cetrino, de mirada desafiante y hercúleos miembros, quien ahora intentaba en vano extraer el perfumado aroma de un cabo de habano tan muerto como él. Cabalgaban sin sentido en el polvo. En diez años había soñado cinco o seis veces el mismo sueño, con pequeñas diferencias. La de esta noche era notable: entre los fantasmas cabalgaba un hombre, uno al que ella conocía pero no recordaba.

María Eugenia sabía, aún en el sueño, que cada vez que veía a esos dos fantasmas alguien cercano a ellos moría de mala muerte. Casi siempre sentía una culposa sensación de gusto al despertar y buscar en su memoria el nombre del posible muerto, anticipando los titulares de los periódicos. El gusto estuvo ausente, sustituido por llanto y tristeza, aquella vez que soñó sabiendo quién era el condenado: todo el país tenía presente que al rayar el alba fusilarían en Chihuahua al general Felipe Ángeles. Bien que murieran aquellos hombres que habían derramado tanta sangre y de tan diversos modos, pero la desconcertaba la presencia del jinete vivo entre los muertos, el jinete insomne entre los dormidos, tocado con un amplio sombrero de charro de faena que mal recordaba un Stetson; la presencia del jinete, que fumaba un cigarro de hoja entre quienes llevaban un cabo de tabaco muerto en los labios. Era nuevo el hombre. Era nuevo, pero ella lo conocía. ¿De dónde lo conocía? Si había vida en la cabalgata, ¿sería que esta vez no anunciaba un fatal desenlace?

María Eugenia temía la prolongación del sueño. Sabía que los jinetes pasaban y pasaban, sin reposo, en esa luz turbia de la pesadilla o del polvo, esos infinitos tonos ocres, hasta la angustia, hacia la muerte. María Eugenia sabía que el círculo de aquellos que cabalgaban la llevaría a un mal despertar, con sudor frío y taquicardia, y su intención era, como siempre, cortar el sueño, regresar a la penumbra de la noche, pero nunca podía. Y ahora, esta noche de febrero de 1925, la intrigaba quien llegaba en yegua fina, el de los pantalones ajustados y las botas polvorientas. ¿Quién era? ¿Por qué estaba entre los muertos?

En el sueño de María Eugenia la cabalgata inició el giro de la curva, el giro que siempre esperaba con angustia. No, el jinete no los haría seguir de frente. Volverían a pasar todos ante ella, ahora más cerca, y el fantasma que cabalgaba a la diestra del jefe, el del puro apagado, clavaría en ella sus ojos vacíos. María Eugenia volvería a ver cómo las siniestras oquedades se transformaban en los ojos acariciadores del hombre que había sido —la mirada irónica, la sonrisa torcida, la maldita expresión— Rodolfo Fierro.

Y siempre despertaba en ese preciso instante, bañada en sudor, en miedo pánico y deseo brutal; con la urgencia del frío del suelo, del vaso de agua, de las empapadas sábanas, de cualquier cosa que la regresara a la vida. Despertaba a la necesidad de respirar con pausa, de asomarse a la ventana donde la luna, aún alta, anunciaba que restaban muchas horas de la noche. Hacía más de un año que no soñaba así; sabiendo que no podría dormirse otra vez, recordó. Quiso rememorar la primera noche, diez meses antes del primer sueño, cuando vio en vida a esos jinetes.

Su memoria guardaba la fecha exacta: el 6 de diciembre de 1914, cuando desfilaron triunfalmente por las calles de la capital las temidas hordas. El pueblo se volcó a recibir a los indios surianos de Zapata y a los bárbaros norteños de Villa. Incluso muchos de los ricos de la capital se apostaron en los balcones de sus palacios para ver pasar a los nuevos hombres del día, esperando que se fueran tan rápido como los de ayer: don Venustiano, con su aire de patriarca bíblico que esconde anatemas tras sus gafas oscuras; Álvaro Obregón, que a María Eugenia le pareció un guapo mozo; los pintorescos y emplumados indios yaquis y los altos soldados sonorenses, tostados por el implacable sol de sus desiertos. Ninguno de ellos había generado, en su desfile victorioso, ni la mitad de la expectativa que atraían sobre sí los nuevos triunfadores.

María Eugenia los miraba desde la ingenuidad de sus quince años. Quince años, aunque para todo fin práctico, como si no los tuviera: las dueñas implacables, la escuela de monjas, el punto de cruz, las acuarelas de corte impresionista y las complicadas artes de la cocina la habían mantenido rigurosamente apartada del mundo y sus engaños. Del amor solo conocía el amor romántico de las novelas —había leído de aquello que llamaban "beso", imaginándolo hasta el absurdo— y no tenía la más remota noción del amor físico, al grado de desconocer su propia geografía corporal. De los picores que asaltaron su entrepierna en el pasado reciente, no se hablaba; de la entrepierna misma no se hablaba. Por no hablar de esas partes del cuerpo, María Eugenia no sabía ni sus nombres.

No olvidó ese día ni los siguientes. Tampoco su madre, sus abuelas y tías, las primas ni los primos hasta el quinto o sexto grado. Más de diez años habían pasado y seguía siendo la comidilla en las reuniones de las viejas casas, en las que recordaban las haciendas, los ingenios, los caballos que tuvieron y perdieron. En algún momento, la Cuquis Escandón, la

Quiquis García Pimentel o la Nena Fagoaga cuchicheaban la pregunta retórica: "¿Recuerdas a María Eugenia?". No terminaría su madre de arrepentirse, no olvidarían lo que pasó aquella noche —el apellido en el fango, ya se sabe—, pero gracias a eso, a ella, varios de los tíos que nunca más le dirigieron la palabra conservaron la vida.

Ahí estaba, en fin, asomada al balcón del palacio de los marqueses de Jaral de Berrio, vestida como para ir a misa, con sus tías, primas y hermanas, los primos más jóvenes —los señores que no habían huido a La Habana o Nueva Orleans se hallaban prudentemente escondidos en las casas de campo de San Ángel o Tacubaya—, cuando pasó la primera tropa: por la derecha, un centenar de jóvenes de piel oscura, delgados, de mediana estatura, vestidos con vistosos trajes charros —la escolta del jefe Zapata, según supo luego—; por la izquierda, otro centenar de jinetes, altos y güeros, guapos y jóvenes casi todos, vestidos de caqui y sombrero texano, montando espléndidas bestias: los famosos "dorados", la escolta de Pancho Villa.

Tras ellos venían los jefes de la columna y ahí fue, recordaba María Eugenia, cuando su vida cambió para siempre. Eran seis generales que ocupaban el ancho entero de la calle: junto a la acera derecha, en el extremo opuesto al balcón, un espigado y rubio joven a quien después conoció hasta en el sentido bíblico: Rafael Buelna, el Grano de Oro. A su lado cabalgaba, también de uniforme, un tipo cetrino, hosco y malencarado al que apenas miró: el feroz Urbina, el León de Durango. Al centro, ataviado con un magnífico traje charro y montando un caballo rosillo, el general Emiliano Zapata. A la izquierda de Zapata, haciendo caracolear a su soberbio alazán tostado, el general Francisco Villa, enfundado en un sobrio uniforme azul y altas mitazas de cuero, respondía sonriente a los vítores de la multitud.

María Eugenia recordaba que apenas miró a Buelna y a Urbina. En cambio, estudió a Villa y Zapata con la atención de la curiosidad: tanto y tan mal habían hablado de ellos en tantas sobremesas, que buscó en la hosca expresión de uno, en la sonriente excitación del otro, a los diablos que tías y tíos pintaban. Pero entonces sucedió: de Francisco Villa, el quinto jinete del Apocalipsis, su mirada pasó sin detenerse por el general Mateo Almanza, que observaba con aire ausente los edificios, y se detuvo en el sexto de los generales, justo bajo el balcón, a tres o cuatro metros de sus ojos.

Era un jinete admirable que hacía reparar a su yegua blanca solo para mostrar sus habilidades ecuestres. Salvo por la pistola y la carrillera que rodeaba su cintura, hubiera pasado por un dandy: vestía un traje de calle, pantalones y americana cortados por un buen sastre, camisa de resplandeciente blancura y planchado impecable, abierta y sin corbata. El corte era perfecto y le permitía lucir su fino talle, su bien formado tórax, sus potentes piernas, esa "figura apolínea", según escribió después el historiador Martín Luis Guzmán, ese continente de "bestia hermosa", como apuntó el célebre cronista John Reed, esa "estatuaria figura" descrita por Nellie Campobello... Los historiadores le han puesto adjetivos como "soberbio" y "magnífico"; sus enemigos, que eran muchos, le decían la Fiera. Alto y membrudo, orgulloso y brutal, manejaba a su yegua con una mano mientras en la otra sostenía un largo tabaco puro al que daba cortas caladas. Bajo su elegantísimo sombrero Stetson gris perla refulgían unos ojos que mezclaban el color de la esmeralda con la frialdad del acero, y facciones tan hermosas y bien proporcionadas como enérgicas y viriles.

El hombre sintió la fuerza del escrutinio de María Eugenia porque levantó la vista y clavó sus ojos en los de la adolescente, que sostuvo su mirada. La acerada expresión anterior, los labios torcidos en sardónica mueca, dieron paso a una mirada dulce y a una sonrisa que, recordaba María Eugenia, eclipsó al sol y opacó a los dos varones más famosos de México, que a su lado estaban. Se miraron largos segundos, hasta que una voz remota ordenó: "¡De frente... marchen!". Entonces el jinete volvió a mirarla, serio ahora, con mayor intensidad si cabe; llevó lentamente su mano al ala del sombrero saludándola a ella, y avanzó al paso de los otros generales.

Lo siguió con la mirada, bebiendo ya sus vientos, hasta que uno de los primos le susurró al oído:

—Es Rodolfo Fierro.

¡Rodolfo Fierro! ¡El matarife, el dedo meñique de Pancho Villa! El tipo del que se contaban hazañas sangrientas y terribles, lo mismo de valor inaudito que de crueldad sin límites, el mejor jinete y tirador de pistola del ejército, el macho entre los machos.

Contradictorios sentimientos embargaron a María Eugenia, quien no sabía qué sentía, qué le ocurría mientras miraba sin ver a los miles y miles de hombres que pasaron bajo su balcón, y cientos de ellos, aunque no lo notó entonces, la miraron con hambre. Temblaba de emoción, de miedo. Más de diez años después sentía aún el calor de la mirada del despiadado asesino. Su cuerpo experimentaba sensaciones nuevas e insólitas y decidió que estaba enamorada. Pero decidió también que sería el suyo un amor platónico y secreto, como el de sus heroínas románticas. Así hubiera sido, solo que Rodolfo Fierro decidió otra cosa.

Al volver a la casa paterna por penúltima vez en la vida, al término del desfile, nadie notó que las seguían dos hombres a prudente distancia; eran dos oficiales de Fierro que informaron a su jefe. Nadie supo a tiempo, tampoco, que esa tarde Fierro sobornó muy generosamente al ama de llaves. Esa noche enviaron a dormir a María Eugenia como si fuera cualquier otra noche, como si nada hubiera cambiado, con el chocolate caliente, la bata de seda y la muñeca traída de París por el abuelo. Pero todo era nuevo: estaba enamorada y el mundo entero había trastocado sus principios fundamentales; la pacífica, la ejemplar Francia se batía a muerte con la industriosa Alemania, y en México hombres rudos e iletrados echaban del poder a los distinguidos caballeros de antaño. Los tíos de María Eugenia se escondían en las afueras o en las aborrecidas Texas o Nueva York. Todo estaba cambiando y ella se sentía dispuesta a cambiar con el mundo.

Con esa disposición de espíritu tardó en conciliar el sueño. Llevaba horas soñando despierta con el apuesto general, minutos soñándolo dormida, cuando la despertó el suave roce de una cálida mano. Abrió los ojos sorprendida y creyó que seguía soñando pues era él, sin sombrero, sonriendo como sonreía bajo el sol unas horas antes. Era él quien le acariciaba la mejilla, la barbilla; él, que cuando vio sus ojos bien abiertos le cerró con suavidad la boca; él, finalmente, el que susurró luego de una eternidad:

—Vente conmigo, mi niña.

Lo siguió, sabiendo a ciencia cierta que sus fantasías eran falsas —no había, no habría príncipes azules ni bellas durmientes—, que nada de lo que creía saber funcionaba ni funcionaría más; que la madre y la abuela, las tías y las primas la excomulgarían, la desheredarían. Lo siguió sin preguntar nada, echándose apenas un grueso camisón sobre el batín, tomándolo de la mano, siguiendo a la criada infiel que le había abierto la puerta.

Más de diez años después, María Eugenia todavía sentía el frío glacial de aquella madrugada, filtrándose por las ventanillas del Packard, camino del palacio que Fierro requisó para alojamiento y cuartel general. La condujo por el desierto vestíbulo, la llevó de la mano escaleras arriba, hasta un amplio aposento presidido por una cama redonda y mullida. La temperatura era agradable, pues ardía el fuego en el hogar y en la mesa había fruta y una botella de champaña puesta a enfriar; la misma champaña, recordaba María Eugenia, que sus tíos le habían negado en las últimas fiestas, meses atrás, antes de la entrada del barbón Carranza a la ciudad.

Lo que siguió dolía, todavía, a diez años de distancia. Le dolía el recuerdo que no podía evitar; le dolía gozar con el recuerdo y reconocer que su mundo había cambiado para bien, aunque tardara años en darse cuenta. Se comparaba ahora, imaginaba ahora la vida de sus primas, y sin duda elegía la suya... con todo y Rodolfo Fierro, quien aquella madrugada la besó cuando ella estaba decidida a dejar que pasara lo que fuera, a hacer todo lo que él dijera, a seguir sintiendo bajo la piel lo que ahora sentía en aquellas partes del cuerpo que ni siquiera tenían nombre, que estaba prohibido mencionar.

No la violó. No. De hecho, fue lento, tierno casi. No hizo nada que ella no quisiera, incluso, se recordó a sí misma, tres, quizá cuatro veces, gimió "más". Esa fue la palabra exacta, "más". ¿Más de qué? De lo que estaba pasando, de las sensaciones de su cuerpo desnudo, hollado, penetrado, sentido; más de sus labios y de sus manos, del fuerte miembro que la abría, de todas esas cosas sin nombre, de todas esas emociones desconocidas, del dolor y la certeza de que se asaría en el infierno.

Durante años odió a Rodolfo y aquella remembranza. Luego, sin dejar de odiarlo —al fin ya estaba muerto: murió el día que ella soñó por vez primera a los guerreros fantasmas—, empezó a recrear aquel día en su imaginación, a tocarse al recordar el primer "¡Más!", a explorarse con lentitud, acariciando aquellas carnosidades, aquellas hendiduras que no tuvieron nombre sino hasta que conoció tan íntimamente a Rodolfo Fierro. Sí, incluso ahora, tanto tiempo después, a veces se tocaba evocando aquella noche. Ahora, pasada una década, en la fría madrugada de febrero —más fría aún que aquella lejana noche de diciembre— su tacto rememoraba esa palabra, que definió los diez días que siguieron. No sabía qué, pero quería más. No lo sabía, tampoco lo supo cuando él, dos "¡Más!" después, le preguntó: "¿La quieres?".

María Eugenia asintió. No sabía de qué se trataba pero asintió porque él preguntaba. Pronto, como ahora recordaban sus dedos, toda ella estuvo viva solo para que él ocupara aquella innominada parte de su cuerpo, para que la ocupara durante un siglo, aunque ahora lo añoró hasta terminar lo que sus dedos hacían. Se acordó también de que aquella vez su mano tenía sangre. Y esa sangre —¡tan pequeña proporción de la sangre por ese hombre derramada!— dio inicio a diez días de locura que acabaron de tajo cuando él desapareció sin aviso.

Momentáneamente satisfecha, pasada la angustia sobrenatural que siempre le despertaba aquel sueño, María Eugenia se dispuso a racionalizarlo. Tardó años en darse cuenta, pero siempre había una explicación.

No era ningún aviso de los dioses sino una aguda sensibilidad construida por ella misma. Así, la primera vez que lo soñó, Rodolfo ya estaba muerto. Los periódicos lo anunciaron al día siguiente, pero llevaba horas como cadáver. Un largo esfuerzo le permitió recordar que algo había escuchado de lejos, en el tranvía, entre la gente que buscaba con afán la tortilla del día en aquellos meses de hambre y devastación.

Se aseó un poco, arregló su pelo, se vistió con cuidado mirando el amanecer. Desayunó un vaso de leche agria con miel y bajó a la calle, donde al ver los titulares de *La Extra* —la noticia no llegó a tiempo a las redacciones para la edición matutina— supo por qué había regresado el sueño de los fantasmas. Seguía sin saber quién era, por qué estaba ahí el guerrero vivo entre los muertos… un hombre que a esa misma hora, mil kilómetros al norte, trataba de enfrentar la mañana.

I

Noticias de Parral

El general Lorenzo Ávalos Puente se negaba a abrir los ojos. El dolor, clavado en la frente, movía despacio su conciencia hacia un día ya avanzado, pero el general se mantuvo clavado en la cama —empapada por su propio sudor, ya frío—, por la conciencia de que tal dolor se recrudecería tan pronto viera la luz. El cuerpo le dolía, en la boca tenía un regusto asqueroso, el olor de la habitación casi le provocaba arcadas y no podía recordar si la noche había sido buena o mala, aunque sabía con quién la compartió.

A tientas, descubrió que el otro lado de la cama ya estaba vacío. Estiró muy despacio las piernas y se sentó en el borde. Con calculada lentitud abrió los ojos y de inmediato buscó desesperadamente el bacín, lleno de un líquido turbio que reconoció como sus orines de la noche anterior. Lo vació por la ventana que daba a la huerta y vomitó con un ruido sordo y doloroso. Solo entonces pudo hacerse una idea del día que era y el mundo que lo rodeaba.

—¡Dolores! —gritó.

La joven prostituta, a quien había conocido un año atrás y con la que desde hacía seis meses dormía dos o tres noches por semana, entró en silencio, moviendo con suavidad sus pies descalzos; llevaba en una mano una botella de cerveza fresca y en la otra un vaso de agua con polvos para el dolor de cabeza. El general la miró con gratitud y apuró ambos líquidos. La muchacha —Dolores de día, Ondina en las noches, y que cumpliría diecinueve años el próximo mes de abril— vestía una bata de lana como las que usaba en el burdel las noches frías. Ávalos metió la mano bajo la única prenda y acarició la suave piel de los muslos, atrayendo a su amante. Una hora después, tras enjuagarse algunas partes del cuerpo y almorzar unos chilaquiles muy picosos, besó a la muchacha y salió al ardiente sol de aquel polvoriento suburbio de Gómez Palacio, Durango. De camino a la estación del tranvía, se arrebujó en el deshilachado suéter para cubrirse del helado viento que barría la calle y desmentía el brillo del sol.

A pesar del desastrado aspecto del precario abrigo, de la vejez evidente de los pantalones caquis de tela fuerte, de las gastadas botas y del amplio sombrero de paja, entre charro y campesino, el general seguía conservando la figura imponente de sus años revolucionarios. Alto y robusto, la piel muy morena, el bigote tupido que seguía usando a la moda de entonces, con erizadas guías arqueadas hacia las mejillas, la nariz recta y la mirada dura, quizá demasiado, imponía respeto. Los transeúntes solían dejarle el camino franco y las mujeres bajaban los ojos a su paso, aunque muchas lo siguieran discretamente con la mirada. El respeto emanaba de su presencia, de su paso militar, ágil a pesar del bamboleo propio de aquellos que cabalgan más de lo que caminan; de él y de su nombre, por todos conocido en aquellos barrios, no de los dos pistolones que colgaban bien visibles de su cinturón.

El general distribuía mentalmente las horas del día, las que faltaban para las cuatro de la tarde, pues se había prometido a sí mismo que estando en Gómez y Torreón nunca bebería el primer trago antes de esa hora, salvo la cerveza medicinal para la cruda. Debía sobrevivir durante cinco horas largas para que llegara el momento autoimpuesto, cinco horas sin nada por delante, sin interés ninguno, sin sueño siquiera.

Al torcer en la última esquina, el general casi se estrella con su amigo y paisano Miguel López, quien evidentemente excitado corría en dirección opuesta a su pausado andar. Lopitos, como lo llamaba el general, se había enrolado en otra vida en la Brigada Juárez de Durango, del general Calixto

Contreras, en la que llegó a ser teniente y secretario del Estado Mayor antes de cumplir los dieciocho años, cuando Ávalos, que ajustaba treinta y cuatro, era mayor y segundo jefe del Tercer Regimiento. A fines de marzo de 1914, frente a la misma ciudad de Gómez Palacio en la que ahora se encontraban, el mayor Ávalos salvó la vida del imberbe teniente, quien desde entonces lo veneraba con cariño filial, casi sumándose a la docena larga de huérfanos a los que Ávalos mantuvo o por los que, como en el caso de López, había dado la cara.

Doce años y medio después de aquella terrible noche frente al cerro de Calabazas, Lopitos era periodista de la nota roja de *El Siglo de Torreón* y conocía los prostíbulos, lupanares y tabernas más o menos clandestinos mejor que el propio Lorenzo Ávalos, que los días que pasaba en Gómez Palacio solía quedarse en uno de ellos hasta el cierre. Lopitos, en traje de calle brilloso por el uso y con una mancha que al general le pareció de aguacate, corbata de colores chillones y manufactura barata, que mal vestían un cuerpo que apenas alcanzaba el metro setenta y con trabajos ajustaría los sesenta kilos (veinte centímetros y cuarenta kilos menos que el general). El conjunto se completaba con un bigotillo que a Ávalos siempre le pareció ridículo y una mirada de asombro permanente tras las gruesas gafas, todo lo cual le daba un aspecto muy poco militar que su protector sabía engañoso. En efecto, pasada su iniciación en las batallas de La Laguna, López resultó un guerrero como el que más y mejor que la mayoría, como lo probó en Celaya, en Trinidad, en León, en Aguascalientes, en cincuenta campos de batalla.

—¿A dónde con tanta prisa, Lopitos? —preguntó Ávalos.

—A buscarlo, mi general.

—Pos no corra tanto. ¿De onde la urgencia?

—Es que... —mudo, el periodista tendió un cable que había llegado cuarenta y cinco minutos antes a la redacción.

La oscura cara del general adquirió un tono entre grisáceo y verdoso.

Arrugó el papel, lo tiró al arroyo y echó a andar con paso largo hacia la estación del tranvía.

—¿A dónde, mi general?

—A los chinos —contestó Ávalos para referirse al viejo hotel de la estación, que seguía conservando el mote aunque ya no era atendido por orientales: no quedaba uno solo en Torreón ni en Gómez Palacio desde la matanza de 1911.

López lo siguió, adaptando su paso al rápido ritmo del general, cuyos puños se cerraban con furia. No dijeron más hasta llegar a la centralita, donde Ávalos fue atendido con la presteza de costumbre, aunque no pidió comunicar con Cuencamé, como solía hacer, sino con Canutillo.

—¡Gutiérrez! —ladró al teléfono—. ¿Qué se sabe?

La mirada de Ávalos vagaba inquieta, la punta de la bota pateaba inconscientemente la base de la barra.

—¿Cómo que nada? —gritó en respuesta a la inaudible comunicación del otro lado—. ¡Busca al general Fernández! ¡En quince minutos llamo, así que date prisa, idiota!

Con los ojos fijos en el reloj del restaurante, Ávalos consumió los quince minutos dichos fumando un cigarro de hoja bajo la preocupada mirada de López.

—¿Qué sabes tú, Lopitos?

—Solo lo que pone el cable, mi general.

Transcurrido el cuarto de hora, el general escupió al suelo el cabo del cigarro y regresó a la centralita.

—Compadre...

Lorenzo escuchó con atención la larga respuesta mientras miraba a López y oprimía de modo convulsivo el cabo del cigarro.

—¿Y qué piensas hacer, compadre?

Otra larga espera. Lorenzo miraba fijamente a López, que empezó a ponerse nervioso.

—¡Cabrones!

La expresión del general acentuaba la dureza de sus rasgos. El ceño fruncido, la mirada dura, el cabo de cigarro que ya no era otra cosa que un informe montón de hojas destruidas en su mano.

—Vale, pues. Que me espere en la estación de Parral. Salgo en el tren de las seis —Lorenzo tiró al suelo los restos de tabaco y volvió a hablar, casi sin pausa—. De Gómez Palacio, compadre, que pregunte a quiora llega el tren de Jiménez.

Una última pausa, un último golpe a la base.

—Que Dios te guarde.

El general pagó las llamadas, y con el ceño fruncido y la mirada torva salió al sol.

—¿Qué pasó, mi general? —preguntó López, viéndolo emprender el regreso.

—Fernández solo sabe que los federales no estaban en Parral. Igual que cuando lo mataron, carajo, cuando se fueron a sus prácticas de hacerse pendejos, ahora los jefes de la guarnición estaban de vividores en casa de sus respectivas putas madres.

—¿Y usted, mi general?

—Esta vez los voy a agarrar. Vete a Torreón, cómprame un pasaje a Jiménez en el tren de las seis y espérame en la estación —como siempre, pasaba al tuteo cuando de dar órdenes se trataba.

—¿Tiene usted dinero, mi general? —se atrevió a preguntar López, conociendo de antemano la respuesta.

—Ni cinco. Ya Fernández me socorrerá. Tú invéntales algo a los ladrones que tienes por jefes; diles que encontraré a los culpables y contaré la historia solo para las mentirosas páginas de tu periodicucho, a ver si me adelantan unos fierros. —Y dejando a López en mitad de la calle, emprendió la rápida marcha de regreso a la casa de Dolores.

2

Mujeres

El general Lorenzo Ávalos Puente entró sin aviso a la habitación de Dolores, a quien encontró vestida con una ligera bata de estar en casa, cepillándose el pelo, preparándose para la agotadora jornada de la tarde. La muchacha, tímida y discreta fuera de su profesión, era una de las más cotizadas del burdel que la Bandida había instalado en Torreón. Además, como Dolores era hija del difunto capitán Urbano García, paisano, amigo y subordinado de Benjamín Argumedo, el León de La Laguna, la lenona la protegía: no en vano había amado hasta la locura al terrible guerrillero que siendo general afamado se la robó de la casa paterna cuando ella apenas ajustaba los quince años.

Ávalos conoció a Dolores unos días después del debut de la muchacha, una fría noche de febrero de 1924, justo un año antes del día en que se enteró de la profanación de aquella modesta tumba ("abandonada", decía un corrido) del cementerio de Parral. La muchacha fue presentada como la última adquisición de la Bandida, en cuyo burdel el general tenía siempre una mesa y una botella, cortesía de la casa, que recordaban a todos que Lorenzo Ávalos había tratado de salvar la vida de Argumedo y no se avergonzaba de ello; que no ocultaba, como tantos, su amistad y compadrazgo con el León de La Laguna. Desde que abandonó Canutillo en agosto de 1923, Ávalos vivía en un permanente estado de ira y frustración que solo apaciguaba, por unas horas, la cerveza alternada con los tragos más fuertes de aquellas regiones, sotoles y mezcales diversos, falso sosiego que lo llevaba a borracheras y resacas atroces. Tenía la certeza de que —como decía un huapango que escuchó antes de que El Ébano se convirtiera en el infierno que fue— moriría de una cruda y su muerte sería muy amarga.

Las borracheras de Ávalos no eran violentas. Solía, además, entregar en el guardarropa la fornitura con las dos pistolas de cacha de nácar: la que el Jefe le había regalado en Torreón en abril de 1914 al mismo tiempo que su segunda estrella, por la que llegó a teniente coronel, y la que le entregó el general Toribio Ortega durante su agonía tras la batalla de Zacatecas, cuando le encomendó que cuidara a su única hija. Ávalos dejaba sus fierros al llegar, se sentaba en una mesa del rincón y bebía, a lo largo de dos o tres horas, la botella de sotol o mezcal que la Bandida en persona le presentaba, anunciando su calidad y procedencia. Algunas de esas noches, no todas, no la mayoría, pero algunas, según la cantidad de alcohol trasegado, reclinaba la cabeza sobre los brazos y lloraba en silencio. Casi siempre, cualquier muchacha libre lo ayudaba a levantarse y lo llevaba a su habitación, donde el general dormía a pierna suelta hasta la mañana siguiente, cuando, si el dolor de cabeza se lo permitía, cogía dulcemente con la prostituta en turno.

A veces creía que esa era la única otra cosa por la que valía la pena vivir: el sexo. Una hembra debajo de él, su cintura desnuda entre sus manos, unas caderas opulentas oprimiéndolo, unos pechos ofreciéndose a su boca; ni siquiera el amor, pues no se sentía con fuerza para tanto. Aquellas mañanas, una o dos por semana antes de conocer a Dolores, cuatro o cinco tras su afortunada coincidencia, en días en que el país ardía otra vez a balazos y él era vigilado de cerca por la policía. El sexo, el placer y el olvido totales, más eficaces que la borrachera, aquello que le permitía ocupar su día en fantasías y desvaríos de pechos y piernas y otras partes del cuerpo femenino. Tanto daba que fueran bonitas o feas, pues bien sabía que había feas que cogían mejor, mucho mejor que las más bellas y bien formadas, de mejor cepa, de cuantas mujeres había tenido. Lo importante era perderse, tenerlas.

Nadie molestaba al general durante sus largas borracheras. Apenas una que otra vez, cuando pasaban por el burdel, lo saludaban Raúl Madero y

Eulogio Ortiz, dos hombres que podían presumir, como él, de haber llegado al generalato en las filas villistas, y que como de una u otra manera se habían acomodado al orden de los vencedores (en realidad Raulito no hizo otra cosa que tener el apellido que tenía, ser hermano de quien era), no trataban de justificar o hacer olvidar de diversas formas su antigua militancia villista, la que pregonaban con orgullo.

Sin embargo, alguna de esas mañanas Ávalos despertaba con la furia intacta y sin decir nada a nadie salvo a Dolores, de quien se despedía con un largo beso que invariablemente terminaba en larga sesión de cama, caminaba hacia la estación de Gómez Palacio y subía al tren para Durango. Horas después bajaba en Pasaje, donde siempre alguien le prestaba un caballo con el que se trasladaba a Cuencamé, esa villa casi sin hombres —aunque quienes eran demasiado niños para tomar las armas en los años heroicos ahora estaban haciéndose hombrecitos, como sus propios hijos— donde sus dos hermanos mantenían el negocio de cría y doma de caballos que le permitía a él vivir sin trabajar en Torreón o Gómez, aunque casi sin dinero, y sobre todo mantener a la hermana solterona y a Domitila, que ante Dios seguía siendo su mujer. Ambas llevaban la casa en que vivían los tres hijos habidos con Domitila antes de 1910, cuatro que había engendrado con otras mujeres durante la lucha, y nueve de diversos compañeros de armas, a los que recogió. El rancho de los Ávalos era una de las propiedades más prósperas del distrito porque el general, a diferencia de casi todos sus compañeros de batalla, había guardado bien el oro a que solía convertir el producto de salarios, rescates y saqueos, y nunca dejó de enviar recursos a la familia. En 1920, cuando el Jefe se rindió —*las cosas como son*, solía pensar Ávalos—, envió a sus hermanos todo el dinero escondido y ellos levantaron rápidamente la propiedad en aquella zona devastada por la guerra y sin dinero circulante.

El general solía pasar dos, tres, a veces cuatro semanas trabajando de sol a sol en las duras faenas del campo, sin tomar alcohol —o casi— ni tocar mujer, hasta que lo vencía la nostalgia, no del sotol, casi tampoco de las muchachas del burdel, sino de aquellos años bajo ese mismo sol, cuando atacaba las posiciones enemigas al frente de sus hombres. Entonces se veía a sí mismo convertido en un ranchero acomodado, casi uno de esos ricos a los que tanto odiaba, aunque se justificaba diciéndose que toda la gente que dependía de él (a los hijos y recogidos había que sumar los dos hermanos, las cuñadas, la anciana madre y una docena de sobrinos) vivía al mismo nivel que casi todos los campesinos de Cuencamé. Entonces regresaba a Torreón, a la misma mesa del burdel de la Bandida, donde malvivía con su media paga de general brigadier "a disponibilidad", donde iba del burdel a los toros y jaripeos, donde pasaba de la cruda a la borrachera sin interrupción ni pausa.

Aquel mediodía de febrero de 1925, aquel mediodía que leyó el cable que le llevó Lopitos, reproducido esa misma tarde en la *Extra* de la "vendida prensa metropolitana" y que le hizo hablar a Canutillo después de año y medio de ausencia, mientras metía una muda de ropa y dos botellas de sotol en la mochila de campaña, Lorenzo miró cómo Dolores se acicalaba frente al espejo. De nuevo recordó la noche en que la conoció, apenas vestida, apenas pintada; rechazó el sotol ofrecido por la Bandida y cortejó a la muchacha, quien tenía turno con uno de los directivos de la fábrica de dinamita, al que plantó por Ávalos. Durmieron juntos, se amaron por primera vez, primera de muchas y única que Ávalos pagó, porque unas horas de Dolores equivalían a lo que gastaba una semana en comida.

Rememorando aquella noche, el general abrazó a la muchacha desde atrás, apoyando su erección entre sus anchas caderas y acariciando los pechos sobre la ropa. Lorenzo besó el cuello de Dolores; ella sintió que se derretía y sabía bien por dónde estaba derritiéndose. Por vigésima vez se sorprendió de que lo que en el burdel era obligado, algunas veces divertido, fuese con él la entrada al cielo. Cerró los ojos y apoyó las manos en el tocador para sentir los labios de su amante y el trato suave de sus manos sobre la piel desnuda bajo la bata. Casi sin darse cuenta, sin separar aquellas manos de su cuerpo, cedió a la suave presión del hombre, que la conducía al lecho. Siempre llevada como en un sueño, casi sin darse cuenta, se vio acostada en el colchón. Lorenzo tocaba, besaba y mordía: desabrochó la bata, buscó los labios de la mujer con los suyos, se hundió entre los morenos pechos. Acarició el sexo de la muchacha como le habían enseñado a hacerlo las compañeras de oficio de Ondina, y cuando Dolores anunció su placer con un gemido, se detuvo a mirarla.

Con la bata enrollada en la cintura, las redondas nalgas que fascinaban a la clientela más selecta, el sexo empapado, las fuertes piernas que terminaban en sus suaves pantuflas, la lánguida mirada posterior al orgasmo, Dolores era aún más bella y deseable. Mirándola con hambre, Lorenzo se preguntó, como casi todos los días, a quién habría perdonado durante la revolución, a quién habría salvado, a quién le habría hecho tanto bien como para que ahora él la mereciera, para que ahora ella lo amara.

Mientras Lorenzo la seguía mirando, Dolores se despojó de la bata y lo hizo sentarse en el sillón, al lado de la cama. Le quitó las altas botas de montar y el pantalón caqui, reglamentario de la caballería villista, que el general seguía usando; luego le retiró la camisa y la ropa interior. Desnudos los dos, se sentó a horcajadas sobre él, lo guió con sus manos de largos dedos, descendiendo suavemente, haciéndolo suyo. Clavándolo al respaldo del sillón, Dolores se movía arriba y abajo con lentitud, y al llegar arriba hacía un suave movimiento circular. Lorenzo olvidó todo lo que no fuera el cuerpo de la muchacha, dedicado a sentirla, a morder sus rosados pezones, a lamerla, a acariciarla. Ella mandaba, subía y bajaba, se movía a su antojo hasta que el general estalló en sus entrañas, entre sus gemidos.

Lorenzo, sin embargo, no la amaba. No todos los días. No siempre. Lorenzo, sin embargo, la amaba cuando la tenía, cuando la hacía suya, cuando la añoraba.

3

Militares

El general Lorenzo Ávalos Puente echó la cabeza hacia atrás y dejó escapar un largo suspiro mientras su miembro flácido salía del cuerpo de la muchacha. Pero Dolores no se movió. Besando los labios y el cuello del vencido guerrero, introduciendo su lengua en la oreja del general, acariciando su pecho y su espalda, le provocó una nueva erección. Lorenzo la levantó en vilo por los muslos y la recostó sobre la cama, penetrándola de un golpe. Dolores movía su cadera debajo de él con giros de bailarina, con un ritmo que lo llevó a una quietud casi total, apoyado en sus codos y rodillas, dejando que ella siguiera mandando. Durante un instante el general pensó que ni la afamada puta francesa que durante dos semanas pagó en la capital once años antes, gastándose buena parte de lo obtenido en la toma de Zacatecas, le había dado tal placer; ninguna se movía como Dolores, pero sobre todo ninguna lo amó como ella salvo, quizá, Domitila, en otra vida apenas recordada. Entonces retomó la iniciativa, la aplastó con su peso penetrándola hasta el fondo y, sin soltarla, irguiéndose junto con ella, asiendo sus anchas caderas, la hizo girar para que volviera a cabalgarlo.

Unos minutos después, acostados uno al lado de la otra, se acariciaron sin prisa largo rato hasta que Dolores se levantó y le ofreció a su hombre una toalla húmeda y un gran vaso de agua fresca. Lorenzo se vistió.

—Me voy —anunció.

—Me di cuenta —dijo ella—. ¿Cuándo vuelves?

—No voy a Cuencamé. Voy a Parral y esta vez no sé por cuánto tiempo.

—¿A Parral? ¿No habías jurado nunca volver, nunca más pisar la tierra regada por la sangre del Jefe?

—Justamente... Anoche profanaron su tumba y robaron su cabeza, y por vida tuya voy a encontrarla.

—¿La tumba del Jefe?

—La cabeza del Jefe. La cabeza del Jefe y a los hijos de la chingada que se la llevaron.

Una hora más tarde, Lorenzo entró al cuartel del 27º Batallón para avisar que saldría de Torreón por unos días. Aunque el país estaba en calma, los generales, jefes y oficiales a media paga debían cumplir rigurosamente la formalidad del aviso, sobre todo desde el año anterior, cuando tantos de ellos se sublevaron contra el gobierno solo para reiterar, a costa de su vida, la invencibilidad del Manco de Celaya (que en realidad perdió la mano en Santa Ana del Conde, como bien recordaba Lorenzo). El propio Ávalos pensó en alzarse con Hipólito Villa y el Profe Chao, pero Hipólito era un imbécil, Chao nunca fue de toda su confianza y en Cuencamé, donde le agarraron las ganas, la fiebre de retomar las armas, nadie se levantó: el general Severino Ceniceros seguía siendo respetado, y como senador de la república llamó a los que quedaban a pelear al lado del gobierno. Ávalos vio pasar la tormenta desde su rancho, vigilado por la policía, yendo todos los días al cuartelito a pasar lista. No lo cazaron porque Ceniceros lo protegió.

El mayor jefe del *detall* del 27º Batallón había sido capitán en las fuerzas de la Brigada Zaragoza de la División del Norte, pero cuidaba su empleo y no lo pregonaba. Sin embargo, tenía consideraciones especiales con Ávalos y se avenía a guardarle los haberes e incluso, en caso de necesidad, a girárselos fuera de la plaza. Pero ese día había algo en el ambiente, porque se negó a autorizarlo a marchar a Parral sin permiso del jefe de la guarnición. Lorenzo estuvo a punto de salir por la puerta y largarse a Parral sin consentimiento, pero sabía que ese encuentro, que venía evitando, tenía que darse tarde o temprano, y preguntó si el señor general de brigada Eulogio Ortiz Reyes estaba visible.

—Para ti siempre estoy, Lorenzo —dijo Ortiz, saliendo de la oficina antes de que el mayor respondiera—. ¿Por qué no habías venido a verme?

—Cómo no, mano, si nos vemos todas las semanas onde la Bandida —Ávalos aceptó la mano que le extendía Ortiz, quien antes de ser un acaudalado terrateniente, represor de agraristas y brazo fuerte del gobierno en Torreón, había sido jefe de regimiento en la Brigada Chao.

—Pero no habías venido a verme. Pásale por acá, mano. ¿Un trago?

—Venga el trago —Lorenzo seguía contemporizando. Mientras, su antiguo compañero de armas escanciaba el ambarino licor, le daba largas al negocio que lo llevaba a aquella oficina.

—Salud.

—A la tuya.

Ávalos dio un sorbo y paladeó el mezcal. Era bueno, pero no lo suficiente como para olvidar quién era su contertulio. Apuró el resto del vaso de un trago y dijo:

—Pues aquí, mano, pasando a avisar que voy a Parral, y no es por hacer la descortesía, pero se me está haciendo tarde...

—No será por lo del Jefe, ¿verdad? —A esas horas, la noticia había corrido como pólvora encendida.

—Pos vieras que sí...

—Pos vieras que la superioridad me instruyó para no dejar ir a naiden. No sé por qué me late que la orden rezaba contigo.

—Pos a menos que me arrestes, porque como general en disponibilidad mi única obligación es informarte.

—Lorenzo, Lorenzo... ¿Cuándo aprenderán que aquello terminó?

—Si terminó, como dices, Ulogio, ¿por qué hicieron lo de ayer? Tú sabes que yo he estado aquí tranquilo, quietecito. Hace un año me invitó Hipólito al desmadre que armaron los seguidores de don Fito de la Huerta...

—Hipólito era un pendejo...

—Pero era hermano del Jefe, y don Fito...

—Fito es un traidor…

—¿Y quién no? —Ávalos procuró que la respuesta no sonara demasiado retadora, pero sostuvo la mirada de Ortiz, quien finalmente meneó la cabeza y respondió:

—Tú no, y otros como tú tampoco. Pero ya acabó.

—Si ya acabó, Ulogio, ¿por qué tanto miedo de que vayamos a Parral?

—¿Yo? ¿Miedo yo?

—Yo digo de la superioridad que dices…

—¿Sabes qué? Lárgate. Total, me la pelan y no creo que encuentres nada. Los muertos, muertos están.

—No es que se acabara, Ulogio: es que perdimos. Pero tú no. Tú ganaste —sin extender la mano, Ávalos salió de la oficina, saludó al mayor y a los soldados con un movimiento de cabeza y se cubrió con el amplio sombrero de charro que llevaba en la mano desde que entró al cuartel. Al salir Lorenzo, la mitad de los soldados se cuadraron.

Ávalos, con la mochila colgando del hombro, pidió un coche para que lo llevara hasta la estación y lo pagó con el último peso que le quedaba. Como otras veces, pensó en renunciar a esa media paga que venía de un gobierno para él aborrecible. Como otras veces, recordó que gracias a ese dinero podía quedarse en la ciudad y hacer el amor con Dolores, lo que en esos días era lo único por lo que valía la pena vivir.

Como él esperaba, López había conseguido un adelanto de setenta pesos del periódico, que le entregó junto con el boleto del ferrocarril. El tren venía retrasado, como casi siempre, y pidieron unas cervezas en la cantina. Bebieron en silencio mientras esperaban. Mediada la cerveza, López preguntó:

—¿No se estará precipitando, mi general?

—¿Lo cree usted?

—No sé… es que así de pronto irse a Parral, nomás por esto…

—Mire usted, Lopitos. Hace un año y medio que estoy sin hacer otra cosa que darle al trago acá, coger con putas, gastarme la pensión, trabajar como burro en el pueblo. Justo vengo de ver al cabrón de Eulogio Ortiz, que se obstinó en recordarme que somos unos perdedores. ¿Cuántas derrotas, López, cuántas? —Ávalos miraba a lo lejos mientras sacaba la bolsa de tabaco. López lo miró sin hablar hasta que el general terminó de forjar y encender su cigarro.

—¿Ortiz?

—Ortiz. Fui a la zona militar a informar que salía de Torreón y me escuchó o le avisaron que ahí estaba. Salió todo zalamero de su oficina, muy uniformado y con sus dos estrellas, todo sonrisas el cabrón. Pretendió no dejarme ir, y todo el tiempo con eso de que ya se acabó... que perdimos.

—¿Perdimos? ¿Quiénes? ¿Él?

—No, él no. Se lo dije fuerte y claro. Nosotros, Lopitos, usted, yo, mi compadre Nicolás Fernández y los que permanecen en Canutillo con él, los que quedan vivos en Cuencamé, los que acá en La Laguna siguen trabajando para los mismos ricos de siempre, todos los que se murieron, todos. Perdimos, pues.

Callaron. Ávalos terminó el cigarro y apuró la cerveza. Bebieron otra, mirando ambos hacia adentro, hacia aquella derrota, hasta que el silbato del tren anunció la partida. Se dieron un abrazo.

—Regresaré, amigo López, que si hay que hacer algo es acá, en nuestra tierra. Voy a buscar la cabeza del Jefe para encontrar la mía.

—Acá lo espero, general. Y si es así, voy juntando a los amigos.

4

Derrotas

El general Lorenzo Ávalos Puente, sentado en el vagón de segunda clase, repasaba todas las derrotas. Las derrotas bajo el sol del Bajío, en esa tierra tan verde y parda, tan distinta y tan igual a los resecos llanos de Durango. El asesinato a traición de don Calixto Contreras, su verdadero jefe; el fusilamiento de Benjamín Argumedo en el panteón de Durango; la muerte de tantos, desde Martín López, que era la lumbre, hasta Felipe Ángeles, a quien nunca pudo entender pero siempre respetó.

Y recordaba la aceptación de la Derrota, con mayúscula, que resultaba de tantas derrotas, y la loca marcha por el desierto que les permitió asumirla, preservando el honor y la vida. Casi seis años atrás, en un atardecer dorado y polvoriento, el Jefe reunió a los generales y los consultó sobre la forma de romper el cerco enemigo y replantear las negociaciones de paz con el gobierno. Nunca olvidaría Lorenzo que fue Sóstenes Garza, nacido en Buenaventura, Coahuila, aunque mecánico en las minas de Parral cuando se levantó en armas a las órdenes del jefe Chao, quien propuso cruzar el desierto y aparecer por sorpresa en su tierra natal, la cuenca carbonífera.

Y hacia allá fueron. Más de setecientos kilómetros de desierto, sin agua ni comida: una cabalgata que duró trece días en los que la memoria del Jefe, el oficio de Nicolás Fernández y la buena suerte les permitieron encontrar los aguajes del camino. Los soldados del gobierno buscaron por todos lados a la columna desaparecida: una vez más, como tantas otras, se podía decir del Jefe que estaba en todas partes y en ninguna. Entonces tomaron Sabinas y desde allí el Jefe telegrafió al nuevo presidente: "Con usted sí me rindo".

Y se rindieron, los ochocientos que ahí estaban y los pocos miles regados en la vasta geografía norteña. Lorenzo Ávalos recordaba los cuatro días de descanso pasados en Sabinas bajo los grandes árboles a la orilla del río, en ese fresco oasis en el desierto donde se bañaron, se cortaron el pelo, comieron bien y durmieron por primera vez en años sin temor al enemigo. Y luego la marcha a Canutillo, pasando por el rancho de Raúl Madero, que se portó como un hombre, como siempre; descansando en Tlahualilo, donde se concentraron todos los que seguían llamándose villistas y cada cual consultó consigo mismo su futuro inmediato: hubo quien decidió regresar al pueblo abandonado una vida atrás, a la labor agrícola, a la familia; o quien, como el compadre Juan B. Vargas, aceptó la oferta del gobierno y se integró al ejército con su grado y antigüedad. Otros se fueron a probar suerte, a hacer una nueva vida luego de este final que todos intuyeron que sí, que era el definitivo, que se había acabado la revolución. En Tlahualilo, Lorenzo aceptó la invitación: quedarse con el Jefe como uno de los cincuenta dorados que podrían acompañarlo a la remota y aislada hacienda de Canutillo.

Ahí escrituraron a nombre de Lorenzo la hacienda de San Salvador; también ahí pusieron otras haciendas a nombre de Nicolás Fernández y Albino Aranda. Al Jefe le escrituraron Canutillo, aquel vergel donde cinco años atrás tuvo su guarida Tomás Urbina, el León de Durango, ahí donde Fierros y el Jefe fueron a cazarlo. Formalmente, Lorenzo Ávalos se convirtió en hacendado, pero sabía bien, como lo sabía Fernández, como Aranda, que la tierra no era suya, que ahí se establecerían las colonias en que vivirían los últimos leales. Y cabalgaron desde Torreón a Canutillo, la última cabalgata.

Tres años vivieron ahí, al cabo de los cuales empezaban a asimilar la derrota, a levantar la cabeza, y entonces el gobierno envió a sus matones contra el Jefe: lo emboscaron en Parral una madrugada de julio. Al día siguiente, Lorenzo desfiló al lado de Nicolás Fernández en el último adiós al hombre que durante diez años (más bien siete, en el caso de Lorenzo) los condujo en la victoria y en la derrota, y por tres más en la labor agrícola. Tras el entierro, Lorenzo se emborrachó casi hasta la congestión y abandonó Parral bajo promesa de no volver.

El tren paró en Yermo varias horas y Lorenzo se acercó a la máquina para inquirir la razón. El maquinista, que había estado en los trenes villistas, lo saludó con respeto sin darle explicación, porque no tenía otra que la orden de parar hasta nuevo aviso. La noche era tibia y Lorenzo envió al garrotero por unas cervezas.

—¿Se acuerda, mi general, que aquí mismo se formó la división completa para atacar Torreón? —preguntó el maquinista.

—No puedo acordarme, amigo, porque los hombres de don Calixto Contreras atacamos por la vía de Durango. Nosotros, con los de don Orestes Pereyra y otros cabrones de los que no quiero acordarme, nos formamos en Pedriceña.

—Ya —media cerveza después, añadió el maquinista—. Llegaron quince trenes. No sé cuánta gente traiban, pero estaban todos los de Chihuahua y muchos laguneros. Se veía hermoso. Los caballos se removían nerviosos, contagiados por los hombres, que sabían que muchos de ellos iban a morir en los días siguientes. Bien decía el Jefe que iban a sobrar muchos sombreros. Todos formados por brigadas y regimientos, con sus jefes al frente, bajo el sol, y el Jefe saludándolos a todos. Ahí estaban con sus uniformes caquis los meros buenos, Felipe Ángeles...

—Lo fusilaron en Chihuahua en el 19.

—José Rodríguez...

—Lo asesinaron a la mala en un pueblo de la sierra. Lo traicionó un Bencomo a quien luego busqué...

—Don Toribio Ortega...

—Se murió tres meses después en Zacatecas. Yo lo vi morir… si hasta me encargó a su hija única.

—Don Eugenio Aguirre Benavides, mi mero jefe…

—Lo mató un carranclán traidor cuando estaba a punto de cruzar la frontera, allá en Tamaulipas.

—El malvado Fierro…

—Se ahogó en Casas Grandes, delante de mis ojos.

El maquinista volvió a callar un largo rato, los ojos fijos en las estrellas.

—Alguno quedará vivo, mi general.

—Algunos quedamos, amigo.

Siguieron bebiendo y encargaron otras. El maquinista hablaba a ratos, interrumpiendo los silencios del general. Amaneció con los deslumbrantes colores del desierto cuando Lorenzo, por el frío, había pasado de la cerveza al sotol, y el maquinista y el garrotero al café que el jefe de sección del ferrocarril pudo llevarles. La nariz de Lorenzo le indicó a las claras que aquello no era café, quizá tenía alguna traza de café ya hervido, mezclada con garbanzo o alguna otra porquería, pero no invitó a los hombres a beber sotol: si iban a conducir el tren donde él iba, mejor que no lo hicieran.

Finalmente llegó la orden de salida. La máquina pitó y la gente regresó a sus lugares. Lorenzo se quedó en la máquina y en ella hizo el viaje hasta Jiménez.

5

Y a esto le llaman ciudad

El general Lorenzo Ávalos Puente caminó bajo un sol de justicia los quince minutos que separaban al hotel de la estación de Ciudad Jiménez. El tren a Parral ya había salido y no habría otro hasta la madrugada siguiente. A dos calles de la plaza, un hermano del difunto general Baudelio Uribe tenía una cantina donde Lorenzo sabía que todos los parroquianos se mostrarían respetuosos con la memoria del Jefe, cuya fotografía dedicada a Baudelio presidía la barra americana.

Lorenzo se detuvo unos segundos en la puerta de La Toma de Zacatecas para permitirle a sus pupilas adaptarse a la oscuridad del interior, violentamente contrastante con el cegador brillo de las polvorientas calles de aquella población que siempre le sugería la misma idea: *¿Y a esto le llaman ciudad?*

No había ciudad ni pueblo del norte en que no se vieran mutilados de guerra, pero el manco recargado en la barra no podía ser otro. Después de cinco años de guerra juntos y de tres de cotidiana convivencia en Canutillo, Lorenzo no podía confundir esa manera de apoyarse, esas espaldas anchas volcadas amorosamente hacia la copa, esa forma tan insolente de echarse el sombrero tejano sobre la nuca, ese estilo característico. Los dos hombres se saludaron con un estrecho abrazo, tomaron asiento y esperaron sus cervezas.

—Te esperaba, general. Cuando supe en Parral del retraso del tren de Torreón, me vine pa acá.

—¿Y por qué no estabas en la estación?

—Por este sol maldito, hermano. Además, ya sabía que vendrías.

—Vine.

El capitán Ramón Contreras era el único superviviente de la emboscada de Parral en la que asesinaron al Jefe. Aunque herido en el brazo izquierdo que le amputaron horas después, pudo sacar la pistola y repeler la agresión, matando a uno de los asesinos. Casi sintió tres o cuatro balas que le disparó Melitón Lozoya y oculto tras los árboles del puente vio a los matones escapar al paso de sus cabalgaduras, sin ninguna prisa, sabiendo, como sabían, que los soldados de la guarnición estaban fuera de la ciudad, "haciendo prácticas". Luego diría: "Yo también hubiera querido morir".

—Le pedí a Nicolás que mandara un asistente cualquiera, no a un valiente —dijo Ávalos tras unos instantes de silencio.

—En Canutillo solo hay valientes. Me mandó a mí porque ya solo estoy bueno pa correr caballos y orita no hay ferias en Durango.

—Por otras razones te habrá mandado, manco.

—Dice Nicolás que tú eres el más listo de todos nosotros y, sobre todo, general, el más porfiado, así que si quieres agarrar a los tales por cuales que profanaron la tumba del Jefe, sea en buena hora. También dijo que me pusiera a tus órdenes.

—¿Me mandó varo?

—Quinientos pesos pa ti y pa mí.

—Alcanzan. Ora cuéntame lo que se sabe.

—Casi nada, Lorenzo. Antier, al alba, un sepulturero encontró abierta la tumba. No la sacaron, nomás escarbaron y rompieron la caja a la altura de la cabeza. El jefe de jardineros de Parral y los sepultureros pudieron saber, porque antes de antier llovió y el cementerio era un lodazal, que las ratas brincaron la barda por el sur y seguramente eran sardos porque las huellas eran de botines con estoperoles.

—Cabrones.

—Eso. Y ya no se sabe más. La policía arrestó a un gringo y a un cabrón que parece que es primo de doña Luz Corral, pero creo que no tienen nada que ver.

—Ya veremos.

—El jefe Nicolás y los generales Albino Aranda y Sóstenes Garza amenazaron ayer mismo con moverse con toda la gente sobre Parral, pero el gobernador Enrique Nájera...

—Quien manda es el cabrón de Jesús Agustín Castro.

—Sí, pues, pero fue Nájera el que les habló pidiéndoles calma. La verdad es que amenazaba sutilmente con echarnos los federales a Canutillo...

—Sutil no es ese cabrón.

—Va aprendiendo, desde que el manco ladrón y Castro lo pusieron de gobernador. Pero olvida a ese cabrón. Justo entonces hablaste y Nicolás decidió acuartelarse en Canutillo y mandarme a mí a Parral pa esperarte y luego decidir qué hacer.

—¿Y eso es todo lo que se sabe?

—Fue todo lo que pude averiguar ayer, pero nomás que lleguemos hablamos con los jardineros y un contacto en la policía al que cité hoy en la noche.

—Pos tendrá que ser mañana, manco.

—Hoy mismo, Lorenzo: aquí el hermano del difunto Baudelio nos empresta un fotingo pa que nos lleven a Valle de Allende, y de ahí a Parral tenemos bestias de recambio.

—Pos vámonos yendo.

6

Parral

El general Lorenzo Ávalos Puente y el capitán Ramón Contreras entraron a Parral dos horas después del anochecer del 8 de febrero. El polvo y el sudor del camino les formaban costras de lodo en la cara y el pelo, y parecían dos agotados fantasmas amarillos. Desmontaron de las espléndidas yeguas que les habían prestado más adelante del Valle, tan sudorosas y cansadas como ellos mismos, al tiempo que un hombre de huaraches, sombrero ancho y pantalón de dril salía de la cantina.

—Mi general, mi capitán —saludó quitándose el sombrero—. Los oí llegar.

—Cepilla a las bestias y dales un buen pienso, Gumaro —ordenó Contreras.

—Ahí espera el capitán Godínez, mi general —dijo el mozo mientras les tendía toallas húmedas.

—¿Godínez? ¿No es uno que estuvo con el jefe Trini? —preguntó Lorenzo.

—Ese mero. Se amnistió en el 17 y luego consiguió chamba de tira en Parral, porque era cuate del difunto Luis Herrera —respondió Contreras.

—Sí, me acuerdo. Lo tenían amenazado cuando mataron al Jefe. Amenazado y todo, nos contó que mandaba a los matones ese Salas Barraza, a quien un día voy a encontrar…

—Yo no estaba para averiguatas, con la fiebre que traiba. Y lo de mi brazo —recordó Contreras, levantando el muñón.

Sacudido el polvo de las ropas, enjugado el rostro, seguras las yeguas, los dos hombres entraron a la cantina, la única en Parral que frecuentaban los antiguos villistas que no se avergonzaban de serlo, la única con tres o cuatro fotografías del Jefe en las paredes, la única cuyo dueño no temía a los Herrera ni a los caciques, entre otras cosas porque en 1913 había salvado la vida de Luis Herrera en la batalla de Tierra Blanca y porque también tenía colgada, detrás de la barra, la fotografía de Maclovio con la leyenda: "Gral. Maclovio Herrera Cano, jefe de la Brigada Benito Juárez. División del Norte".

Tras abrazar al cantinero, quien les destapó sendas cervezas, los dos hombres se sentaron en la mesa del rincón, donde Godínez los esperaba desde hacía casi una hora.

—Mi general, tengo el gusto de presentarle a usted al capitán Gonzalo Godínez, jefe de grupo de la policía municipal de Parral.

—Y que ya era capitán en Celaya, de la Brigada Trinidad Rodríguez, creo acordarme —dijo Lorenzo estrechando la mano del policía.

—Sí, mi general, ya era capitán entonces, hace más de diez años. Y capitán me voy a quedar, porque no hay vuelta al ejército y aquí, en la policía, pa arriba solo está el comandante y sigo siendo demasiado villista pa llegar a tal.

—Lo recomienda el capitán Contreras, aquí presente, como uno de los leales.

—Se hace lo que se puede, mi general, usted sabe que no es fácil.

Los tres hombres guardaron silencio hasta terminar las primeras cervezas, tras lo cual el cantinero puso en el centro una botella de sotol y se sentó con ellos. Entonces habló el policía:

—Me dijo Ramón que quiere usted encontrar a los profanadores de la tumba del Jefe.

—Voy a encontrarlos, capitán. Y la información que pueda darme me servirá para empezar.

—¿Qué le va a poder decir, mi general? Si todos sabemos que fueron los federales —terció el cantinero.

—Sí, fueron los federales —Godínez miró al cantinero de mala manera—. Sus jefes estaban haciéndose pendejos fuera de la plaza y parece que solo había un par de capitanes en Parral. Las huellas en el panteón no dejan duda.

—¿Y no sería que usaron aposta esos zapatones pa confundir? —preguntó Lorenzo.

—¿Y justamente el día que los tres jefes del regimiento estaban fuera y el presidente municipal también? No, mi general, demasiada casualidad.

—Éste me dijo algo de un gringo y de un primo de doña Luz —dijo Lorenzo, señalando a Contreras con la cabeza.

—¡Qué gringo ni qué la chingada! —intervino otra vez el cantinero.

—Éste cree saber más que yo —dijo Godínez con otra mirada dura—, pero tiene razón. Un gringo que hablaba buen español, chaparrón, muy tostado, estuvo preguntando por la tumba del Jefe. Venía de Chihuahua en un fotingo con placas de Texas que manejaba Alberto Corral, que casualmente es primo de doña Luz, en efecto. En la mañana del día 6, cuando se descubrió todo, la gente vio el coche todo enlodado afuera del hotel Juárez y casi los linchan, pero no fueron ellos.

—¿Seguro?

—Seguro, mi general. El gringo, Holmdahl…

—¿Holmdahl? ¿Chaparrón y colorado, de unos cincuenta años?

—Sí, mi general, así es el gringo.

—Mira por dónde. Ese cabrón era de los mercenarios que manejaban los cañones de mi compadre Martiniano, antes de que se nos juntara mi general Ángeles. Dicen que luego fue guía de los zopilotes de Pershing.

—¿Los diez mil gabachos que vinieron a matar al Jefe? —preguntó Contreras solo para darle cuerda a Ávalos.

—Las diez mil gallinas güeras que nos pelaron los dientes, Ramón.

Callaron, porque los cuatro habían vivido parte de esa historia y cada uno se sumergió por unos minutos en sus recuerdos.

—Si estás seguro de que no fue el gringo, dinos lo que sabes —Ramón Contreras interrumpió el silencio.

—Solo se sabe que fueron los federales, los de aquí mismo, el 11° Batallón del coronel Francisco Durazo. Pero ni siquiera se sabe qué vela tuvo ese cabrón, que estaba con los otros jefes en un rancho que se robó, en Salaíces, haciéndose pendejo. Ora que bien mirado, que estuviera allá ese día ya es casualidad, como les decía, pero más allá de eso ya no nos dejaron averiguar. Calculo que no fueron más de cinco o seis cabrones los que entraron al cementerio.

—Pues algo es algo, capitán —dijo Ávalos—. ¿Tiene usted trato con algún oficial de la guarnición?

—Trato tengo, mi general, pero no para preguntarles eso. Perdóneme, pero por ahí no puedo.

—Lo entiendo, capitán. Habrá que comprar a algún sargento entonces. Creo que la cagamos llegando con tanto ruido, pero probemos a pescar a alguno. Tras apurar el último trago de sotol, Ávalos se levantó y preguntó al cantinero:

—¿On tan los burdeles de sardos en este pinche pueblo? ¿La bruja Soledad sigue atendiendo la comezón de los federales?

—Sigue, mi general, pero ahí lo conocen a usted demasiado y más aún al manco. Además ha decaído, a puro sardo atiende. Los cabos y sargentos…

—Me conocen pura madre: yo nunca me he parado ahí ni cojo con las putas de los federales —aclaró Ramón Contreras.

—En esta ciudad, capitán, todo mundo te conoce —insistió el cantinero y volvió a dirigirse a Lorenzo—. Hay un burdel nuevo, por el barrio de San José, donde hay muchachas más frescas, inditas bajadas de la sierra, gorditas y sabrosas, que es el que frecuentan los sargentos y hasta algunos oficiales cuando la madrota anuncia carne nueva. Por allá debe buscar, pero ahí también conocen al manco.

—Iré yo solo, pues. Ya me esperará Ramón en el hotel Juárez…

—Ningún hotel, mi general, acá arriba hay cuartos limpios a su disposición, a menos que le sobre plata.

—Se agradece y se acepta, porque plata no sobra. Muchas gracias también a usted, capitán Godínez, le aprecio en su valor lo que ha hecho.

—Quedo a su mandar, mi general, por si surgen problemas —dijo Godínez, quien se paró y saludó ceremoniosamente a los tres contertulios.

Tan pronto salió Godínez de la cantina, Contreras dijo:

—Mejor que no vayas solo, general.

—Los sargentos federales me pelan los dientes, manco.

—De uno en uno y hasta de tres en tres seguro que sí, general, pero de cuatro en banda pa arriba son muchos, incluso pa ti.

—¿Y entonces?

—Tonces, general, vamos a buscar a unos valedores; siempre quedan leales en esta puta ciudad o en los pueblos cercanos. Mientras, nos bebemos un par de tragos más, que pa los burdeles todavía es temprano —alzando la voz hacia la puerta abatible, Contreras gritó—. ¡Eh, tú!

—¡Mi capitán! —respondió el parroquiano que se sintió aludido.

—¡Llama a Gumaro, mi asistente! ¡Se estará haciendo pendejo allá afuera!

7

Un yaqui

El general Lorenzo Ávalos Puente vigilaba la puerta del burdel, amparado en las sombras. Tres antiguos soldados de la División del Norte, vestidos con camisas de manta y pantalones de dril, calzados con huaraches que habían visto mejores tiempos y envueltos en raídos sarapes para enfrentar el frío, esperaban a su espalda. La madrugada se acercaba y Lorenzo resentía en todo el cuerpo el cansancio de las jornadas precedentes y la ya larga espera.

—Ese está bueno, mi general —dijo uno de los hombres en voz apenas audible cuando un sargento uniformado, visiblemente ebrio, salió del lugar.

Lorenzo y sus hombres lo siguieron en silencio durante un par de calles; en un paraje más oscuro, el general aceleró la marcha hasta poner una mano sobre el hombro del suboficial.

—¡Amigo!

El sargento se volvió deprisa y al ver a los tres ensarapados detrás de Lorenzo, con las pistolas en la mano, trocó su expresión de furia por otra de miedo y sumiso preguntó:

—¿Dígame?

—Tenemos que hacerle unas preguntas nomás, y le pagaremos. Pero venga con nosotros, sin ruido, si hace usted el favor —dijo Lorenzo, despojando al sargento de una pistola no reglamentaria que llevaba encajada entre la barriga y el cinturón.

Lo condujeron hacia una ruinosa casa abandonada que los soldados le habían mostrado al general unas horas antes. Una vez adentro, bajo la tenue luz de una lámpara de campaña, Lorenzo dijo:

—Somos villistas, mi amigo, y andamos buscando al tal por cual que robó la cabeza de nuestro Jefe.

El sargento se puso amarillo y cayó de rodillas. La borrachera se le había evaporado.

—Por mi madre santa, jefecito, que yo no sé nada.

—Pues más le vale que se acuerde antes de que amanezca, si sabe lo que le conviene —dijo Lorenzo con calma glacial al tiempo que uno de los soldados sacaba un cuchillo de caza para limpiarse las uñas; el sargento calló por un rato mientras miraba con angustia las caras de los cuatro hombres. Finalmente se levantó y dijo en voz baja:

—Señores, yo no sé nada, pero dicen que el sargento Lino Pava estuvo ahí.

Lorenzo echó mano a la cartera y despacio sacó, uno tras otro, tres billetes de cinco pesos. Con el dinero en la mano, miró de frente al sargento:

—El sargento Pava no vivirá en el cuartel, ¿verdad?

—No, papacito, tiene una casita en el barrio de San José.

—Pues andando.

Los cinco hombres caminaron en silencio, a paso militar, durante poco más de diez minutos hasta que, desde una esquina, el suboficial federal les enseñó a los villistas una sencilla casita de adobe.

—Es ahí.

—Gracias, sargento —dijo Lorenzo tendiéndole los quince pesos, que el hombre tomó con presteza—. Por cierto, ¿me permite su cartilla?

—¿Mi cartilla?

—Su cartilla, sargento.

—Pero… dijimos… quedamos…

—No diré que fue usted quien nos informó, pero por si acaso, sargento, su cartilla.

El federal le tendió un cartón arrugado que Lorenzo leyó con cuidado antes de devolvérselo.

—Muy bien, sargento Luciano Cabrera. Todos confiamos en que el sargento Pava sea el hombre indicado, ¿verdad?

—Sí… sí, papacito.

—Váyase pues.

—Perdone usted, pero… ¿y mi pistola?

—Su pistola… —Lorenzo la sacó del cinturón, abrió el cargador y lo vació, quedándose con las balas en la mano. Le extendió el arma descargada al federal—. Su pistola, sargento. Ahora sí, lárguese.

—Qué clase de cobarde —comentó con desprecio uno de los antiguos villistas cuando vieron doblar la esquina, casi corriendo, al aterrorizado sargento.

—De la peor clase —dijo Lorenzo mientras echaba a andar—. Hay que terminar esto antes de que amanezca. Ustedes dos vayan por atrás y cuiden que no escape por la huerta. Usted venga conmigo.

Pistola en mano, Lorenzo llamó con fuerza a la endeble puerta de madera mientras gritaba:

—¡Sargento Pava! ¡Lo requieren en el cuartel! ¡Urgente!

—¡Voy, ya voy! —contestó una voz somnolienta desde el interior— ¡Espéreme!

—¡No puedo, mi sargento, tengo que ir también por el sargento Cabrera!

—¿Cabrera? —Ávalos creyó escuchar en voz muy baja— ¿No será lo de…?

Mientras esperaban a que el sargento saliera, Ávalos indicó a su compañero, con una seña, que se apostara a un lado de la puerta; ambos amartillaron sus pistolas y las apoyaron en el pecho del sargento, empujándolo hacia adentro de la casa tan pronto éste abrió la puerta.

—Sí —dijo el sargento—, es lo del otro día. Ustedes serán villistas, ¿no es cierto?

El hombre hablaba con pausa y sin que se le alterara el rostro pétreo y oscuro en el que brillaban dos ojos negros y duros como la obsidiana. Las afiladas facciones, la elevada estatura, su piel oscurecida y la impávida expresión, que no mutaba ante dos pistolas apuntando a su pecho, identificaban al sargento Pava como uno más de esos irreductibles indios de las tribus yaqui y mayo que tanto abundaban entre los suboficiales y la baja oficialidad de las corporaciones militares formadas originariamente en Sonora, como el 11º Batallón de Infantería, de guarnición en Parral.

—Tomen asiento, señores. Esto tenía que pasar y mejor que yo se los diga y no uno de esos cobardes de Cabrera o Figueroa; además, le debo la vida al Jefe de ustedes. ¿Un trago?

—Cuéntenos, pues… ¿tendrá bacanora? —preguntó Ávalos mientras indicaba al exvillista que fuera a buscar a los otros.

—Tengo —dijo el sargento, quien al ver entrar a dos más sacó cinco pequeños vasos.

—A su salud, sargento, y a la de Sonora.

—A la suya, ¿coronel?

—General. Lorenzo Ávalos, para lo que guste, sargento.

—¿Ávalos? Pues a su salud, mi general, y a la de Durango… Y sí, lo recuerdo de esa vez que yo decía, cuando el de ustedes me perdonó, nos perdonó.

—Ya recuerdo, sargento… ¿la Cuesta de Sayula?

—La Cuesta de Sayula, mi general. Nos hicieron pomada y las infanterías yaquis nos íbamos rindiendo por líneas, y aunque nos dábamos cuenta de que así como caíamos nos fusilaban, ya no podíamos pelear más, ya no podíamos siquiera levantar el fusil. Fueron tres días duros… —evocó Pava en silencio.

—Muy duros… yo estaba en la Brigada Fierro —recordó a su vez uno de los villistas, chasqueando la lengua luego de un largo trago al bacanora.

—Ese Fierros era el que daba las órdenes para fusilar a los nuestros que se iban rindiendo.

Los villistas callaron mientras el sargento volvía a llenar sus vasos.

—Nos acabábamos de rendir, tiramos el Mausser; yo ya ni tiros traiba, el último lo había disparado un rato antes. Nos empezamos a entregar los del 15º Batallón de Sonora, primero los de la primera compañía y luego nosotros, los de la segunda, y el Fierros ése los taba formando pa fusilarlos, a los de la primera, cuando se escuchó un grito a la distancia, lejos pero bien clarito. Era uno de esos mentados dorados, había varios, pero el que venía adelante fue el que gritó: "¡Fierros! ¡Que dice el Jefe que ya no mates ni uno más!". El sargento yaqui tenía la mirada vuelta hacia dentro y hablaba a pausas, entre sorbo y sorbo de bacanora, en el respetuoso silencio de los villistas, añadiendo una letra de más al apellido del temido general villista.

—El coronel Juan B. Vargas... —completó el soldado que había luchado a las órdenes de Fierro, ante la mirada de Ávalos.

—Fierros lo oyó. Clarito lo escuchamos todos, pero ordenó a su gente —el soldado villista bajó la cabeza—: "¡Mátenlos, y que los carguen a mi cuenta!", y cuando llegó el dorado que usté dice, Fierros soltó una risotada y exclamó: "Llegaste tarde: ¡ya están muertos!".

—Los dorados —continuó el sargento— nos entregaron presos, unos trescientos quedábamos, a la gente de usté, mi general, de ahí lo recuerdo.

—Sí, nosotros, los de la Brigada Juárez de Durango, reunimos a todos los prisioneros y los llevamos pa Guadalajara, donde dos semanas después los canjeamos por la gente de Durango que Diéguez tenía presa en Colima, de los nuestros; buena gente. Casi todos murieron poquito después, cuando ustedes nos pegaron cerca de León.

—Guadalajara —murmuró en voz baja el villista que había peleado con Fierro y miró otra vez a Ávalos, con mayor atención, esforzándose por penetrar en aquel recuerdo alcoholizado. Sí, era él, el oficial que les impidió comerse a aquella palomita, a aquella preciosa putita de general.

—La de León fue la buena —decía Lino Pava.

Los hombres callaron. La pausa se alargó; el tabaco perfumó la estancia y al fin habló el sargento:

—Ustedes, señores, están buscando al capitán José Elpidio Garcilazo.

—¿Garcilazo? ¿El que fusiló al general Manuel Chao? —preguntó uno de los exvillistas que no había hablado.

—Él nomás mandó el pelotón: lo fusilaron por órdenes del gobierno —dijo el tercer soldado.

—Así es, señor. Ese es Garcilazo; a ése buscan, pero justo ayer se fue pa México. Dicen que lo comisionaron para otro cuerpo, pero nuestra oficialidad no cambia desde el 17, menos los que se murieron en los últimos agarrones con ustedes y los que la palmaron en el 24.

—¿Es de Sonora?

—El coronel Durazo, los otros jefes y la mitad de los oficiales son de Sonora. Ese Durazo es un buen jefe, valiente pero algo bruto, por eso no ha pasado de coronel. Yo vengo peleando a sus órdenes desde el 12.

—¿Desde el 12? —preguntó el primer soldado—. ¿Y cómo es que sigue de sargento?

—Porque soy indio y cuando me alevanté ni siquiera sabía el castilla, ahí lo fui aprendiendo con los jefes, que no eran de nuestra gente. Apenas pal 14 ya lo hablaba regularmente, pero no sabía leer ni escrebir y soldado me quedé. Luego, en el 21, cuando mi general Obregón llegó a la grande y se acabaron los tiros, pudimos aprender, y me hicieron cabo y luego sargento en los fregadazos del 24. Y sargento me voy a quedar.

—Otros indios de su tribu llegaron a generales —dijo el tercer soldado.

—Si, pero sabían leer y escrebir y hablaban el castilla.

—¿Y el coronel Durazo o algún otro de los jefes no sabrá lo que sabe Garcilazo? —preguntó Lorenzo tras otra de las pausas del yaqui.

—Saben, pero no los va usté a poder agarrar. Además, el bulto se lo llevó Garcilazo, dicen que a México, pero a saber. Lo único seguro es que ayer tomó el tren de Jiménez —poniéndose en pie, Pava añadió—. Ya estarán tocando diana. Un gusto volver a verlo, mi general, es usté de tierra de valientes. Un gusto, señores: les ruego que salgan por la huerta y se vayan veredeando nomás, por el lado del río, pa que no los vea la gente.

Los villistas estrecharon la mano del sargento y salieron en silencio por donde éste les indicó. Afuera de la casita de adobe clareaba la aurora.

8

Balas

El general Lorenzo Ávalos Puente durmió casi doce horas, inmune a los ruidos de la calle, a la luz del sol que se colaba entre las cortinas y al calor asfixiante del cuartito cedido por el cantinero. Las campañas guerrilleras le habían enseñado esas formas de sueño: días sin tregua y, de pronto, la posibilidad de reponer el descanso perdido, sin importar que tronaran los cañones ni que los aeroplanos gringos sobrevolaran el escondido campamento buscando al Jefe, buscándolos...

El sol se escondía tras las montañas cuando Lorenzo cruzó las puertas abatibles de la cantina donde lo esperaba desde hacía varias horas el capitán Ramón Contreras. Lorenzo devoró cuanto a la mesa le puso el cantinero mientras platicaban pasadas glorias y ya anochecido salió a las calles, siguiendo a Contreras. Fumaban gruesos cigarros, caminando sin prisas por las calles empedradas, mientras hablaban en voz muy baja.

—Los hombres me contaron lo que les dijo el sargento yaqui y estuve averiguando por Garcilazo.

—¿Y quién es?

—Un oficial bastante mediocre pero hermanado con otros, todos de mayor graduación, que se levantaron en Sahuaripa y la región serrana de Sonora en 1912. Se dice que son doce o quince, hay dos o tres de ellos en la Secretaría de Guerra y cuatro o cinco tienen mando de batallón, incluido Durazo, el que aquí tenemos. Parece que el mayor Almada, también del 11º Batallón, es de los mismos.

—Gente de Obregón.

—Gente del Gordo Artajo.

—El Gordo Artajo, gobernador de Sonora.

—El Gordo Artajo, jefe del 4º Batallón de Sonora en 1913.

—¿Y para qué profanar la tumba? ¿Qué se les había perdido? ¿Qué querían demostrar?

—Eso lo tienes que averiguar tú, y al parecer en México. Como les dijo el sargento, Garcilazo salió con comisión oficial y ya no pertenece al 11º.

—¿A quién tenemos en México?

—¿Amigos en México, Lorenzo? Que yo sepa, solo civiles como don Federico González Garza.

Se detuvieron frente a la silueta de la parroquia de San José, que se recortaba contra el cielo azul oscuro de la noche.

—Nicolás sabrá —dijo Lorenzo.

—Nicolás sabe. Por eso viene en camino.

—¿Viene?

—Sí, estará por llegar a una fonda que se halla como a tres kilómetros en el camino a Villa Ocampo. El dueño es gente de nosotros y Nicolás siempre se hospeda allí para no entrar a la ciudad.

—¿Y qué hacemos aquí nosotros, manco?

—¿Nosotros? Cruzando la ciudad pa salir de aquel lado, donde los hombres de ayer nos esperan con las bestias.

—Pos vamos apretando el paso.

—Al contrario, vámonos quietos, que ya levantamos bastante polvareda con tus averiguaciones de ayer y la gente de Jesús Herrera nos está vigilando.

—Creí que esos que nos siguen desde el hotel eran tuyos.

—No, no son nuestros.

Los dos hombres, seguidos por las tres o cuatro sombras detectadas por Lorenzo, continuaron su caminata en silencio hasta internarse en el barrio de los mineros, donde los policías y los esbirros se abstenían de entrar de noche. Sin embargo, los villistas notaron que sus perseguidores no se detuvieron por ello. Ramón empuñó su pistola y Lorenzo lo imitó. A una clara señal, ambos se echaron al suelo en medio de la calzada, abriendo fuego contra las sombras de la bocacalle que acababan de dejar atrás, donde al menos un hombre fue tocado a juzgar por el grito.

Balazos en Parral: nada del otro mundo. El silencio se hizo más espeso, las escasas luces de los domicilios se apagaron haciendo más densa la oscuridad. Ávalos y Contreras se arrastraron hacia la esquina más próxima, parapetándose tras ella. No se veía gran cosa, tampoco se escuchaba nada. Pasaron varios minutos en silencio hasta que el manco volvió a hacer una seña y caminaron más que a prisa hasta la siguiente esquina, él mirando hacia adelante, Ávalos cuidando las espaldas. Pararon otra vez y Contreras disparó los cinco tiros que quedaban en su arma; se acuclilló y sostuvo la pistola con las rodillas para volver a llenar el cargador con su única mano mientras Lorenzo escudriñaba la negrura.

—¿Por qué tiraste? —le preguntó Lorenzo en un susurro.

—Para atraer a los nuestros, que están a unas cinco cuadras de aquí, porque los que nos siguen son seis al menos.

—Cinco, porque bajé a uno —se ufanó Lorenzo.

Volvieron a esperar un par de minutos antes de echar a correr hasta la siguiente esquina. Esta vez Lorenzo escuchó clarito otras pisadas por detrás, pero al alcanzar la pared le llegó el ruido de otros hombres que arribaban por la calle perpendicular. Cinco, seis disparos de pistola dieron constancia de que alguno o algunos de los perseguidores habían tomado la esquina recién abandonada por Lorenzo y Ramón.

Contreras también oyó el trajín de los que venían por el lado, por lo que se apostaron en la esquina, volviéndose hacia cada una de las calles en las que escucharon pasos. Lorenzo apuntaba hacia la pared donde él y Ramón habían estado segundos antes; Contreras, hacia la calle perpendicular por la que llegaban sus nuevos enemigos. Varios de los atacantes hicieron fuego y Lorenzo disparó inmediatamente hacia donde percibió los fogonazos: un grito le hizo saber que había acertado, y para evitar que lo tocaran a su vez, rodó sobre sus codos. Ramón Contreras lanzó un característico chiflido, tras lo cual disparó tres veces y dijo a Lorenzo:

—Corramos: no son los nuestros.

Se incorporaron de un brinco y volvieron a lanzarse entre una lluvia de balas que rebotaban a su alrededor y silbaban sobre sus cabezas; sus enemigos disparaban guiándose por el ruido de sus pasos. Tres veces Lorenzo y Ramón giraron el cuerpo para tirar contra los otros sin acertar. Solo fueron dos calles, no más de veinte segundos, los que así vivieron los dos antes de parapetarse en otra esquina desde la que Contreras volvió a soltar el mismo chiflido, que ahora sí recibió respuesta. A las detonaciones de la segunda pistola del general siguió una descarga cerrada: cinco o seis de los perseguidores dispararon hacia donde vieron los fogonazos del arma, pero al hacerlo delataron su posición a los compañeros de Contreras, los tres villistas que la víspera acompañaron a Lorenzo en sus indagaciones y que ya habían advertido lo que ocurría. A los veinte o treinta tiros efectuados contra la esquina donde se refugiaban, siguieron otros tantos hechos desde el rumbo hacia el que corrían Lorenzo y Ramón; se escucharon varios gritos antes de que los esbirros, a su vez, huyeran por donde habían llegado.

—¡Vámonos! —gritó Lorenzo, que sintió que el alma le volvía al cuerpo.

—No, esos no regresan —dijo Ramón—. Déjame ver.

Seguido de Lorenzo avanzó hasta la mitad de la calle, donde se oían los débiles ayes de dos hombres que rogaban a la virgen y a todos los santos de la corte celestial. Dos soldados caminaron hasta la esquina, desde la cual volvieron a tirar hacia el rumbo por el que huyeron los atacantes, mientras otro alumbraba con una linterna sorda a los caídos: dos muertos y dos heridos.

—¡Mire nada más, mi general! —exclamó el soldado—. El sargento Cabrera, el de anoche.

Lorenzo miró a los aterrados ojos del suboficial, que imploraba:

—¡Por su madrecita santa, mis jefes, socórranme!

—¿Por qué nos atacaron, sargento? —preguntó Lorenzo.

—Órdenes del coronel, jefecito… por Dios, perdóneme —rogó el suboficial federal.

—¿Y por qué se enteró el coronel de que andábamos por aquí? ¿No se lo habrás dicho tú, cacho cabrón?

—Por mi madrecita le juro que no, jefecito, nada bueno podía salir si se enteraba.

—No, nada bueno —Lorenzo le dio la espalda y echó a andar hacia la salida de Parral.

—Bueno verlo, Lorenzo —dijo Contreras—. Ya no cabe duda, fueron los federales.

No habían caminado diez pasos Lorenzo y Ramón cuando escucharon otro balazo. Se volvieron hacia atrás con las manos en las pistolas y vieron que uno de los soldados, el de la Brigada Fierro, acababa de rematar al sargento Cabrera; Lorenzo meneó la cabeza desaprobando el hecho, pero no dijo nada. Diez minutos después, cinco antiguos villistas marchaban a toda rienda rumbo al sur. Tras breve cabalgata, los interrumpió un grito en la oscuridad:

—¿Quién vive? —además de la voz, de metálico y altanero timbre, escucharon el inconfundible sonido de media docena de cerrojos de Winchester.

—¡Villa! —gritó Contreras.

—¿Qué gente?

—¡La Brigada Juárez de Durango! ¡Baja los fierros, Danielito! —gritó a su vez Lorenzo, que había reconocido la voz del teniente coronel Daniel Tamayo, con quien se fundió en un estrecho abrazo.

9

Antiguos amigos

El general Lorenzo Ávalos Puente bajó del caballo y entregó las riendas a uno de los hombres que, carabina en mano, esperaban emboscados a unos cincuenta metros de la ya visible silueta de la fonda. Mientras sus tres acompañantes de la víspera esperaban junto a la media docena de agazapados, Ávalos se dirigió a la casa acompañado por Tamayo y Contreras.

Sentados en una pequeña mesa, bajo la escasa luz de un quinqué de petróleo, dos hombres aguardaban ante una botella de sotol casi intacta y tres sillas vacías. Un queso fresco de generosas proporciones y una olla de frijoles junto al molcajete con su salsa recién hecha esperaban a los recién llegados, lo mismo que el olor de las primeras tortillas de harina que dos hombres echaban al comal. Cuatro o cinco individuos más ocupaban un banco recargado en una de las paredes. A todos los saludó Ávalos por su nombre mientras Tamayo y Contreras tomaban asiento, y finalmente se dirigió a los dos que a su arribo se encontraban a la mesa.

—¡Compadre! —abrazó al primero, un delgado cincuentón, alto, de tostado rostro surcado de arrugas y abundante cabellera todavía castaña. Era el general Nicolás Fernández Carrillo, administrador de Canutillo y jefe visible de los últimos villistas agrupados en las colonias militares entregadas por el gobierno en 1920, el único hombre que podía presumir haber estado al lado del Jefe desde noviembre de 1910, y aun antes, hasta julio de 1923, salvo cuando andaba de permiso o comisión.

—¡Compadre! —estrechó al segundo, que aunque tenía la misma edad que Fernández, aparentaba diez años más. Solo quedaban en él, del guerrero que había sido, la manera de llevar la pistola y cierto aire en la mirada. Era el general Sóstenes Garza, segundo jefe de la Brigada Chao en los tiempos heroicos de la División, y con Fernández, Albino Aranda y el propio Lorenzo, uno de los cuatro generales que el Jefe eligió para que se quedaran a su lado luego de rendirse en julio de 1920.

Tan pronto se sentaron, Lorenzo preguntó a Garza:

—¿Te dejaron volver a Canutillo, compadre? —Ávalos se refería a la sonada participación de Garza, al lado de Hipólito Villa y su antiguo jefe, Manuel Chao, en la rebelión delahuertista iniciada en diciembre de 1923.

—Nos dejaron. Fue una de las condiciones que pusimos para entregar las armas.

—No estaban para poner condiciones —terció Fernández con aspereza.

—No realmente, compadre. Desde el principio fue un desastre. Nunca entendí por qué el jefe Chao siguió al pendejo de Hipólito, que en paz descanse.

—Yo también estuve a punto de agarrar los fierros —apuntó Lorenzo—. La policía lo sospechaba y me seguían a todos lados. Al final me mandó llamar el jefe Ceniceros y me explicó que los que se levantaron eran de los peorcitos de todos, y que la simpatía del Jefe con don Fito de la Huerta no era razón pa volvernos a alzar. No fue eso lo que me convenció, sino la evidencia de que me estaban siguiendo. Ceniceros me dijo que me habían puesto en la lista y me iban a fusilar, pero que dio su garantía. Fue por él que no me rebelé.

—¿Y por qué querías rebelarte? —preguntó Fernández.

—Por rencor, por venganza, por furia. Taba fresco lo de Parral: apenas eran seis meses del asesinato del Jefe y siempre supimos que Obregón y Calles estuvieron detrás de Salas Barraza y los asesinos, siempre creímos que mandaron matar al Jefe justo pa prevenir que no se levantara con don Fito.

—Pos sí —dijo Garza—. Por eso nos alzamos al grito de "¡Viva De la Huerta!".

—Así fue —dijo Fernández—. Pero con rebelión delahuertista o sin ella, Obregón y Calles habrían mandado matar al Jefe más tarde o más temprano; más temprano que tarde.

—Lo tenían sentenciado —rumió Lorenzo.

—Sentenciado o no, Lorenzo, esa fue la única razón del jefe Chao pa juntarse con los delahuertistas —dijo Garza.

—Este cabrón —Fernández, mirando a Lorenzo, señaló a Garza—, junto con Ernesto Ríos y otros doce o quince, se salieron calladitos de Canutillo para Baqueteros, donde se sumaron a Chao. Nos pusieron en un predicamento: el hijo de la chingada de Germán Trenza, comandante militar de Durango, movió tres mil hombres a Nieves y Villa Ocampo y otros dos mil a El Oro, y amenazó con barrernos del mapa. Tuve que suplicarle al hijo de la chingada.

—Te repites mucho, Nicolás —dijo Ávalos.

—Chao fue nuestro jefe en la División, compadre, y nos mandó llamar. Ni modo que no fuéramos —se disculpó Garza.

—Tu jefe era yo, cabrón, y casi nos cuesta lo que tenemos —amonestó Fernández.

—Ya me disculpé en su momento, compadre. Además, lueguito esos cinco mil soldados de Trenza se fueron sobre nosotros. Lo peor fue que Chao no exigió el mando y que Hipólito, el hermano pendejo del Jefe, sentía que su apellido bastaba y sobraba para batir a Trenza. Nos rompieron todita la madre y agarraron a Chao, el último jefe de brigada que quedaba de los buenos tiempos…

—No era el último, compadre. Siguen vivos Máximo García, el jefe Chalío y don Severino Ceniceros… —le recordó Ávalos.

—Máximo y don Chalío están muertos en vida y tu jefe Ceniceros va pa allá. Te contaba, compadre, que fusilado Chao, y viendo la pendejez de

Hipólito, Ernesto y yo decidimos rendirnos con toda la gente y negociamos con Trenza. El cabrón aceptó nuestras condiciones porque Obregón lo estaba presionando pa acabar en chinga la campaña de Durango, y moverse a Jalisco y Michoacán con todas sus fuerzas; allá sí los estaban apretando —prosiguió Garza.

—Así fue, compadre. En esas quebraron a Buelna, el Granito de Oro.

—¡Salud! ¡Por mi general Manuel Chao, por mi general Rafael Buelna! —propuso Daniel Tamayo. Todos bebieron.

La pausa que siguió marcó el nuevo giro de la plática, iniciado por Fernández, que interrogó a Ávalos:

—Lorenzo: acá Garza, Albino Aranda y yo nos hemos estado preguntando desde hace tres días qué es lo que realmente buscas al agitar el avispero.

—La cabeza del Jefe.

—Estás loco.

—La cabeza, Nicolás: la cabeza del Jefe. Polvo y huesos, nada. Pero es la cabeza.

—Estás loco.

—Es la cabeza, Nicolás. Nos rompieron la madre, perdimos; no éramos nada luego de haberlo sido todo. Y cuando empezamos a levantar cabeza, mataron al Jefe como advertencia. Ahora hasta se burlan los cabrones: al llevarse la cabeza quisieron hacernos saber que ya no somos nada. La cabeza; Nicolás, Sóstenes, Ramón, amigos todos: la cabeza. La necesito.

—Estás loco.

—¿Por qué te fuiste a la revolución, Nicolás?

El general Nicolás Fernández no contestó esta vez a bote pronto; se tomó tiempo para masticar un trozo de queso y abrir otra botella de sotol. Finalmente, en voz mucho más baja de la que había usado hasta entonces, empezó a contar despacio, haciendo largas pausas entre trago y trago:

—A mí, Lorenzo, no se me había perdido nada. Tenía un buen trabajo que me gustaba y, además, allá en Valle de Allende nadie estaba contra Díaz. Los gallos tuvieron la culpa. Yo conocía al Jefe, también a Tomás Urbina y algunas veces los contraté como vaqueros. El Jefe tenía buen ojo pa los gallos y mis patrones eran dueños de los mejores del sur de Chihuahua; cosas así, compadre.

"Cuando empezó todo, Urbina pasó por la hacienda con un recado del Jefe y nos fuimos; me llevé a todos los vaqueros. Yo no era ningún chamaco, sin embargo decidí ir con él. Nos pegaron un par de veces, pero seguimos y le agarramos el gusto. Luego ya era capitán, y cuando se crearon los dorados el Jefe me hizo desde el principio comandante de una de las secciones, y me fui quedando. Y ya.

"La verdad, Lorenzo, es que a más de quince años todavía no sé por qué chingaos me fui a la revolución. Pero sí sé que lo volvería a hacer; todos los días sé que me iría de nuevo".

Siguió un largo silencio en el que todos masticaron las palabras de Nicolás Fernández; Lorenzo se preguntó por qué nunca habrían hablado de eso. En la guerra había largas pausas y luego, en Canutillo, tiempo entre las labores, mucho tiempo. Pero justo como un rato antes, solían consumirlo entre botellas, hablando de cosas que todos sabían de una u otra forma, o que se iban complementando. Siempre hablaban de la guerra, nunca de sus vidas antes de 1910; siempre hablaban de balas, nunca de razones. Otra ronda de tragos y Lorenzo preguntó otra vez:

—Y hoy, Nicolás, ¿por qué sigues? ¿Por qué no vives como Máximo García o como don Raúl Madero, retirado en tu rancho sin hablar nada, disfrutando la vida?

—En primeras, porque yo no tengo un ranchito como los de ellos; en todo caso estaría como el jefe Chalío, dando vergüenzas y cuidando miserias, y tampoco bregamos tanto para nada. He descubierto que soy bueno pa administrar y sobre todo pa negociar: dos veces, desde que mataron al

Jefe, ha sido esa mano izquierda que nunca supe que tenía la que salvó a Canutillo. Pero más que eso, compadre, ahí sigo por lealtad al Jefe, por lealtad a lo que somos y lo que fuimos, por mí, por los amigos. Para que mientras vivamos se sepa que un día hubo una División del Norte, me voy a quedar.

El silencio, más espeso que el anterior, fue interrumpido otra vez por Lorenzo:

—¿Y tú, Sóstenes?

—Yo me crié en Coahuila como sabes, compadre, y ahí aprendí el duro trabajo de las minas de carbón. No hay trabajo más miserable que ese, y algunos, jóvenes y sin familia, que leíamos los periódicos, nos largábamos de ahí cuando podíamos; así llegué a emplearme en las minas de Parral. El trabajo era menos malo y mejor pagado, pero la única seguridad que teníamos era que moriríamos viejos, agotados y en la pobreza, a no ser que nos matara un derrumbe antes. Los abusos de los capataces y los gringos, aunque no visibles, eran cotidianos, compadre. Supimos lo de Cananea, lo de Río Blanco, porque siempre había alguno que recibía *Regeneración*: lo que sacamos de eso era que nada podía hacerse, que el mundo era así y así sería. Que solo tocaba jodernos.

"Pero cuando don Pancho Madero empezó sus giras, el profe Chao nos juntó a algunos de los que leíamos a los Flores Magón. Los maderistas de Parral eran de los riquillos del pueblo y nosotros no queríamos tener que ver nada con ellos... por cierto que muy rápido los mataron a todos, porque no sabían nada de fierros ni de pelear, y así fue que Maclovio Herrera llegó a jefe de los de Parral. Nunca nos quisimos con los de Maclovio, pero era un valiente de los que ya no hay... excusando a los presentes.

—¡Por Maclovio, aunque haiga sido un Herrera, aunque haiga chaqueteado! —propuso Daniel Tamayo y todos brindaron.

—No nos equivocamos —continuó Garza tras la pausa de rigor—. Supimos que otro país es posible cuando ganamos Chihuahua y el Jefe llegó a gobernador, cuando conocimos a los calzonudos de Zapata y entendimos qué querían. Y yo sigo, Lorenzo, amigos, porque ya no sé hacer otra cosa ni estar con otra gente, ni quiero.

—Si le vas a preguntar a todos, Lorenzo —dijo Nicolás Fernández—, vamos pa largo y la noche es breve. Nosotros tenemos que devolvernos pa Canutillo antes del amanecer, así que te pregunto otra vez, compadre, ¿qué quieres?

10

Sotol

El general Lorenzo Ávalos Puente apuró el caballito, tercero o cuarto de la noche, y volvió a llenarlo hasta el borde. Por el sabor, y conociendo a Nicolás Fernández, quería creer que era sotol de Coyame, del mero desierto de Chihuahua, de donde salieron los duros hombres de la Brigada González Ortega. Mirando a trasluz del sucio quinqué, Lorenzo recordó al jefe de aquella brigada que en el lecho de muerte le encomendó a su única hija y le regaló su bien más preciado: la pistola con cachas de nácar que Lorenzo siempre cargaba junto con aquella otra que le regaló el Jefe. Ávalos propuso un nuevo brindis:

—¡A la salud de mi general Toribio Ortega!

—El más leal —completó uno de los hombres que rodeaban la mesa.

—El más bizarro —recordó otro.

Bebieron. Callaron.

—Ya te lo dije, Nicolás —volvió a hablar Lorenzo—. No somos su burla.

—De acuerdo, compadre, y te lo agradezco. Pero, ¿qué vas a hacer? Aquí el manco —dijo señalando a Ramón Contreras, que no había pronunciado palabra—nos informó de lo que encontraron en Parral. Si Durazo está involucrado, si fue ese canalla de Garcilazo el que se llevó la cabeza, a fin de cuentas vas a topar con el presidente Calles...

—Turco hijo de puta —interrumpió Lorenzo.

—Y con el general Obregón o al menos con el Gordo Artajo y con el Indio Amaro —completó Fernández, haciendo caso omiso de la interrupción.

—El presidente, el caudillo, el gobernador de Sonora, el secretario de Guerra —recapituló uno de los antiguos villistas que, recargados en la pared, escuchaban la plática de los tres generales y el manco Ramón Contreras; a cada nombre o título levantaba un dedo como si remarcara, solo para asimilarlo en su justa medida.

—Esa es la cosa —intervino Garza—. Supón que encuentras a Garcilazo, supón que lo matas, supón que te cuenta todo y supón, que ya es mucho suponer, que no te matan por eso. ¿Hasta dónde vas a parar? ¿Crees que podrías acercarte a Amaro o a Artajo, por no hablar del turco Calles?

—Además —atajó Fernández—, si fue Obregón, la verdad es que sus razones tiene. ¿Sabes que el muñón del brazo le sigue sangrando? Aquí nuestro amigo Ramón perdió también el suyo, pero cicatrizó bien; el doctor de Parral, el del Jefe, le hizo una cura tranquilo y en paz, y fuera de no tener brazo…

—O sea, nada —dijo rencoroso Ramón Contreras.

—… y fuera de no tener brazo, está bueno y sano —insistió Fernández—. Pero Obregón, con todo su poder, su fuerza, su fama, su prestigio, es un enfermo… y si quería la cabeza del Jefe…

—Vale ya, amigos. Por lo pronto voy por Garcilazo y luego vemos. Si lo de la cabeza fue una señal que nos mandaron, lo de Garcilazo será otra. Cabeza por cabeza.

Así de fácil, pensó Lorenzo. *Estamos vivos, estamos listos, es hora de volver*. Ahora lo entendía.

—Cabeza por cabeza —repitió en voz más baja.

—Cabeza por cabeza —repitió Garza.

—Estás loco —dijo Tamayo.

—No tanto, Daniel. No tanto. Quizá tenga razón —dijo Contreras.

Callaron un rato largo, meditando en lo dicho por Lorenzo. Alguno caminó a la puerta y miró la noche estrellada, otro rellenó los vasos de sotol. Por fin, habló Nicolás Fernández:

—Digamos que sí, compadre. ¿Cómo piensas encontrarlo? Un capitancillo que puede estar ahora en cualquier lugar entre el rancho de la Tía Juana y los cafetales del Soconusco. ¿Preguntarás en la Secretaría de Guerra?

—Yo no, compadre, pero tú puedes orientarme.

—Mira, compadre, cuando nos rendimos en el año 20 tú te dedicaste a lo que te tocaba y, según sé, desde que te fuiste de Canutillo has estado en lo tuyo nomás, así que no sabes el desmadre que se traen los federales. Encontrar a un capitán al que movieron de regimiento con ganas de esconderlo es más difícil que hallar a un general sonorense que no se haya hecho rico.

—Es que desde el 20 traen un soberano desmadre que no han podido arreglar, ni siquiera con la matazón del año pasado, en la que casi me lleva la chingada a mí también —dijo Sóstenes Garza.

—Desmadre es poco. Tú, Lorenzo, has estado en tu pedo, pero nomás pa que te des un quemón, ¿sabes quién es el nuevo jefe de la guarnición de Durango? —preguntó Fernández.

—¿Removieron a Germán Trenza, el amigo aquí de Sóstenes?

—¡¿Mi amigo?!

—Claro que tu amigo, Sóstenes —terció Fernández—. Te perdonó la vida en el 24. Pero no, Trenza sigue de jefe de operaciones militares del estado; yo digo el jefe de la guarnición de la capital.

—¿Pos quién?

—José Guadalupe Arroyo.

—¿Arroyo? ¿El de San Isidro?

—Ese mero.

—Gente colorada de Pascual Orozco.

—De esos. Arroyo y los serranos de Chihuahua se aliaron en el 20 con Obregón. Toda esa gente la mandaba Anastasio Corona…

—El Camaleón, primo de Pascual Orozco.

—Así es. Y el cabrón del Camaleón ahora es general de división y jefe de la zona militar de Chihuahua, pero, ¿quién lo hizo general?

—Pos yo creo que era coronel con patente de Madero —dijo Lorenzo.

—Y es general desde el 12: cuando la rebelión de Orozco, nos pegó durísimo en Satevó. Yo iba con el Jefe y tuvimos que salir pitando pa Torreón, on taba el Chacal Huerta. Y ya por entonces el Camaleón era general —dijo Ramón Contreras.

—Pos eso, y Arroyo también llegó a coronel... con patente del Camaleón. Ese es el desmadre, mano —siguió Nicolás—. ¿Quién reconoce esos grados y a quién se le reconocen? Es como Eulogio Ortiz, que me dicen que anda muy juntito contigo y que es buen amigo aquí de Sóstenes...

—Ni madres —dijo Lorenzo—. Yo ni lo saludo al cabrón.

—Yo menos. Desde el 16, cuando se rindió, no le hablo. Era mi cuate porque, como yo, un tiempo fue jefe de regimiento en la Brigada Chao, pero es un ladrón y un oportunista —apuntó Garza.

—Ahí está la cosa —dijo Fernández—. ¿Quién hizo general a ese cabrón? ¿Quién lo hizo coronel?

—Lo hizo coronel el jefe Chao, en el 13... y el Jefe lo hizo general, creo, por el 15 o 16 —recordó Garza.

—Pos ahistá. Nomás los de Sonora y los que se les pegaron antes del 15 tienen clarita su hoja de servicios. Ni siquiera los de Coahuila.

—Trenza es de los de Coahuila, ¿verdad? —preguntó Lorenzo.

—De esos, igual que el gobernador Nájera y su jefe Agustín Castro —siguió explicando Nicolás Fernández.

—Bueno, los generales de división de antes del 20, como el correlón de Agustín Castro, la tienen clara. Ellos no tienen pedo —dijo Lorenzo.

—Pero de antes del 20 nomás son nueve divisionarios, y ni eso, porque en el 24 quebraron a Alvarado, a Diéguez y a Cesáreo Castro. Pero en el 20 y en el 24 promovieron a más de veinte por tanda.

—Y súmale los zapatistas... y los colorados como el Camaleón y el Juan Andrew Almazán, que ora es millonario. Y los federales, que están a media paga...

—Y más pa abajo es peor —remató Fernández—. O sea que necesitas un contacto en la Secretaría de Guerra… O cerca.

—¿Madinabeitia? —preguntó Lorenzo luego de reflexionar sobre el asunto.

—No. Ése se ha juntado demasiado con el turco, y aunque no se avergüenza de nosotros y a muchos de los nuestros les ha hecho la valona de certificarlos pa que les reconozcan grado o antigüedad, la verdad es que su compromiso es con Calles —dijo Fernández.

Bebieron en silencio hasta que uno de los oficiales, que escuchaba desde el banco de la pared, propuso:

—Mi general Severino Ceniceros no estará cerca de ellos, pero fue senador con Obregón y sigue teniendo peso en el Partido Nacional Agrario. Sé que lo estima y lo respeta a usted, mi general, desde antes de la revolución. ¿Por qué no acude a él?

—No quisiera deberle otro favor —dijo Lorenzo en voz baja.

—Pues no se me ocurre otra —respondió Fernández.

Lorenzo bebió un trago largo y pensó en la propuesta que le hacían.

—Vale, pues, voy a Cuencamé, donde Ceniceros pasa la mitad del año, y le pido que me mande con algún contacto en México, como ustedes dicen. ¿Así? —preguntó.

—Así, compadre —dijo Garza.

Bebieron, volvieron a servirse y vaciaron otra vez sus tragos. Nicolás Fernández se puso en pie y todos lo imitaron.

—Así, compadre. Nos vamos. Alisten las bestias —cuando salieron todos los hombres menos Ávalos, Garza y Contreras, continuó—. No puedes volver a Parral, porque ya hay mucho ruido ahí; peor todavía con la balacera de hace rato, que hasta acá se oía.

—Vale. Me voy a Valle de Allende y allí tomo el tren a Jiménez.

—Tampoco, compadre, porque tu amigo López nos telegrafió diciendo que la gente de Eulogio Ortiz te espera en Torreón; si llegas a Cuencamé calladito, donde todos te conocen y te cuidan, es otra cosa. Desde ahí te sigues por Durango y Zacatecas. Tendrás que cabalgar hasta Cuencamé. Van contigo el manco y los tres hombres que ayer te acompañaron. Salen mañana al rayar el alba.

—Gracias, compadre, y gracias por el dinero. Me alcanza pa llegar a México y pasar unos días allá.

—Ten otros trescientos pesos, mano. Mejor que sobre —dijo Fernández mientras le tendía un fajo de billetes arrugados—. Y vaya con Dios.

Al salir de la fonda, tocándose el ala del fino sombrero de pelo de conejo, sonrió y gritó:

—¡Viva Villa!

—¡Viva! —respondieron adentro y afuera.

II

Donde una gentil doncella interrumpe el relato

El general Lorenzo Ávalos Puente miró salir a sus antiguos compañeros y tuvo una sensación que había experimentado en los años anteriores, una que casi nunca le falló. Tenía muy presente la última vez que la percibió: fue aquella mañana de julio en la que el Jefe, Trillito, Ramón Contreras y los otros partieron de Canutillo rumbo a Parral en el Dodge Brothers. Dos días después estaban muertos, con excepción de Ramón Contreras. Lo mismo sintió al despedirse de Fernández, Garza y Tamayo, últimos en abandonar el lugar. Mientras se instalaba en la mejor habitación de la fonda y se desvestía con la última cerveza, Lorenzo pensó que quizá en esta oportunidad le tocaría a él. Las siete u ocho ocasiones que tuvo antes ese presentimiento, los compañeros efectivamente marchaban hacia la muerte, pero ahora no tenía lógica: él era quien iba hacia el riesgo mientras ellos regresaban a la seguridad de Canutillo, donde haría falta un pequeño ejército para acabar con todos. ¿Sería, pues, que era su turno? ¿Sería acaso que no partían hacia la muerte, pero sí que sus caminos se separaban ahí para el resto de sus vidas?

Desnudo ya, terminada la cerveza, Lorenzo apagó la débil llama del quinqué y se metió entre las sábanas. Hizo un esfuerzo por apartar de la cabeza la sensación de despedida final de sus amigos, tampoco era que nunca se equivocara. Casi acababa de cerrar los ojos cuando escuchó el inconfundible sonido sordo de una puerta que pretende abrirse sin ruido. Se sentó, sacó rápidamente la pistola que guardaba bajo la almohada y apuntó hacia el quicio, donde unos instantes después se recortó contra la incierta luz del quinqué del pasillo una delgada figura de mujer que cerró la puerta tras de sí. Lorenzo bajó la pistola para tomar a la misteriosa dama por la cintura y palpar la curva de sus caderas; sus manos tocaron el cuerpo entero de la misteriosa visitante, las partes duras y las blandas de una fisonomía joven y lozana.

Lorenzo aceptó lo que se le ofrecía. Acarició sin prisas la entrada del sexo, retorció el vello púbico entre sus dedos, rozó apenas el ojo del culo. La diestra exploraba, la siniestra acariciaba con igual delicadeza su propio miembro, anunciándole el regalo de la noche. La misteriosa visitante suspiraba apenas mientras la lengua del general recorría su cuello y sus hombros, bajando luego a los pechos, de grandes pezones. Lorenzo se fue acercando e inició la penetración, sintiéndose palpitar, vivir dentro de ella, envuelto en la cálida y húmeda entrada. De pronto sintió una sutil resistencia que lo sorprendió. Azorado, se detuvo y fue entonces la muchacha la que empujó la pelvis hacia él, desgarrando así, ella misma, la membrana virginal, movimiento que acompañó con un gemido que era casi un grito.

Minutos, siglos después, Lorenzo pensó que la revolución debía haber cambiado más cosas de las que él creía para que lo que acababa de ocurrirle no fuera un sueño. Se acordó de sus mocedades, todavía en el siglo anterior, cuando las esquivas muchachas eran guardadas a piedra y lodo por los celosos padres y uno solo podía espiarlas en misa. Evocó su adolescencia en Cuencamé, donde algo como lo recién consumado habría desatado una tragedia. Recordaba también la única semana que permitía cierta libertad en todo el año: la que terminaba con la fiesta del Señor de Mapimí, cuando las doncellas escapaban de la vigilancia paterna y permitían algún beso furtivo, alguna caricia robada.

Se acordó de que siempre le había gustado Domitila, una moza apenas cuatro años menor que él, aunque ahora ya pareciera una anciana. Un día de fiesta, entre los fuegos pirotécnicos y el correr del alcohol, en un callejón del pueblo de Santiago, al otro lado del arroyo de Cuencamé, la aprehendió y, oprimiéndola contra una pared de adobe, advirtió por fin la fuerza de su cuerpo, los pechos bajo la blusa. Besó sus labios introduciendo entre ellos su lengua, buscando con sus manos la suave y morena piel mientras ella, como parte de un juego, fingía rechazarlo. La cintura, los hombros de la muchacha, ropa de por medio, le parecían al joven Lorenzo lo mejor que hubiese tocado. Sus labios rozaron los de la chica, que abrió la boca permitiendo el combate de las lenguas.

La exploró con ansia y torpeza, y cuando ella empezó a responder, creyó enloquecer de amor. Pasó a sus oídos y su cuello; desabrochó los botones más altos de la blusa para acercarse a los pechos; Domitila echó la cabeza hacia atrás, ofreciéndole el cuello pleno del sabor salobre del sudor.

La oprimió dulcemente contra la pared de adobe, hundiendo la cabeza entre sus semidesnudos pechos. Subiendo la mano poco a poco, Lorenzo buscó la pierna de la muchacha bajo las faldas y acarició el fuerte muslo. Sentía un pavor helado al mismo tiempo que un deseo ardientísimo, una emoción que rememoró trece años después, la primera vez que hizo avanzar su caballo al galope contra las líneas de tiradores federales.

Lorenzo se apretaba contra el cuerpo de la joven haciéndole sentir la rigidez de su miembro, buscando sus nalgas, tratando de bajar las complicadas ropas íntimas. Ella se apretó contra la pared para dificultar sus maniobras. Veintiocho años después de aquella noche, Lorenzo recordó que él empezaba a enloquecer y ella a asustarse cuando se escuchó la algarabía de la peregrinación que venía de Ocuila, lo que Domitila aprovechó para rechazarlo enérgicamente, huyendo por los callejones. Lorenzo hizo lo posible por disimular su erección entre los pliegues de la ropa y corrió en sentido contrario, hacia la plaza de Cuencamé, donde la verbena estaba en su apogeo.

Ese breve encuentro le bastó para masturbarse todos los días durante seis meses, hasta que logró convencer a su padre de pedir para él a la moza. Tres años de duro trabajo en las minas de Velardeña le costó ahorrar para la boda y para pagar a su padre y al de Domitila, cuyas parcelas colindaban, las quince hectáreas de dura tierra al lado del arroyo que durante nueve años regó con su sudor mientras Domitila dejaba su belleza en los seis hijos que tuvieron, de los que solo tres sobrevivieron: dos hembras ya casadas, que lo habían hecho abuelo, y un varón de apenas diecisiete años.

Si esa virgen hizo lo que hizo, la revolución, pensó Lorenzo, no solo había cambiado a los varones. Aquella lejana noche… hizo cuentas y sí, hacía ya veintiocho años de aquella noche de fiesta en Cuencamé, aquella noche de otro siglo en que Domitila tenía tantas ganas como él, aunque él era tan ignorante y estaba tan asustado y confundido como ella. La joven de esta noche, en cambio, decidió y había actuado.

Lorenzo acariciaba la suave piel sin dejar de pensar en tantos maridos torpes o en tantas muchachas que nunca gozaron en su propia noche de bodas. Agradeció una vez más al misterio que tantos años atrás protegió su torpeza, quizá las prostitutas que lo iniciaron en Velardeña, quizá los secos consejos de su padre, porque durante diez años Domitila fue una buena esposa para él y Lorenzo un buen marido para ella. Luego vino la revolución y todo cambió.

En los brazos de la moza, Lorenzo se quedó dormido.

12

Cabalgatas

El general Lorenzo Ávalos Puente fue sacado del sueño a empujones. Soñaba con ninfas inverosímiles, con diosas como las que en 1914 vio en los cuadros y altorrelieves de las casas señoriales de la ciudad de México que los jefes de la División del Norte requisaron para cuarteles generales de las distintas brigadas, soñó con la belleza de Dolores, aumentada por el deseo y la fantasía. Soñaba con la muchacha de esa noche.

Los empujones eran en realidad suaves llamados del capitán Ramón Contreras, que lo instaba a levantarse. Solo su desnudez, el inconfundible olor y la absoluta certeza de que había pasado lo que había pasado confirmaron a Lorenzo que, en efecto, había pasado lo que había pasado, a pesar del pavoroso vacío al otro lado de la cama, a pesar de la desapacible jeta sin rasurar de su amigo Ramón.

—La puta que te parió, Ramón —masculló cuando comprendió que el sueño no se había trocado en pesadilla: que era la vida misma la que lo llamaba.

—Haré como que no dijiste nada, Lorenzo —dijo el manco con el ceño fruncido.

—Vale, mano, era un decir. ¿Dónde está la muchacha?

—Vístete, que es tarde. Te cuento en el camino —dijo Contreras al salir de la recámara.

Cinco minutos después montaron a caballo Lorenzo, Ramón y los tres exsoldados villistas que los acompañaban desde la primera noche en Parral. Contreras encabezó la marcha durante varios minutos hasta que Lorenzo espoleó su cabalgadura para alcanzarlo.

—Tampoco debemos pasar por Villa Ocampo ni por Nieves, que están llenos de espías oficiosos que avisan gratis a la gente del gobernador quién entra o quién sale de Canutillo, o quién se acerca siquiera. Vamos a agarrar para Villa Coronado y bajamos para Guadalupe de Bahues, donde hay quien nos cambie los caballos, pa luego agarrar una ruta de mulas hasta el camino real, como veinte kilómetros más allá de Nieves. Si la ruta no está mala y las bestias aguantan, rendimos la jornada en El Carrizo, donde también hay valedores nuestros, adelantito de donde se juntan el camino real con el que va a Indé y El Oro.

—La ruta me vale madres, compadre. Si quieres llevarme por Santa Bárbara, Guanaceví y Santiago Papasquiaro, perdiendo tres días por los caminos de la sierra, santo y muy bueno. Me han dicho que algunos campesinos de por ahí están saliendo de probes sembrando mariguana, que los gringos de California fuman como si fuera tabaco.

—Será porque está prohibido el chupe…

—Será… pero la ruta que escojas estará buena. Y ya no te hagas pendejo, dime quién era la muchacha de anoche.

—Es una que le gustabas de Canutillo; sabrá Dios cómo se enteró de que íbamos a verte y se nos pegó en Nieves. Todavía está muy chavala, así que cuando te fuiste sería niña todavía…

—Estaba sin estrenar…

—Pos suerte la tuya, compadre.

—Estaba sin estrenar, compadre, y ni siquiera se quedó para despertar conmigo, para decirme su nombre. ¿Quién era?

—Me rogó que no te lo dijera, compadre. Si resulta embarazada te diré, porque soy tu amigo y también de su madre. Dice que te amaba desde niña, allá en Canutillo, pero que estás casado y… vaya, trae todavía la cabeza embrollada. Además, en todos los pueblos y ranchos del norte de Durango solo quedan los de arriba de cincuenta, los mutilados y los mocitos que están cumpliendo dieciséis, dieciocho… nada que una niña que se convierte en real hembra pueda o quiera tener para ella.

—Jodidos estamos —remató Lorenzo y lio un cigarro. Pensó, como la noche anterior, que muchas cosas tenían que haber cambiado y que él no había cambiado al mismo ritmo.

Sin hablar casi, los cinco jinetes rodearon Villa Coronado, buscando a campo traviesa el camino de mulas que salía hacia el sur de esa población. Lorenzo dejó sus pensamientos porque el cerebro amenazaba con dejar de funcionarle, concentradas sus últimas fuerzas en llevar el paso de su cabalgadura por el estrecho camino de aquellos desolados eriales que llevaban hacia Durango, donde ni un arroyo ni monte alguno señala el límite entre los dos estados. Apenas veían de cuando en cuando algún ranchito miserable de pastores de esas cabras capaces de vivir nada más del aire, comiendo los más duros abrojos, mientras sus dueños, famélicos y semidesnudos, veían pasar la espléndida cabalgata: uno solo de los caballos valía más de lo que ellos ganaban en un año.

En algún momento fueron dos o tres los pastores tocados con deslucidos sombreros de anchísima ala, cubiertos apenas por raídas ropas de manta y calzados con viejos huaraches, los que miraban con envidia y rencor la marcha de los cinco jinetes que calzaban altas y elegantes botas de buen cuero. Las de Ramón Contreras eran de cocodrilo, con el lujo añadido de unas finísimas espuelas de Amozoc. Los cinco llevaban protegidas las piernas por fuertes chaparreras, vestían camisas de algodón de variados colores, abrochadas desde el cuello hasta las muñecas para protegerse del sol, distinguidos sombreros texanos, gruesos sarapes en las alforjas, siete u ocho pistolas entre todos... En cada una de las alforjas habría carne seca suficiente para alimentar una semana a la familia. Por una sola de las pistolas con cachas de nácar de Ávalos, o las espuelas de plata de Contreras, habrían encarcelado a cualquiera de los hombres que miraban pasar a la caravana bajo el sol. Lorenzo se dio cuenta de que si hubiese ido solo ya estaría muerto, pero con cinco soldados atentos, con la carabina en bandolera y lista para salir de su funda, no era tan fácil atreverse.

Cerca ya del mediodía, bajo un sol de justicia, el general empezó a desvariar. Le parecía ver una y otra vez a los fantasmas del mayor Bartolo Herrera y el capitán federal al que arrastraba. Un hombre muerto, montado en yegua fina, que arrastraba a otro hombre, muerto también, lazado por su mangana. La yegua y los dos espectros recorrían las desoladas planicies del Bolsón de Mapimí. Más de veinte y más de treinta aseguraban haberlos visto pasar; Lorenzo sí los vio al principio. En esos días era oficial de órdenes de don Calixto y llevó un mensaje al general Urbina, cuyos hombres fueron los primeros en tomar contacto con los federales. Después alguien le dijo que el cabroncete de Rafael F. Muñoz recogió la historia en uno de sus cuentos.

Julio de 1913. Los revolucionarios de Durango, que aún no sabían que tres meses después se llamarían villistas, venían de tomar a sangre, fuego y saqueo la capital de su estado y tenían ahora hambre de ocupar Torreón. En Avilés los esperaban las fuerzas irregulares de Argumedo y el 5º Regimiento federal. Sin que tuviera mucho sentido, un escuadrón de ese regimiento rebasó las trincheras federales y cabalgó siguiendo la línea, por fuera de la misma, en campo abierto. Con aún menor sentido, el coronel Faustino Borunda, de la Brigada Morelos, ordenó a sus hombres que imitaran a los federales y, durante algunos minutos, federales y rebeldes cabalgaron un largo tramo en líneas paralelas, mirándose con odio, pero sin acercarse ni cargar unos contra otros.

Antes de llegar al final de la línea atrincherada, recargada en la ribera del Nazas, la columna federal giró cuarenta y cinco grados a su izquierda y se replegó detrás de las posiciones de su infantería. Por órdenes de Borunda, los revolucionarios también se replegaron tras un bordo de riego, luego del cual echaron pie a tierra y se parapetaron. Ahí quedó Lorenzo enredado en su regreso a la retaguardia donde estaba su jefe, don Calixto Contreras, y desde ahí fue testigo de la muerte de Bartolo Herrera.

El mayor Bartolo Herrera, mocetón de veintipocos años, ranchero del norte de Durango, rebelde de corazón que odiaba con encono a hacendados, científicos y caciques, no obedeció la orden de retroceder y quedó en el terreno de nadie entre las trincheras federales y el improvisado resguardo rebelde. Bartolo hizo caracolear insolentemente a su yegua ante las trincheras federales, insultando a sus defensores hasta que un joven capitán del 5º Regimiento, pistola en mano, saltó del agujero y le gritó desde treinta o cuarenta metros:

—¡Insúlteme solo a mí, tal por cual!

Los fusiles callaron. Los soldados de ambos ejércitos clavaron los ojos en los dos hombres. El jefe villista hizo silbar su mangana por encima de la cabeza y se acercó a galope al oficial federal, que afirmó los talones en el suelo y disparó dos veces sin hacer blanco, obligando al jinete a hacer dar a su yegua dos o tres botes. Volvió a apuntar al encabalgado que, a diez o quince metros, cargaba a toda carrera en círculos que se iban estrechando. Bartolo tiró el lazo y falló. El federal bajó el arma y dijo:

—Recójala.

Bartolo preparó una vez más la terrible mangana de cuya pericia alardeaba y preguntó:

—¿Listo?

—Listo —el federal volvió a tirar sin dar en el blanco hasta vaciar su pistola.

Esta vez fue Bartolo quien paró el trote de su animal y ofreció:

—Cargue el arma.

Mientras el capitán introducía los seis cartuchos en el tambor, se escucharon gritos de uno y otro lado:

—¡Saca la carabina, Bartolo!

—¡Agua pal robavacas!

—¡Viva la Brigada Urbina!

—¡Dele su muchacha y su saqueo!

—¡Muéstrale lo que valen los de Durango!

—¡Viva el Supremo Gobierno!

Los gritos cesaron cuando el capitán levantó el arma y miró a Bartolo, que volvió a espolear a su yegua. Por fin tuvo al federal a la distancia justa y arrojó el lazo; el soldado apreció la maniobra, y notando que al fin su enemigo detenía su cabalgata, apretó el gatillo: la bala atravesó limpiamente el corazón del villista en el instante mismo en que jalaba la mangana, asegurándola a la cabeza de la silla. En un último espasmo, el revolucionario apretó las piernas y su yegua salió disparada hacia el desierto, derribando al federal en su arranque y arrastrándolo tras él. Dos o tres soldados brincaron fuera del parapeto y dispararon contra la yegua ante la mirada de los villistas, que los dejaron hacer en vano. La espléndida yegua del mayor Bartolo Herrera huía desbocada, montada por un cadáver, que arrastraba tras de sí otro cuerpo que había albergado un alma generosa. Dicen que todavía, en las noches de luna nueva, recorre el Bolsón de Mapimí un fantasma que a lomos de una yegua de raza arrastra a otro.

Sin darse cuenta, sin sentir la socarrona mirada de Ramón Contreras bajo el implacable sol, Lorenzo Ávalos Puente se quedó dormido sobre el caballo.

13

Cuencamé

El general Lorenzo Ávalos Puente escuchaba con descuido la aguda voz del cantante que acompañado por el bajo sexto, el acordeón y la redova, entonaba —es un decir— corridos villistas. Estaba en casa y esperaba al general Severino Ceniceros Bocanegra; se sentía seguro luego de las tres atroces jornadas de cabalgata. Ramón Contreras y los soldados lo dejaron en la estación de Pasaje, ya en sus terrenos, y él hizo la última hora como muerto, llegando a su casa, la de Domitila, solo para caer en el lecho como piedra. Ya no estaba para esos trotes: era abuelo, y en el verano ajustaría cuarenta y seis años.

A Ceniceros lo conocía desde más de veinte años atrás: cuando don Calixto Contreras organizó la lucha contra los hacendados, Ceniceros era secretario del ayuntamiento, un joven viejo esmirriado que por alguna razón tomó partido por el pueblo, sacrificando un brillante porvenir en la política local. Solo era cinco años mayor, pero parecía que lo separaban quince o veinte de Lorenzo, el agricultor de veintipocos que por las mismas fechas se comprometió a fondo con don Calixto. Don Severino Ceniceros seguía pareciendo poquita cosa cuando don Calixto los llamó a la revolución, y pasó de jefe de Estado Mayor a segundo jefe de brigada en pocos meses, al mostrar sobre el terreno capacidad de mando; lo seguía pareciendo incluso cuando el Jefe dividió la Brigada Juárez de Durango en dos corporaciones, creando la Brigada Ceniceros y elevando a don Severino a jefe de brigada, ¡jefe de brigada en los tiempos heroicos de la División del Norte! Parecía poquita cosa, pero Lorenzo tenía que reconocer que

Ceniceros era un valiente sin alardes y un organizador nato. Dos veces lo había visto desde el año 20: la primera, cuando el Jefe lo envió a Cuencamé para encargarle de viva voz a Ceniceros una gestión en la ciudad de México; don Severino era entonces senador de la República. La segunda, cuando don Severino le dio al presidente Obregón la garantía personal que salvó la vida de Lorenzo en diciembre de 1923, cuando se levantaron en armas Hipólito Villa, Manuel Chao, Sóstenes Garza y otros antiguos compañeros. Lorenzo tuvo que pasar varias semanas en Cuencamé sin moverse hasta que Chao fue fusilado: Chao y Diéguez, Alvarado; Buelnita, el Grano de Oro; Marcial Cavazos…

Iba Lorenzo por el tercer sotol cuando Ceniceros entró a la cantina con un ajado sombrero de fieltro en la mano. La misma poquita cosa de siempre: el cabello cano, la espalda cargada, la barriga suelta y un ridículo bigote recortado. Vestía un traje de calle, pero el forro del saco colgaba y la corbata estaba mal anudada. Además iba desarmado, como acostumbraba, pero todos los varones de pelo en pecho y pistola al cinto se levantaron y se quitaron el sombrero. "Mi general", "mi jefe", "señor", "don Severino", "senador", dijeron unos y otros de los que se acercaron a estrechar su mano, a palmear su frágil espalda los más atrevidos. Lorenzo, que medía veinte centímetros más y mantenía la recia musculatura del trabajo rudo, el cuerpo todavía bien entrenado aunque ese mediodía le doliera en las más diversas partes, empezando por el fundillo, también se levantó sombrero en mano, aunque al final de todos, y como todos saludó con respeto:

—Mi general.

—Lorenzo —respondió Ceniceros con esa voz chiquita que ni siquiera en Zacatecas se había alzado, aunque su nombre se cantara en los corridos.

Y pausado como siempre fue, incluso bajo el fuego enemigo, el general de brigada Severino Ceniceros Bocanegra, exjefe político de Cuencamé, exsenador de la República, líder estatal del Partido Nacional Agrario, pidió una cerveza para acompañar el sotol de Lorenzo, quien sabía que su antiguo jefe tardaría una hora en apurarla y quizá, solo quizá, se tomaría una segunda. Nunca más de dos, nunca aguardientes. Esperó a que sus ojos se acostumbraran a la fresca penumbra del interior de la cantina, arriba de cuya barra lucía su propio retrato con corbatín de seda, aquel retrato tomado en mayo de 1914, cuando el Jefe mandó hacer fotografías de estudio de todos los jefes de brigada; don Calixto y el propio Jefe, en fotos del mismo estudio, completaban la galería principal. En las paredes, los compañeros muertos: Pereyra, José Rodríguez, Trinidad Rodríguez, Fierro, Ángeles, don Juan García… y el Jefe una y otra vez. El Jefe rayando el caballo; el Jefe apuntando la pistola; el Jefe en cuclillas en un vagón del ferrocarril; el Jefe cargando con José Rodríguez el ataúd de don Abraham González; el Jefe con Pascual Orozco y Roque González Garza mirando en lontananza los incendios de Ciudad Juárez; el Jefe con las manos en los bolsillos del uniforme mientras Rodolfo Fierro, con el inevitable habano en la boca, amarraba la navaja de un gallo fino bajo la mirada de Raulito Madero y otros compañeros.

—Nicolás me mandó un propio para contarme lo que estás buscando —dijo Ceniceros varios minutos después—. Creo que está bueno, Lorenzo, sobre todo porque busques lo que busques, lo buscarás bien lejos de aquí.

—¿Qué tan lejos, general?

—Por lo pronto en la ciudad de México. Y conociendo al Indio Amaro como lo conozco, después de eso, todavía más lejos.

—¿En la ciudad de México con quién, general?

Ceniceros sacó su bolsa de tabaco y lio lentamente un cigarro, lo encendió sin prisa y lo acompañó con un trago de cerveza. Por fin, fijó otra vez sus ojillos grises en los de Ávalos para dar un nombre:

—Juan B. Vargas.

—¿Juanito Vargas? —Lorenzo intentó sin éxito no sonar sorprendido.

—Vargas. En cuanto llegues te apersonas en su casa: solo después de las seis de la tarde y antes de las diez de la noche. Ya estará advertido —Ceniceros deslizó sobre la mesa un papel con la dirección del general Juan Bautista Vargas Arreola en la capital.

Ceniceros fumó y le dio el tercer trago a su cerveza. Se puso en pie y dijo en una voz apenas ligeramente más alta que la de la brevísima charla:

—Lorenzo, señores, hoy en la mañana mataron una vaquilla en la humilde casa de ustedes, si quieren ayudarme a comerla son bienvenidos. Tráiganse sus tragos.

Un sol de castigo los esperaba fuera de la cantina. Frente a su vista apareció la vieja iglesia de piedra de San Antonio, uno de los dos edificios que no pudo consumir el incendio de 1916. El solar de Ceniceros estaba a tres calles de la plaza, junto al arroyo, y hacia allá caminaron Ceniceros y Lorenzo mientras el resto de los convidados se dirigían a sus casas o a la lonja para llevar las cervezas y el sotol requeridos por el anfitrión. Las casas nuevas, de adobe encalado, se alternaban con los solares vacíos y las viviendas ruinosas; diez años habían pasado desde el incendio, pero las cicatrices seguían frescas. Decían que el incendiario, el terrible general carrancista Francisco Murguía —Pancho Reatas le decían en Chihuahua, por la fina costumbre de colgar en los postes de la ciudad a todo villista capturado—, exclamó cuando desde lo alto de la loma vio subir al cielo las columnas de humo:

—¡Se acabó la fábrica de generales!

Dieciséis generales villistas y un carranclán habían nacido en la villa y su distrito; don Calixto era el número uno y don Severino el número dos. Por sus méritos en campaña, Lorenzo se consideraba a sí mismo el número cuatro o cinco, sin duda por debajo de Canuto Reyes y al lado de Pedro Fabela. La fábrica de generales orgullosamente villista: su tierra, su dura tierra. Tras incendiar la villa, Pancho Reatas arreó con toda la gente para Durango, quiso borrar Cuencamé del mapa. Cuando los generales

Severino Ceniceros, Pedro Fabela, Leovigildo Ávila y Bernabé González, con los trescientos hombres que quedaban de una brigada que llegó a tener más de cuatro mil, aceptaron la amnistía unos meses después del incendio, pusieron dos condiciones: que nunca los mandaran a combatir villistas —Fabela mudó propósito poco después— y que permitieran a la gente regresar a Cuencamé, donde el gobierno les ayudaría a reconstruir sus casas. Aunque Lorenzo seguía la guerra bajo el mando de Contreras y la siguió a las órdenes directas del Jefe cuando aquél fue asesinado semanas después —peleando contra los gringos, contra el gobierno, contra el mundo—, su esposa, sus hijos y hermanos pudieron volver y desde entonces vivieron en Cuencamé bajo la protección de Ceniceros.

14

Asado

El general Lorenzo Ávalos Puente se quitó el sombrero y saludó con respeto a la esposa de don Severino. La casa de Ceniceros tenía una amplia huerta detrás, junto al arroyo. La proximidad del agua y la sombra de los nogales hacía de aquel espacio uno de los rincones más agradables de Cuencamé. Lorenzo colgó su sombrero de una rama y se sentó con la cerveza en la mano. Tres hombres se afanaban en torno al fogón, donde cuatro piezas de costillar se asaban lentamente sobre las brasas de mezquite. Más abajo, sobre la parrilla, las tripas y las mollejas se doraban ya, casi listas para ser devoradas. Los trozos de filete y lomo esperaban su turno para pasar a la parrilla. Lorenzo inspiró lentamente, pensando que hacía un buen rato que no comía tan bien.

Los hombres fueron llegando en grupos, los que estaban en la cantina y otros: ningún joven, ninguna mujer; varios lisiados, mancos, tuertos, cojos, dos o tres con horribles cicatrices en la cara. Eran los oficiales de las brigadas Juárez de Durango y Ceniceros, los compañeros: historias de gloria y sangre iban y venían mientras los mejores pedazos de la res pasaban a los estómagos, ayudados por la cerveza fresca y el áspero sotol de la tierra. Las tortillas de maíz y los chiles asados se consumían tan pronto salían del comal, y una enorme olla de frijoles bayos con sus buenos trozos de chorizo completaba el convite. Eran los olores y los sabores de la fiesta del norte, el chile pasado y la chilaca fresca que crepitaban en el comal, la grasa de la vaquilla que goteaba sobre las brasas despertando el fuego, el aire seco y frío del desierto que llevaba a sus narices el olor de la tierra.

Ceniceros y Lorenzo intervenían a veces en las charlas para complementar o atestiguar cuando los narradores se los pedían, pero casi no hablaron. A la hora del crepúsculo, cuando solo quedaba media docena de hombres, todos de absoluta confianza del general Ceniceros, éste preguntó al fin:

—¿Qué es exactamente lo que vas a hacer cuando descubras a esos hombres, Lorenzo?

—Matarlos —por primera vez Ávalos articuló el pensamiento al que venía dando forma en los últimos días.

—¿A quiénes, Lorenzo? ¿A todos?

—No a todos —Lorenzo calló un buen rato mientras forjaba con cuidado un cigarro y daba las primeras caladas—. No a todos, mi general. Solo al ejecutor, como símbolo. Creo que debí hacerlo en julio del 23 con los asesinos, pero aquella vez también mataron algo de mí y tuve mucho miedo. Ahora también lo tengo, pero matar al ejecutor será como enviar una señal: la señal de lo que valemos, la advertencia de que nos respeten.

—Nos respetan, Lorenzo.

—No, mi general, con su perdón. Si nos respetaran no habrían hecho esto. Si nos respetaran…

—Fíjate en nuestro pueblo, Lorenzo —lo interrumpió Ceniceros suavemente—. Fíjate bien. Fíjate en lo que tenemos. Recuperamos nuestras tierras y nos las respetan. Recuperamos el agua del arroyo y la repartimos con justicia en la asamblea del ejido. Nos respetan. Fíjate en los valles todos, Lorenzo, desde aquí hasta Durango están repartidos a los campesinos.

—Pero viven casi igual de pobres que antes, mi general. Y eso es aquí, en Durango. Ni siquiera en Chihuahua respetaron las tierras que repartió mi general Toribio Ortega, ni las que devolvió el Jefe a los pueblos de Janos, San Andrés, San Lorenzo o Satevó. Recuerde usted que poco antes de que lo asesinaran corrió con fuerza el bulo de que el gobernador Enríquez, con la anuencia del Supremo Gobierno, le iba a devolver a los Creel y los

Terrazas las tierras que les decomisamos en diciembre del 13; "las tierritas", dicen, cuatro millones de hectáreas para una familia...

—No me des clases de lo que ya sé, Lorenzo —sin levantar la voz, Ceniceros podía ser claro y firme—. Como sea, aquí tenemos la tierra. La tierra por la que peleamos.

—No peleamos solo por la tierra, mi general.

—Sí, Lorenzo, cuando empezamos solo queríamos la tierra.

—También queríamos libertad y justicia, mi general. Desde el principio.

Esta vez fue Ceniceros quien demoró la respuesta, bebiendo despacio su segunda cerveza del día. Finalmente dijo:

—Cuando uno pierde lo grande, Lorenzo, a veces hay que luchar por lo pequeño, por lo posible. Eso es lo que he hecho desde que me rendí y solo de una cosa me arrepiento: de no haber muerto con don Calixto, de que cuando nos rendimos estos y yo —afirmó, abarcando con el gesto de su brazo a los hombres presentes—, provocamos sin quererlo que los carranzas emboscaran y mataran a don Calixto. Cuando uno pierde lo grande, Lorenzo, hay que rendirse del todo o resistir por lo que se ha ganado, por la victoria en la derrota.

—Lo agradecemos, general. Todos lo sabemos y se lo agradecemos.

Otro largo silencio, que nadie interrumpió, siguió a las palabras de Lorenzo. Los hombres bebían sus últimos tragos sin prisa, mirando el sol ponerse.

—¿Qué pasó cuando nosotros nos rendimos, Lorenzo, cuando mataron a don Calixto, qué hiciste?

—Quedábamos bien pocos, mi general, unos doscientos cincuenta. Discutimos varias horas y al final la mayoría, con Leovigildo Ávila, decidieron venirse a Cuencamé y rendirse por mediación de usted...

—Así fue.

—Casi toda la gente se vino con él, solo veintidós se quedaron conmigo y con Lucio Contreras. Resolvimos ir a Chihuahua, donde el Jefe luchaba contra los gringos de Pershing. Tres semanas tardamos en encontrar a la gente de Candelario Cervantes en las montañas entre Namiquipa y Bachíniva; tres semanas a salto de mata, comiendo un día sí y otro no, porque para entonces en el campo de Chihuahua no quedaba nada qué comer que no estuviera bien escondido o mejor defendido.

—Me lo puedo imaginar.

—También, como ustedes, estábamos vencidos, pero tardamos cuatro años en advertirlo. No queríamos darnos cuenta.

Durante cinco o diez minutos se hizo el silencio. Los hombres bebían y miraban las últimas luces del ocaso. Cuando cayó la noche, Ceniceros volvió a hablar:

—En esto, Lorenzo, en esto de pelear por lo chiquito, he tenido que tratar con muchos vivales, logreros y oportunistas. La mayoría de los líderes del Partido Nacional Agrario, casi todos los senadores y los diputados dizque agraristas, los amigotes del presidente en turno y otros más. Pero también he conocido gente que piensa como tú, que creen que la revolución se quedó a la mitad y que hay que apurar la otra mitad y pronto. Y trabajan para ello: uno de ellos es paisano nuestro. Si te vas a mover fuera de nuestros terrenos, recurre a él. También está en México, como Vargas —Ceniceros le extendió otro papel, similar al de horas antes, ahora con la dirección en México de José Guadalupe Rodríguez.

—No lo he oído mentar —dijo Lorenzo leyendo el nombre en el papel.

—Es que trabaja más en los valles de San Juan del Río y Canatlán.

—Conozco ahí a todos los que anduvieron en la bola y pasaron de tenientes, casi todos en las brigadas Morelos y Primera de Durango.

—Este no estuvo con nosotros, Lorenzo. Así te va a ocurrir en el sur: allá abajo todos creen que el Jefe era un mero bandido y por extensión lo somos todos los demás. Verás que los que quieren seguir la revolución no estuvieron con nosotros ni con Zapata. Los que de aquella quemazón quedamos, estamos vencidos o, como te decía, trabajamos por lo posible. Muchos años de lucha, Lorenzo, muchas derrotas.

—Cierto, mi general. Yo mismo llevo casi dos años en Torreón sin hacer otra cosa que emborracharme.

—Ahí está. Estos son nuevos, se llaman bolcheviques.

—Comunistas —murmuró Lorenzo.

—Esos. Si necesitas algo más allá de donde Vargas pueda ayudarte, acércate a Guadalupe Rodríguez de mi parte.

Lorenzo sentía que se acercaba el dolor de cabeza, rebasando el mareo; se levantó y bregando por conservar el equilibrio fue al arroyo, donde vomitó profusamente la mitad de la vaca que había comido. De regreso, sin sentarse, ya de salida preguntó:

—Entonces, mi general, ¿le parece bien que los mate?

—No, Lorenzo, no me parece bien. Pero no te voy a dejar solo. Y a lo mejor tienes razón, hay que mostrarles que seguimos, que vivimos.

II

LA CIUDAD

Preludio
María Eugenia sueña con la ciudad

María Eugenia se soñó en la ciudad. Caminaba entre la primera inspección de policía y el barrio chino, por las calles habitualmente bulliciosas y sucias de aquel cuadrante infecto, populoso y comercial situado entre San Juan de Letrán y la Ciudadela, al sur de la Alameda. Le faltaba aire y dirigió sus pasos hacia aquel pulmón que se abría al primer cuadro y al elegante Paseo de la Reforma. Caminó tres o cuatro calles —demasiadas: ya debería haber llegado— antes de notar el extraño silencio, el vacío total. Los cierres de las tiendas estaban echados, abajo los postigos de las ventanas, cerradas las puertas todas. Un vientecillo helado llevaba y traía hojas secas, papeles y basura. El sol brillaba desde el oriente, pero no en ese transparente cielo azul de las mañanas de marzo sino a través de una opresiva niebla gris que con el silencio, el viento frío, la ausencia de vida, oprimían el corazón de María Eugenia a cada paso que daba hacia la Alameda.

Cuando por fin alcanzó el pequeño bosque urbano, se internó por sus pasillos, flanqueados por divinidades clásicas, y descubrió de pronto que estaba más desnuda que aquellos mármoles. Se miró a sí misma a espaldas del Hemiciclo a Juárez, junto a la fuente principal, sin más cubierta que su propio pelo en aquellos lugares donde crecía naturalmente, fuera de la acción de sus navajas de afeitar. Se sabía hermosa y gustaba de verse de esa forma, pero no ahí en mitad de la ciudad, por más que nadie pudiera verla en aquel opresivo silencio.

Debía cubrirse. Caminó con prisa hacia las tiendas de avenida Juárez, aquellas donde se podían comprar los mejores géneros traídos de Europa, exactamente como cuando era niña, solo que las modas habían cambiado y los escaparates de lujo se mudaron de la calle de Plateros —que ya no se llamaba así— a los bajos de los edificios que daban a la Alameda y al Palacio de Bellas Artes, diseñados por arquitectos que abandonaron la noble belleza del neoclásico por el nuevo arte de toscas líneas.

Las tiendas estaban cerradas, aunque los escaparates lucían los últimos fracs y elegantes vestidos. María Eugenia admiró sus pechos, sus piernas, su cintura en el reflejo de los cristales, angustiada por la imposibilidad de cubrir aquel cuerpo que Dios le dio y que de tantos apuros la había sacado —y en tantos otros la había metido—. Y entonces, con colosales crujidos, los edificios empezaron a caerse unos sobre otros. Ladrillo, concreto, granito y mortero se desplomaban y aparecían los esqueletos metálicos, retorciéndose cual tentáculos de gigantescos calamares. María Eugenia echó a correr hacia la avenida Madero, entró a las viejas mansiones de cantera que le parecieron más sólidas, más seguras, que le recordaban su infancia, la época anterior a aquel diciembre de 1914. Desnuda, corría por aquella misma calle ahora vacía, sin más sonidos que el estruendo del cataclismo que destruía las construcciones detrás de ella; descalza, escapaba hacia el Zócalo, cuyo espacio abierto le permitiría sobrevivir a la caída de las paredes, al terror.

Creía alcanzar ya la inmensa explanada cuando un enorme esqueleto de acero y concreto, un monstruo arquitectónico, se echó sobre ella y la devoró. Al vacío sin sentido sucedió el vacío negro, el vacío del terror pánico que atenazaba sus vísceras y que acabó de pronto —como si se estrellara en el agua del océano tras larga caída, otro sueño recurrente— cuando el edificio ruinoso la arrojó a la plaza. Despertó, sudorosa y angustiada, en el preciso momento en que notó que se trataba de la plaza de Guadalajara.

México la comió y la vomitó Guadalajara. La falsa Perla de Occidente; la presuntuosa, la que pretendía para sí ser flor y espejo de lo mexicano, lo que quiera que eso fuese. Guadalajara, la altiva. Con los vellos erizados, la piel de gallina, María Eugenia buscó a tientas sus cigarrillos al lado de la cama y sin ruido encendió uno: un hombre dormía a su lado y no tenía ninguna gana de despertarlo. Buscó en la respiración controlada del tabaco la pausa necesaria para atemperar su angustia. Guadalajara se la había tragado, sí, pero la devolvió convertida en otra mujer. No había razones válidas para odiar aquella ciudad, pero la odiaba. A su memoria vinieron imágenes en tropel y entre ellas la del hombre al que soñó entre fantasmas la semana anterior. Fumando, decidió darle orden a los recuerdos.

Llegó a Guadalajara a principios de enero de 1915, buscando a su hombre. Una mañana despertó y Rodolfo no estaba a su lado. La mitad de aquellos diez días que fue suya, se durmió esperándolo con ese sueño de piedra, de hierro, que cortaba los malos sueños; se iba a la cama aguardándolo, sabiendo que él la reviviría para tomarla entre sus brazos, para penetrarla una y otra y otra vez. Cuando abrió los ojos el undécimo día, por primera ocasión Rodolfo no se hallaba junto a ella. La despertaron ruidos de aceros y motores, la implacable luz del amanecer. Intrigada, aunque no preocupada, se lavó, cepilló cien veces su rizada cabellera, se vistió, pues afuera de los aposentos principales la casona estaba permanentemente ocupada por los secretarios, proveedores y oficiales de la Brigada Fierro, y abrió la fuerte puerta de roble. El lugar se veía vacío y silencioso por primera ocasión en diez días. Se asomó a la calle, que también parecía desierta, aunque pronto descubrió animación más allá de la esquina. Oyó movimiento detrás de sí y descubrió a un anónimo capitán de las fuerzas de su hombre que la miraba con sorna y lujuria: diez días le bastaron para entender el sentido de esas miradas. La insolente sonrisa del oficial, más que la evidencia del edificio vacío, la convenció de que Rodolfo se había ido sin avisarle, llevándose a todas sus tropas. Hacia Jalisco seguramente, como decían los rumores que ella apenas escuchara, obnubilada por el amor y el sexo.

Aun así interrogó al capitán, que no supo o no quiso decirle nada. Su insolencia, sin embargo, la reafirmó en lo imposible: Rodolfo la había dejado, como a tantas antes que a ella; otros rumores oídos que tampoco quiso atender. Subió a la recámara principal y se cambió de ropa; eligió un atuendo discreto aunque de buen corte; guardó en su bolso unos cuantos bilimbiques de escaso valor y las joyas que Rodolfo le regaló. Así salió sin rumbo ni sentido a buscar los diarios y recoger rumores. Los titulares decían que el "infidente" Manuel M. Diéguez, uno de los generales de Obregón, había evacuado Guadalajara, a la que se acercaba la victoriosa columna de los generales Francisco Villa y Rodolfo Fierro. El periodicucho se adelantaba: si la víspera, al anochecer, Rodolfo aún la estrechaba entre sus brazos, ¿cómo podían afirmar que estaba por desfilar en una ciudad a quinientos kilómetros?

Vagó desesperada, se sentó a beber un café con pan excesivamente caro, que le costó casi todo el dinero que le quedaba. Sabía que no podía entrar a su casa, que no le permitirían regresar, pero buscó al judío que al lado del Monte Pío estuvo comprando discretamente las joyas familiares en los años previos, cuando las cosechas de caña de las haciendas de su propiedad fueron pasto de las llamas provocadas por las "hordas" zapatistas, quizá los mismos soldados de huarache y calzón que veía ahora sentados en las banquetas abrazados a los .30-30 mientras miraban discurrir la vida citadina desde el pozo profundo de sus ojos negros.

El judío le dio algunas monedas de oro que guardaba para los buenos negocios, bilimbiques circulantes, y a ruego de ella, un boleto de ferrocarril hasta Irapuato. "Más allá no hay servicio, niña", le dijo, viéndola con piedad mezclada con un deseo cuyas implicaciones quedaron patentes en su siguiente comentario: "Si no encuentras nada, puedo acogerte". *Cogerme es lo que quieres, viejo cabrón*, pensó María Eugenia; su vocabulario había evolucionado en menos de dos semanas.

Tardó dos días de pánico absoluto en llegar a Irapuato y una semana para salir de aquella sórdida ciudad sacudida por la guerra, convertida por su nudo ferroviario en lugar de paso de los más variados tipos humanos.

En cada vagón, cada esquina, cada noche temió que la robaran, la violaran, la mataran; en cada par de oscuros ojos de soldados andrajosos y mal encarados, de vagabundos pedigüeños, de mujeres hambrientas que se ofrecían por dos monedas en los callejones, veía un enemigo mortal. Una vez advirtió de lejos cómo una de ellas era tomada por la fuerza una y otra vez por una decena de soldados en un acto violento y atroz que la dejó convertida en un bulto convulso y sollozante, al que María Eugenia se acercó con tanto cuidado como pavor para ofrecerle su brazo y un poco de pan.

No había forma de salir de Irapuato, donde un puñado de tortillas costaba lo que en otros tiempos un kilo de carne, donde una cama relativamente segura se cotizaba en plata; de allí partían soldados sanos y fuertes, y regresaban despedazados despojos a los hospitales de sangre. Cada vez se sentía más sola, más vulnerable; no había modo de avanzar hacia Guadalajara ni de volver a la ciudad de México.

Por fin tomó la decisión: antes de que se le acabara el dinero, antes de venderse por hambre a los soldados, se ofreció a un oficial de paso. Por vez primera dio su cuerpo y sus caricias a cambio de algo, y a principios de enero pudo llegar a Guadalajara, aunque sintiéndose sucia y pecadora. Tardaría unas semanas más en decidir que esa sensación se quitaba con un largo baño caliente, pero a diez años de distancia, fumando al lado de un hombre que había pagado el mucho dinero que sus noches valían, seguía sorprendiéndose de haber sido capaz de tomar esa decisión. El miedo a lo que veía, a la soledad, a su debilidad y al desamparo, el terror a verse convertida en un despojo de mujer como las que veía levantarse las faldas en los rincones para un brusco intercambio de pocos minutos a cambio de pan, de maíz, el miedo a perder a la fuerza, y en peores circunstancias eso y todo lo demás, todo lo que pasaba y lo que podría ser; la soledad, quizá el hambre o el miedo al hambre y a lo que el hambre traía consigo.

Por miedo, por terror a todo eso, se entregó al oficial, sabiendo que solo así podría salir de Irapuato. Y ahora, a diez años de haberse vendido, recordaba a aquel teniente coronel, el segundo hombre que la poseyó —¿cuándo dejó de llevar la cuenta?—, un hombre de campo, rudo e iletrado, de un pueblo de Durango llamado Cuencamé, leal hasta el fanatismo al general Calixto Contreras, quien con Rodolfo Fierro compartía el dominio y mando de Jalisco y las tropas villistas allí desplazadas. Aquel teniente coronel fue tierno en su rudeza, amoroso en el vil intercambio; quiso quedarse con ella, pero María Eugenia se negó y él respetó su decisión, incluso le consiguió una habitación más o menos segura.

Buscó la forma de llegar a Rodolfo vestida con humildes ropas, disimulada al máximo su belleza, cuyo peligro empezaba a conocer gracias al teniente coronel duranguense —moriría semanas después en la Cuesta de Sayula—, pero que de momento le parecía más peligrosa para ella misma después de la atroz semana pasada en Irapuato. Intentó acercarse a quien seguía siendo su hombre; lo vio más de una vez con hermosas tapatías colgadas del brazo, la sonrisa torcida y malvada, la mirada turbia. Lo siguió hasta el elegante caserón al que entraba con sus allegados, los generales Pablo Seáñez, Pico de Oro; Pablo Díaz Dávila, el atildado Santibáñez y otros matones, y guapas muchachas muy ligeras de ropa los recibían entre gritos y escandalosas risas. Por fin un día se aproximó a él lo suficiente; iba del brazo de una rubia de ojos claros, una fulana de buena familia —como ella misma, pensó— que enseñaba sin pudor un escandaloso escote y una bien formada pantorrilla; él le reía las gracias y le acariciaba el pecho. María Eugenia se plantó ante ellos, cerrándoles el paso tras lograr rebasar el cerco de oficiales y aduladores. Rodolfo la miró sin verla, su mirada resbaló apenas por su cara y su cuerpo sin mostrar signo alguno de reconocimiento; estrechando el avispado talle de la rubia, siguió su camino.

Entonces lloró. Entendía que él buscara en otras lo que tuvo de ella en México, que deseara los besos de otros labios, las caricias de otras manos, la entrega absoluta de más mujeres, pero lo que no podía soportar era que la olvidara tan pronto, que la hubiera tratado cual si fuera desechable, como a una “cualquiera” de sus novelas románticas, y ahora empezaba a entender lo que significaba ser una “de esas”. Lloró toda la tarde, lloró por lo que había sido y no volvería a ser, aquella niña ingenua perdida en los brocados de su cama segundo imperio; lloró por sus muñecas y sus miriñaques; lloró por su vida segura y su corazón intacto; lloró incluso por aquellas noches como suspiros en los brazos de su amado. Porque lo seguía amando, con todas sus fuerzas. Porque lo odiaba.

Pasó la tarde entera, hasta más allá del anochecer, sin noción del tiempo ni idea del mundo. Probó el tequila encerrada en esa triste habitación que no tenía más que un catre de campaña y unos tristes huacales, con una pequeña ventana que daba a la lodosa callejuela de un barrio obrero que empezaba a sentir las mordeduras del hambre y gritaba cada vez con menos entusiasmo el obligado “¡Viva la revolución!”; bebió vaso tras vaso entre el llanto, el amargo dolor de la derrota, la sensación de ser un pañuelo usado y tirado. Y ahora, diez años después, al lado de ese hombre, uno de tantos generales enriquecidos que pagaban su amor mercenario, seguía sintiendo la opresión del alma, el vacío y el vértigo que crecían a cada trago de tequila hasta que llegaron la muerte y el olvido, hasta que se perdió entre llantos para amanecer, al día siguiente, al que pudo ser el peor de su vida.

Despertó a una mañana sin amor, con el corazón rebosado de odio. Una mañana de dolor de cabeza inenarrable, de estómago revuelto, de vómito tras vómito entre aquellas cuatro paredes miserables, odiosas. Una mañana sin pasado, porque lo había perdido; sin más presente que el dolor interno y externo; sin futuro alguno al que asirse: dos hidalgos de oro y cuarenta pesos en bilimbiques villistas era todo lo que restaba de las joyas vendidas. Una mañana sin amor ni esperanza. Una mañana en que se veía como una muchachita ignorante de las cosas del mundo, sin apoyo de ninguna especie, sin nada ni nadie a quién acudir.

Cuando finalmente pudo moverse, cuando no quedaba en su estómago nada que vomitar, salió a la crueldad del sol poniente hacia San Juan de

Dios, donde una birria y un enorme vaso de cerveza —había visto a los oficiales de la Brigada Fierro reponerse de esa forma de sus estrepitosas francachelas— le permitieron volver al mundo. Comiendo, bebiendo, pensando, concluyó que si no tenía pasado, presente ni futuro, nada que ofrecer ni nadie a quien amar, no tenía tampoco nada que perder.

Esa misma noche descubrió que se equivocaba. Que sí tenía, todavía, mucho que perder. Había oscurecido y refrescaba. María Eugenia caminaba decidida hacia la humilde pensión cuando fue abordada repentinamente por un una docena de soldados borrachos de la Brigada Fierro que la cercaron entre burlas y miradas lúbricas.

—¿No es esta la palomita que se comió en México el general?

—¡Sí que es!

—¡Merendaremos puta de general!

—¡Qué buena que estás, mamita!

—¡Verás que los soldados somos más hombres que los generales!

—¡Te la voy a meter hasta tocarte el alma!

Una oleada de terror puro subió desde su adolorido estómago. Sabía que acabarían con ella, que la dejarían como a aquella pobre mujer de Irapuato, que ahora sí sería demasiado. Varias garras, más que manos, se asieron a sus senos y a sus muslos. Gritó por puro instinto, pensando que nadie pararía a aquellas bestias, que nadie osaría enfrentarlos, cuando escuchó una voz autoritaria:

—¡Suéltenla, imbéciles!

Un hombre alto, vestido de traje charro de faena, con cuatro cananas terciadas y la mano derecha apoyada en la cacha de nácar de una .45, miraba a los soldados con la mitad del rostro oculta por el ala del sombrero y la otra mitad apenas iluminada por la mortecina luz de una lejana farola.

—¿Qué gritas? ¡Nosotros tenemos nuestro propio gritón!

—¡Es uno de esos sombrerudos correlones de Contreras!

—¡Largo de aquí, cabrón!

—O quédate a vernos, ¡quizá aprendas algo!

—¡Te dejamos lo que quede, valedor, somos compartidos!

Las insolentes voces de los ebrios se superponían entre carcajadas, sin por ello soltar a María Eugenia. Dos o tres echaban mano a los fusiles cuando se escuchó un inconfundible sonido: detrás del hombre del sombrero, media docena más cortaron cartucho y superpusieron sus propios gritos a los de los soldados de Fierro:

—¡Vayan a hablarle así a su rechingada madre!

—¡Respeten al coronel, cabrones, que es más hombre que todos ustedes juntos!

—¡Arriba las manos, mierdas!

—¡Obedezcan o los quebro!

Altivas voces, con el mismo acento con que hablaba el teniente coronel que la sacó de Irapuato, interrumpieron la faena. Los hombres de Fierro fueron desarmados por los de Contreras y huyeron hacia el centro de la ciudad. La propia María Eugenia, en sus seguimientos, en sus exploraciones, en sus preguntas, descubrió que entre los villistas de Guadalajara había dos tipos de gente, dos estilos de mando: el de la gente de Fierro, soberbios y rapaces, altaneros y derrochadores, y el de los de don Calixto Contreras, un ranchero de edad más que mediana, nada atractivo, vestido casi siempre con amplio sombrero de paja y calzón de dril. La tropa de Contreras parecía de otra pasta, aún más sus oficiales, como el coronel que la rescató de la soldadesca; como el teniente coronel que la ayudó a salir de Irapuato. Su salvador se acercó a ella sombrero en mano una vez que los de la Brigada Fierro desaparecieron de la vista, la escoltó a la pensión y le pidió amablemente permiso para visitarla "al día siguiente".

Pero al día siguiente empezaron los combates y tres días después los villistas huyeron hacia Irapuato. El coronel no regresó y María Eugenia quedó atrapada en Guadalajara luego de ver el desfile triunfal de los carrancistas, encabezados por los generales Diéguez y Murguía. El papel villista quedó sin valor y los alimentos se encarecieron aún más. Menos de dos semanas después, sin un peso pero decentemente vestida, recién bañada, se presentó a pedir trabajo en el caserón aquel al que había visto entrar a Fierro y los suyos, establecimiento que tenía varios nombres según el pudor de cada quien: casa de citas, burdel, prostíbulo, putero.

Pocos días después regresaron los villistas y ella, que no quería ver a Fierro ni de lejos, se escondió en el cercano pueblo de Amatitán, en un rancho propiedad de la madama, su recién adquirida protectora. La espera fue larga pues los villistas tardaron dos meses en irse, pero en ningún momento pensó en trocar la dura labor del campo por la incertidumbre de Guadalajara; no hasta que se fueron y ella se reintegró, como fresca y refulgente estrella, a su nuevo oficio. No volvió a ver a aquel coronel al que ahora identificaba plenamente como el hombre del sueño de la otra noche.

I

Un Dorado

El general Lorenzo Ávalos Puente, con los codos apoyados en la barra de la cantina, escuchaba la explicación del general Juan B. Vargas:

—Así es, mi hermano: estoy en la Comisión Revisora de Hojas de Servicio. Es que hay un reverendo desmadre, Lencho. Cualquier hijo de vecino alega que fue capitán o hasta coronel a las órdenes de Juan de la Chingada. Por ejemplo, parece que en las fuerzas de tu paisano Juan Espinosa y Córdova pelearon como veinte coroneles. Y todos quieren medrar en el Ejército o de perdida cobrar su media paga.

—Ese Espinosa era puro pájaro nalgón. El único pinche carrancista de Cuencamé.

—Ni madres: tu amigo Pedro Favela también.

—Pero fue después de la derrota, Juan.

—Lo de Espinosa es nomás un ejemplo, Lencho. Figúrate nomás: orita tenemos como cuatrocientos coroneles en activo, con mando de tropa o comisiones o ve a saber qué. Además, hay unos ochocientos reconocidos ya por la Comisión Revisora de Hojas de Servicio, de los que doscientos están a media paga y los otros nomás reconocidos. No cobran un cinco, ni a uniforme llegan, pero se pasean con su patente y su pistola al cinto por doquiera. Como trescientos son conejos zapatistas que no tienen en qué caerse muertos, hay como ochenta o noventa federales huertistas y todos los demás son animales de distinto pelaje; de esos, los villistas son como ciento cincuenta.

—O sea, como dos regimientos de puro coronel.

—Y generales brigadieres, dizque como tú y como yo, hay unos trescientos cincuenta, cien de ellos en activo; doscientos de brigada y cuarenta y un divisionarios.

—¡¿Cuarenta generales de división?!

—Bueno, nomás catorce en el activo… para un ejército que no suma cuatro divisiones. Pero fíjate: generales de división son el turco… —mirando hacia a uno y otro lado, en voz más baja completó con ironía— quiero decir, el señor presidente de la república… y como cuatro de sus secretarios de Estado además del Indio Amaro, de Guerra y Marina y, por lo tanto, mi pinche jefe. Un buen número de gobernadores y caciques de toda ralea, como tu paisano Agustín Castro…

—¡El tuyo, qué!

—También mío, los paisanos uno no los escoge. Y suma y sigue: varios colorados, como tus cuates Almazán y el Camaleón, y a media paga, hasta tres o cuatro federales huertistas.

—No, pos sí que es un ejército y un gobierno de conciliación.

—Conciliación pura madre, porque los generales con mando de tropa efectivo son los meros cuates de don Bárbaro Ladrón… —y haciendo otra vez la pantomima de mirar a uno y otro lado, agregó—. Quiero decir, del caudillo, "el héroe invencible de mil batallas".

—El que nos rompió la madre.

—El general de división Álvaro Obregón Salido, que Dios guarde.

—¡Que Dios confunda y perroconfunda!

Bebieron y pidieron dos nuevos tragos mientras Lorenzo revisaba al antiguo amigo que lo había citado en esa cantina. Parecía que no habían pasado los casi cinco años que los separaban desde que se abrazaron bajo el sol de Tlahualilo tras la rendición del Jefe y sus últimos leales. Vargas vestía uniforme reglamentario de general brigadier de Estado Mayor y la mirada era quizá más viva, menos huidiza que en los duros meses del 19 y el 20, cuando andaban juntos a salto de mata. El mismo cuerpo duro que

Lorenzo vio resistir sin queja horas y horas de cabalgata, el mismo rostro curtido, la misma cabellera requemada, ahora cortada a cepillo; las mismas arrugas en los ojos y las comisuras de los labios, la misma palabra fácil. Solo el mostacho villista dio paso a un bigotillo ridículo, recortado al uso del que gastaba el señor presidente de la república.

—Nuestro caso, por ejemplo, Lorenzo. Los que nos rendimos con el Jefe en el 20 la teníamos fácil. Parte de los acuerdos de Sabinas, como sabes, obligaban al gobierno a reconocernos los grados y nuestro garante era el Jefe en persona, que les dio la lista. Así me incorporé al ejército como coronel y tú quedaste como general brigadier en disponibilidad, a media paga, sin estar forzados a probarle a nadie cuándo, cómo y dónde alcanzamos nuestros grados, pero pon que nos hubiésemos amnistiado antes: ahora tendríamos que demostrarlo. Yo estaría rogándole a Madinabeitia que me diese un certificado en que jurara que le consta que fui dorado y llegué a coronel; a ti, tu jefe Ceniceros te habría extendido un papel semejante, que luego de discutirse en una pinche comisión podría o no ser avalado. Pero imagínate la gente de Chihuahua: casi todos los jefes están muertos y ni modo que Madinabeitia o Nicolás Fernández se acuerden de cada uno. Muchos tienen que suplicar de puerta en puerta...

—Yo no hubiese rogado una pura chingada.

—No sabes, Lencho, cuántos de nuestros compañeros en Chihuahua están igual de pobres que antes, pero quince años más viejos. En Durango se quedaron con la tierra que repartió tu jefe don Calixto y tienen la protección de don Severino; en la Laguna, mal que bien los protege don Raulito Madero; pero en Chihuahua no tienen nada ni nadie. Y peor están los que se nos juntaron en el catorce, en Zacatecas, Jalisco, Guanajuato y Michoacán, esos sí se están muriendo de hambre y los tratan con la punta del pie.

—La gente de Jalisco y Guanajuato, que mandaban don Julián Medina y Abelito Serratos, peleó con nosotros en Guadalajara y la Cuesta de Sayula.

¿Te acuerdas? Los de Jalisco nos gritaban a los norteños: "¡arriba Jalisco, tales por cuales, los del norte son maricas!", mientras cargaban enloquecidos contra los yaquis de Diéguez. Ese pinche cerro de Sayula está tan tinto en sangre como el de la Pila, en Gómez Palacio. También estuvieron a nuestro lado nuestro en Santa Ana del Conde. Era gente brava. También los de Michoacán que juntaron los Pepes de la Sierra, José Ruíz Núñez y José I. Prieto, que en paz descansen...

—Esos meros. Pues se están muriendo de hambre. Y el gobierno la caga, porque el turco, es decir, el presidente, se está metiendo mucho con la Iglesia y con los curas.

—Toda esa gente era muy guadalupana... algunos andaban con nosotros nomás por eso, porque Obregón y los suyos tenían fama de comecuras.

—Pos eso, Lencho. Creo que si el gobierno sigue provocando a los obispos, a las beatas y ratas de sacristía, habrá una nueva quemazón por esos rumbos y nuestros antiguos compañeros se les van a juntar. Yo ya me apunté voluntario para ir a darles su agua, pero va a estar duro. Ya estoy hasta la madre de revisar las historias y los cuentos de tanto compañero de verdad y de mentiras, y de ver tanta pobreza en la gente entrona, así que si hay guerra, me voy de inmediato. ¿No vienes? Si quieres, si me dan un mando, te habilito como jefe de Estado Mayor.

—Te agradezco, Juan, pero acuérdate que tengo diez años más que tú y ya estoy cansado. La otra semana, por tres días de cabalgata me andaba yo muriendo. Pero no es eso: yo no serviría a ningún gobierno.

—Yo sí.

El general Juan B. Vargas terminó su tequila y pidió al mesero que los condujera al discreto reservado que había pedido al llegar; tras ordenar la comida para los dos, preguntó:

—¿Pa qué soy bueno, Lencho? No viniste hasta acá nomás pa saludarme.

—No, es cierto. Ando cazando a los que se robaron la cabeza del Jefe: los voy a matar porque ya estuvo bueno, así que estás advertido. Y el que profanó la tumba y sacó la cabeza es un capitán que era del 11º de Infantería, que ahora movieron a chingar a su madre Dios sabe dónde, pero que pasó por México. Necesito que me averigües on ta el vato, pa agarrarlo y seguirme luego con los otros.

—Vas derecho al grano, Lencho. No está fácil... Además, ¿pa qué quieres quemarlos? Son militares, y pa peor, de Sonora: si se entera la superioridad, luego luego irán por ti. Y si andas preguntando por todos lados, a esta hora ya estarán enterados.

—No estoy preguntando por todos lados, te estoy preguntando a ti que eres mi cuate y estuviste con el Jefe desde el 10 hasta el 20.

—Desde el 10 no, Lencho: yo, como todos los de Canatlán, me levanté con Urbina. Apenas en el 13, en la Primera de Torreón, me hicieron dorado.

—Ahí está, Juan; ustedes, los dorados, los que quedan...

—No llegaremos a veinte.

—...Ustedes, los dorados, deberían ser los primeros interesados.

—¿En qué, Lencho? El Jefe está muerto. No creo que a estas alturas creas en fantasmas.

—No es por el Jefe, Juan, que donde esté, si es que está, se encuentra por encima de todo esto. Es por su memoria entre nosotros. Por nosotros.

Un mozo les acercó dos chamorros de cerdo horneados, poniendo entre ambos un plato de frijoles refritos, una pila de tortillas, salsa molcajeteada y queso fresco rebanado.

Acabado el primer taco, y mientras se hacía el segundo, Lorenzo dijo:

—Te manda saludar el sargento Lino Pava.

—¿Y ese cabrón quién es?

—Un indio yaqui que era del 15º de Sonora y ora está en el 11º de Infantería.

—¿Y yo qué tengo que ver con los yaquis? Digo, además de todos los que maté en el 15.

—No habrán sido tantos, cabrón.

—Pos más que los que hay en tu cuenta seguro que sí: yo era dorado, y tú, de los correlones de Contreras.

—Ustedes, los dorados, siempre fueron muy pinches hocicones.

—Pero siempre sosteníamos nuestras habladas, aunque hoy no, hermano. ¿Quién es ese sargento que mientas?

—¿No te acuerdas de los del 15º de Sonora...?

—No me suena.

—En la Cuesta de Sayula, Juan.

Vargas achinó los ojos y luego se dio una palmada en la frente:

—¡Los que estaba fusilando Fierro!

—Esos.

—¡Haiga cosa, hermano! ¿Se acuerdan de mí?

—Se acuerdan del coronel de dorados que les salvó la vida.

—Pos por esos bravos yaquis que nos rompieron toditita nuestra madre, ¡salud!

Bebieron y callaron, hasta que Vargas preguntó:

—¿Cómo se llama ese capitán que nombras? ¿Del 11º de Infantería, dices?

—José Elpidio Garcilazo.

—Vale, pues: el lunes te averiguo con discreción on ta ese pinche Garcilazo, y le metes un plomo de mi parte. Vámonos de aquí, hermano, que espantan —añadió Vargas antes de pedir la cuenta.

Lorenzo sintió el golpe del aire frío al salir de la cantina. No había bebido tanto, no como Juan B. Vargas, pero la altura de aquella ciudad, el tequila y el golpe del frío lo obligaron a detenerse para afirmar las botas sobre la acera y envolverse en su sarape. Era una ciudad de hermosos edificios y noble disposición que nunca le había gustado. *A los norteños nunca nos gusta esta ciudad*, pensó.

—¡Vámonos de putas, hermano! —exclamó Juan B. Vargas tomándolo del brazo—. Las güilas se vuelven locas con el uniforme y tengo ganitas.

—Pos yo estoy medio pedo y no traigo un quinto.

—Yo te invito, hermano: no todos los meses se reencuentra uno en esta pinche ciudad con un compañero de verdad.

El resto de la noche lo pasaron en casa de doña Aurora Carrasco, en sano esparcimiento.

2

Recuerdos

El general Lorenzo Ávalos Puente despertó como entre algodones, con un ligero dolor de cabeza. Estaba solo en la habitación del burdel, donde había gastado todas las energías pasadas y presentes en dos espléndidas muchachas pagadas por Vargas; se vistió sin prisa, reconociendo su cuerpo todo. Al salir de la habitación descubrió que, naturalmente, en horas del día el salón principal era mucho más decadente que en la noche, a media luz. El parqué tenía quemaduras de cigarro y las paredes estaban desconchadas en varias partes.

—¡Despertó el bello durmiente! —la estentórea voz de Vargas cortó su análisis—. ¡Es hora de los chilaquiles!

Juan B. Vargas, sentado entre tres prostitutas, contaba chistes picantes. La juerga de la víspera no había dejado huellas visibles en el antiguo dorado, perfectamente afeitado y con su uniforme planchado, ni en las muchachas, que le celebraban los chistes con grandes carcajadas. Vestidas con sencilla ropa de calle y apenas maquilladas, parecían solo esperar a Lorenzo para abandonar el burdel rumbo a la misa, la visita a la madre campesina que fingiría creer que trabajaban como sirvientas, a los hijos adolescentes que empezarían pronto a trabajar; en fin, al largo domingo en que también ellas olvidarían su oficio. Ávalos, a quien el espejo de la alcoba le había devuelto la imagen de un cincuentón agotado, se sentó entre ellas, besó la mejilla de una de las putas que habían compartido cama con él y esperó los chilaquiles y la cerveza, que no tardaron en llegar ni en ser consumidos.

En la puerta del burdel, Juan B. Vargas le señaló un rumbo:

—Hermano, para allá está el Zócalo y a tres calles tu hotel. Mañana te envío un asistente con el dato que quieres —dijo, y volviéndose a una de las putas añadió—. Vámonos, chiquita.

Brillaba el sol del mediodía bajo un cielo transparente. Lorenzo miró a Juan y a la muchacha perderse en una esquina, y a las otras dos caminar en dirección opuesta. Echó a andar despacio, atrayendo tantas miradas sobre su persona como las que él dirigía a los edificios. Pensó que quizá no le gustaba la ciudad por mero prejuicio y recordó que en diciembre del 14 los había recibido de fiesta. También los pobres de la capital, como los de todo México, salvo los que vivían engañados por los ricos y los curas, querían revolución.

Recordó al Jefe en la ciudad, el Jefe perdido, tratando de entenderla, mientras lo acusaban falsamente de fusilar a diestro y siniestro, mientras recogía a los niños de las calles para enviarlos a las escuelas de Chihuahua, mientras cortejaba a María Conesa, "la gatita blanca", y la bellísima mujer le daba calabazas –y el Jefe no la violó, como habría hecho si los infundios levantados sobre él tuvieran pizca de verdad—. Lorenzo revivía en su interior aquellos días de invierno y victoria, regados con los mejores licores robados en los sótanos de las casas ricas. Evocaba al Jefe cuya imagen, cuyo recuerdo quería vengar. Se sentó en un portal frente a la plaza y pidió una cerveza que disfrutó tanto como el recuerdo de las piernas, las nalgas, las tetas, los coños de las dos putas que la noche anterior le había pagado Juan B. Vargas.

Reconoció que escuchó hablar del Jefe apenas en abril o mayo de 1912, durante la rebelión de Orozco, sin imaginar entonces en lo que se convertiría, en lo que todos se volverían bajo su mando. Por entonces se trataba de un guerrillero famoso, uno de los leales de Chihuahua, eso era todo: Pancho Villa. Un año después, también por abril o mayo, volvió a oír su nombre otra vez: cuando los guerrilleros de Durango vieron en acción a

Urbina y éste fue capaz de poner cierto orden y sincronizar a los hombres de Contreras, de Arrieta, de Pereyra, para tomar la capital del estado, alguien le dijo: "Este Urbina aprendió con su compadre, Pancho Villa, que cada vez hace más ruido allá en Chihuahua. Ese Villa es la lumbre". Entonces Lorenzo y muchos como él empezaron a pensar que sí, quizá ese Villa era la lumbre.

Lo vio por primera ocasión en la hacienda de La Loma, la inolvidable mañana del 29 de septiembre del 13; permanecía en su memoria a la distancia porque ese día casi le pareció uno más. Los guerrilleros de las brigadas Juárez y Primera de Durango, de los generales Calixto Contreras y Orestes Pereyra, procedentes de sus campamentos en Velardeña, llegaron juntos como a las diez de la mañana; para entonces la gente de Urbina y los hombres de Chihuahua, de las brigadas Villa y Benito Juárez, terminaban de carnear las reses y de preparar los asadores de campaña a ras de tierra. Recordándolo bien, aunque las avanzadas federales estuvieran ahí nomás en Avilés, sí había un ambiente festivo y entre la tropa corrían el pulque y la cerveza; acordándose bien, sí se sentía que era un día distinto. El sotol fluía con discreción, porque los jefes les habían dado la orden de no emborracharse. Contreras y Pereyra, seguidos por media docena de oficiales entre los que Lorenzo recordaba a don Severino, José Carrillo, Mateo Almanza, Canuto Reyes y Pedro Favela, entraron en la casa grande de la hacienda.

Varios capitanes de la Brigada Juárez de Durango, entre los que iba Lorenzo, recorrieron los campamentos saludando a los capitanes de Urbina: el desalmado Fierro; Pablito Seáñez, Pico de Oro; Juan B. Vargas, ahora general de brigada del ejército; Faustino Borunda, tan malo como Fierro, y se acercaron a los de Chihuahua para conocerlos: "Aquel muchachito es el famoso Martín López, ese alto es Nicolás Fernández, el que florea la mangana es Agustín Estrada, aquel güero de allá es Candelario Cervantes", les iba mostrando Juan B. Vargas entre los más famosos de los que estaban afuera, porque los jefes principales se hallaban reunidos en la casa grande.

Lorenzo los vería morir prácticamente a todos, pero prefirió no desviar sus recuerdos y regresó con la segunda cerveza a aquel soleado mediodía de hacía casi trece años. De pronto sonaron los toques de formación y las fuerzas se acomodaron en sus posiciones. Los jefes congregados en la casa grande salieron y un grupo de ellos, los laguneros, marcharon al galope hacia el oriente, escoltados por un centenar de jinetes; los demás jefes se dirigieron a las fuerzas de Chihuahua y a la Brigada Morelos. Desde su posición, Ávalos advirtió que Pancho Villa —alguien se lo señaló por su nombre— iba al frente del grupo y era quien hablaba a los soldados. Minutos después, con Contreras y Pereyra flanqueándolo, seguidos por una veintena de jefes y oficiales, Villa se dirigió hacia donde estaban formados los de Durango. Allí fue don Calixto el que habló:

—¡Compañeros! —Lorenzo rememoraba la arenga— ¡Desde este día, todos los que aquí estamos nos vamos a juntar y a pelear unidos! ¡Desde hoy somos la División del Norte y este que ven aquí, el general Francisco Villa, será el jefe de todos nosotros!

—¡Viva Villa! ¡Viva la División del Norte! —lanzaron por vez primera los hombres de Durango el grito que los haría famosos.

—¡Muchas gracias, compañeritos, aquí estoy pa lo que manden! —gritó Francisco Villa, a quien los ojos le reían más que la sonrisa—. Y ahora, ¡vamos a tomar Torreón!

—¡A Torreón! —gritó la gente.

Y a Torreón salieron de inmediato, sin recoger los campamentos: entraron triunfantes tres días después. Y Lorenzo, que pidió otra cerveza, evocaba ahora a aquel hombre no muy alto, casi gordo, güero colorado, de ojos sonrientes y dientes amarillos, descuidado sombrero y pistola chiripera, al que siguió desde entonces y hasta el día que lo mataron.

Vino a su mente también la primera vez que habló con él y la última que hablaron solos durante largo rato. La primera fue medio año después de aquel mediodía, de nuevo ante Torreón, o mejor dicho frente a Gómez Palacio. Mientras Pancho Villa conquistaba Chihuahua, los federales recuperaron la plaza —se la habían quitado a ellos, a los hombres de Contreras—, haciendo de ella la más terrible fortaleza que se viera en toda la guerra, y la División del Norte atacaba otra vez Torreón. Al anochecer de un día, uno de esos días que en la memoria se le confundían entre la sangre y el polvo, un oficial de órdenes lo mandó llamar al cuartel general de la brigada, situado temporalmente en un miserable ranchito al pie de la sierra de Lerdo, afuera del cual haraganeaban los oficiales de órdenes y una docena de dorados.

Con el amplio sombrero en la mano —los de Durango, a diferencia de los de Chihuahua, todavía no usaban uniformes— Lorenzo saludó a los jefes reunidos: Contreras, Pereyra y Ceniceros, con media docena de coroneles de Durango, y el Jefe con Fierro, el Chino Banda y Nicolás Fernández. Escudriñó con malos ojos a Fierro, con quien sus hombres se habían hecho de palabras esa mañana, y el Carnicero le devolvió la mirada con la socarrona sonrisa de costumbre, esa sonrisa que erizaba los pelos y advertía que era mejor no acercarse demasiado: nadie quería encontrarse con ese hombre en un mano a mano. Luego se puso frente a don Calixto Contreras y le dijo:

—A sus órdenes, mi general.

Habló don Calixto, volviéndose hacia el Jefe:

—Este es el mayor Lorenzo Ávalos Puente, mi general, el jefe del que le platicaba.

Pancho Villa lo miró a los ojos y le tendió la mano. Lorenzo la estrechó: era una mano firme, callosa, de gente de trabajo, que transmitía seguridad y fuerza:

—Aquí don Calixto habla maravillas de usted, compañerito.

—Se hace lo que se puede, mi general.

—Pues esta noche tendrá que hacer más que eso. Con parte de su compañía y otros hombres que don Calixto ha seleccionado, mineros de Velardeña, le toca atacar el corral de Brittingham. Será sobre las diez, media hora después de que el grueso de la brigada, apoyada por la Primera de Durango, inicie el ataque a las trincheras. También habrá baile por el lado de la Alameda.

Lorenzo se rascó la cabeza y respondió:

—¿El corral de Brittingham? Eso va a estar muy duro, mi general.

—Duro va a estar. Les he mandado pedir una caja de bombas hechas con dinamita; dejarán acá las carabinas y escalarán las paredes, arrojando la dinamita del otro lado. Lo harán en el momento en que se los ordene uno de los dorados que voy a enviarles.

—Nos van a cazar como conejos, mi general.

—No, mayor, estarán distraídos... Pero, ¿duda usted?

—Dudo, pero cumplo —respondió Lorenzo, que tenía ganas de borrar a balazos las insolentes sonrisas de Fierro, Banda y Fernández.

Los ochenta hombres puestos a sus órdenes dudaron menos que él cuando les explicó lo que tenían que hacer. Nerviosos, cigarro en mano, comentaban el asunto con Juanito Reed, un amigo gringo que había estado por ahí con la Brigada Urbina y que le caía en gracia a los soldados. El recelo apareció cuando un tipo malencarado y de ojos rencorosos, con uniforme de capitán de dorados —Candelario Cervantes, a quien fusilaron los gringos dos años después—, llegó fumando un grueso habano.

—Es hora, muchachos. Enciendan sus puros o sus cigarros pa darle fuego a la mecha, y no la prendan hasta que estén cerca de la pared.

—¡Caramba, capitán, eso va a estar de la chingada! ¿Cómo vamos a saber el tiempo exacto?

Otra voz, áspera, profunda, habló en la oscuridad:

—Yo les diré cómo. Vengan conmigo nomás.

—¡Viva Villa! —un grito ahogado, casi un susurro, surgió de los hombres al reconocer al general en jefe, que como todos ellos llevaba un puro en una mano y una bomba de dinamita en la otra. Lo siguieron Cervantes y Ávalos, y detrás de ellos ("como un torrente", escribiría Reed) los ochenta soldados.

Lorenzo siguió recordando. La última vez que hablaron a solas, siete meses y cuatro días antes de que lo asesinaran en Parral, el Jefe lo mandó llamar y le pidió que lo acompañara a recorrer las tierras de Canutillo: fueron cuatro horas al paso de sus caballos en una helada madrugada que fue dejando su lugar a una mañana tibia bajo el sol de Durango. El Jefe comentaba con él las cosas de la tierra, de las vacas, de la siembra, y luego, de pronto, le dijo:

—¿Viste, Lorenzo, que el gobierno de Chihuahua planea devolver a los Terrazas las tierras que les quitamos hace nueve años?

—El hijo de la chingada de Enríquez…

—No, Lorenzo, no es ese cabrón, y si me apuras, tampoco Obregón. Lo están haciendo en todo el país menos en Veracruz, en Yucatán y en Durango. Solo donde la gente sigue luchando se ha salvado algo de lo que se ganó.

Diez minutos después, el Jefe agregó:

—Vamos a regresar, Lorenzo. No este año y puede que tampoco el otro, porque hay elecciones, pero vamos a regresar.

Ahora, en la ciudad, en aquella plaza bordeada por señoriales edificios, con la tercera cerveza, Lorenzo sigue sintiendo la euforia que lo invadió aquella vez, como en otros ayeres en los que cargaban contra el enemigo. Sí, recordaba esa tarde en Canutillo, cuando el Jefe le aseguró que regresarían, que no vivirían siempre en aquel exilio interior de Canutillo, entre la derrota y el alcohol. ¡Por fin!

—Por eso, Lorenzo, tengo que pedirte algo seriamente —le dijo entonces el Jefe con el semblante serio.

—A sus órdenes, mi general.

—Deja el trago, Lorenzo.

Sintió un ramalazo de ira y la insoportable gana de rebelarse, de no acatar la orden directa. Pero no respondió. ¡Qué tenía que ver el trago con la lucha! Una vez más, el Jefe iba a empezar con sus tonterías abstemias. Dejar el trago... lo hizo por siete meses y siete días. Mientras pensaba en la vuelta a la lucha, en ocasiones reconocía que el Jefe tenía razón y que el alcohol cotidiano lo hacía actuar distinto. Se percató de que cada día era solamente un día más sin beber; a eso se reducía todo, a contar los días, a mantener a raya las ansias. Así obraban los juramentados, él lo sabía. Solo contando cada día, uno a uno, se podía llegar al siguiente. Pero cuando los asesinos cancelaron el regreso previsto con la emboscada de Parral, cuando los cincuenta hombres de Canutillo, al frente de los cuales iban Nicolás Fernández, Sóstenes Garza y él mismo, escoltaron los restos mortales del Jefe al panteón de Parral, Lorenzo agarró una borrachera que duró una semana y luego habló con Nicolás: él no podía seguir. Se iba. Se fue.

Sí, reafirmó Lorenzo ahora, en la ciudad de México, ante el vaso vacío de la última cerveza mientras un extraño temblor sacudía sus manos, mientras una extraña sensación recorría sus nervios, había que matar a esos cabroncitos que profanaron la tumba del Jefe. Sí, pero también había que volver a empezar aquella revolución que quería el Jefe.

3

Comunistas

El general Lorenzo Ávalos Puente leyó las tres líneas que ya cerca del mediodía le llevó el enviado de Juan B. Vargas. "Por orden superior, el capitán primero José Elpidio Garcilazo Rodríguez, ascendido al grado inmediato superior, fue transferido al 43º Batallón de Infantería, con base en la ciudad de Alvarado, Veracruz".

El general regresó a la cantina donde había comido con Vargas dos días atrás. En lugar del chamorro pidió un platón de barbacoa de borrego que acompañó con un curado de avena. Pensó que debía regresar al burdel y gozar a las mismas mujeres, hasta que contó los pesos que le quedaban y descubrió que no le alcanzaría ni para los tragos. Reconsideró y decidió ir en busca de José Guadalupe Rodríguez, el bolchevique o comunista cuya dirección en México le diera el general Ceniceros. Al llegar al lugar, luego de demasiadas preguntas, algunas de las cuales suscitaron miradas suspicaces que se turbaban a la vista de las pistolas de Lorenzo, llegó finalmente al cuarto de un antiguo convento, bastante maltratado por el tiempo, en el que destacaban la pobreza, el olor del hacinamiento y una sensación de malestar que no tardó en identificar porque la conocía muy bien: la derrota. Si por fuera el edificio era de piedra vieja, los patios interiores, a los que entró sin hacer caso de las miradas cargadas de hostilidad de la media docena de vecinos recargados en el quicio del portón, conservaban parte del encalado y una serie de símbolos con los que empezaba a familiarizarse, símbolos referentes al trabajo agrario y fabril en los que dominaban los colores rojo sangre y amarillo chiclamino.

Lorenzo llamó a la puerta del cuarto marcado con el número doce, domicilio de Rodríguez. Evidentemente no había nadie y el general lio un cigarro, preparándose para una larga espera, cuando una vecina pasó a su lado y susurró "¿Por qué no prueba en la oficina?", mientras señalaba con la mirada hacia el fondo del sombrío edificio.

Lorenzo desabrochó con un discreto movimiento la fornitura de la pistola, que colgaba muy cerca de su mano derecha; levantó el ala del sombrero, devolvió algunas de las hostiles miradas del vecindario y se encaminó hacia donde le habían indicado. Efectivamente era la oficina: al final del segundo patio, más sombrío que el primero si era posible, en letras rojas, sobre un círculo rojo y amarillo más o menos bien trazado, se leía: "Partido Comunista de México. Oficina del Comité Central". Lorenzo se introdujo por la puerta abierta quitándose el sombrero con la mano izquierda, la derecha atenta aún a la pistola, y saludó con un "buenas tardes" a un hombre muy joven y una señorita de agradable presencia que despachaban correspondencia en desvencijados escritorios bajo retratos de desconocidos melenudos de otra época y de un calvo pelirrojo de afilada barbita que arengaba multitudes. También había fotos de Ricardo Flores Magón y Emiliano Zapata.

El hombre joven y la señorita se levantaron de un salto, miraron con desconfianza y cierto temor a Lorenzo —pesaba en la oficina la misma sensación de derrota que en el resto del edificio—, y el hombre se acercó a la especie de mostrador de tienda que obstaculizaba el paso hacia sus escritorios y la puerta del fondo, desde la que se filtraban ruidos de reunión. Lorenzo se abstrajo y miró a la muchacha, que le sostenía la vista. Le calculó unos veinticinco años; no era tan bella como las maniquís que en los últimos años aparecían en carteles de publicidad, tampoco se parecía a las prostitutas de la antevíspera, pero su manera de ver y la firmeza de sus facciones atrajeron poderosamente la atracción de Lorenzo. Más adelante la aprendería de memoria, pero de momento bastaron sus ojos, las manos de largos y expresivos dedos, la altura olímpica y desdeñosa de su mirada.

—¿Qué desea? —el joven secretario interrumpió sin más la contemplación de su compañera.

—Busco al señor José Guadalupe Rodríguez —dijo Lorenzo, todavía con el sombrero en la mano.

—El camarada Guadalupe está en comisión fuera de la ciudad.

—¿Dónde?

—Eso no se lo puedo decir.

—Mire usted que traigo una recomendación del general Severino Ceniceros…

—Uno del gobierno, senador hasta hace unos meses… —escupió con desprecio la mujer.

Lorenzo los miró a ambos, considerando replicarles con dureza, pero lo pensó mejor, se caló el sombrero y dio media vuelta.

—Caballero, señorita —saludó tocándose apenas el ala del sombrero.

Cuando estaba en la puerta escuchó que terminaba la reunión de la habitación trasera y se volvió justo a tiempo para ver salir a varios hombres vestidos con sencillas ropas de manta o dril, cubiertas las cabezas por informes gorros de tela y ninguno armado, al menos visiblemente. Algunos lo ignoraron por completo y otros le echaron desconfiadas ojeadas, pasando a su lado sin saludarlo. Lorenzo respiraba pausado, la mano derecha apoyada en la culata de la pistola, conteniéndose para no dar merecida respuesta al insulto recurrente, cuando uno de los que salían, manco y con el sombrero en la única mano, vestido con un raído saco sobre una camisa arrugada que había visto mejores épocas y con la corbata mal anudada, le dirigió una mirada interrogativa seguida por una sonrisa:

—¿El general Lorenzo Ávalos Puente? —preguntó, y ante la respuesta leída en el rostro del visitante, el hombre se puso sobre la nuca el arrugado sombrero para liberar la mano que tendió ceremoniosamente a Ávalos. Éste a su vez dejó en paz la cacha de la pistola para saludar al personaje rechoncho, de baja estatura y con un bigote casi tan poblado como el suyo. La duda que se leía en los ojos de Lorenzo llevó a aquél a presentarse:

—Fermín Valencia, mi general, capitán de la Brigada Cuauhtémoc.

Lorenzo lo miró con cuidado unos instantes, buscando bajo las arrugas de los ojos, detrás de las canas que le griseaban el bigote y más allá del sobrepeso al guerrero de diez o doce años atrás, hasta que una sonrisa tan cálida como la de su interlocutor asomó a sus ojos y sin soltar la mano del hombre recordó:

—Fermín Valencia, el poeta.

—A la orden, mi general —volviéndose hacia quienes habían detenido su salida para mirar la escena, dijo con cierto énfasis—. Camaradas, este que ven aquí es el general villista Lorenzo Ávalos Puente; si ustedes creen que la reforma agraria es una de las demandas centrales del proletariado rural en México, deben reconocer en él a un auténtico precursor, a un camarada de los nuestros.

Los hombres entonces se acercaron uno a uno a estrechar la mano de Lorenzo antes de seguir su camino, hasta que quedaron solamente el joven y la mujer de los escritorios, además de Fermín y otro más, casi adolescente, quien se presentó como Leonardo González. La mujer, en quien Lorenzo tenía puesta su atención aunque no la mirara de frente, lo analizaba con una fría, extraña mirada.

—Disculpe usted a los camaradas, general, pero hemos recibido muchos golpes últimamente y el atuendo que usted viste lo delata a la legua como militar norteño —dijo González.

—Soy militar y norteño, compañerito —dijo Lorenzo.

—Pero por acá los villistas casi no existen, mi general —apuntó Fermín—. Los militares norteños a los que se refiere el camarada son los obregonistas de Sonora o Coahuila, y créame, casi ninguno nos gusta. Al menos no los que pululan por esta ciudad.

—A mí tampoco me gustan —agregó Lorenzo.

—El señor general preguntaba por el camarada José Guadalupe —apuntó el joven del escritorio en un tono muy distinto del que había usado antes.

—¿Para qué lo quiere, mi general? —preguntó Fermín.

Lorenzo lo miró fijamente y resolvió confiarse:

—En realidad lo que necesito son amigos de confianza en Veracruz —la mujer se sobresaltó casi imperceptiblemente pero Lorenzo, que no dejaba de vigilarla al sesgo, lo advirtió de inmediato, aunque no le dio importancia al hecho.

—¿En el puerto de Veracruz, mi general? —preguntó Fermín.

—Por ahí, Fermín.

—¿Para qué necesita amigos allá, mi general?

Lorenzo meditó por un momento y luego dijo:

—Dos cervezas bastarán para explicarme, Fermín, ¿viene por ellas?

—Vamos, mi general, nos conviene que el camarada Leonardo nos acompañe. Es de toda confianza, un camarada probado en la lucha.

Lorenzo miró a Leonardo González, un chamaco que no ajustaría veinte años, y se preguntó a qué luchas se referiría Fermín Valencia. Las únicas que valían la pena se habían librado diez años atrás, cuando el "camarada probado" aún orinaba la cama; desde entonces todo era un desgarrador ir cediendo, de derrota en derrota. Sin embargo, como le contara el general Ceniceros, quizá en el resto del país algo quedara, y no solo la derrota como en los pueblos de Durango.

Lorenzo volvió a quitarse el sombrero, le extendió la mano al joven, que se la estrechó, y a la mujer, que volvió a sostenerle la mirada. Lorenzo estuvo a punto de bajar la vista pero aguantó y propuso:

—¿No gusta acompañarnos, señorita?

—Me disculpará, general, pero estoy retrasada.

La salida de Lorenzo y sus dos acompañantes fue vista por varios de los vecinos con casi la misma hostilidad con que fue recibido, lo cual despertó varias preguntas en la mente del general. En las callejuelas por las que se internó Fermín, quien guiaba la comitiva, había robustos mocetones o desechos humanos sentados a la sombra de las paredes, la navaja bien a la vista y el semblante claramente hostil dirigido a los tres pero sobre todo a Lorenzo, que volvió a recargar la mano derecha en la pistola a la vez que observó a sus acompañantes echar hacia atrás los faldones del traje para mostrar sendos pistolones encajados en el pantalón.

Marcharon durante unos diez minutos que bastaron para desorientar a Lorenzo, quien a pesar de su experiencia guerrillera y su capacidad para encontrar caminos, con trabajos percibía que el rumbo general los llevaba hacia el oriente por callejuelas cada vez más bajas, más lodosas, más miserables, hasta que entraron por una pequeña puerta a una oscura sala que trascendía desagradables efluvios de pulque y sudor. De entrada, el lugar le pareció a Lorenzo más patibulario que los callejones, pero tan pronto sus ojos se adaptaron a la penumbra reinante, observó que los parroquianos, muchos de ellos con navajas en las fajas y algunos incluso empistolados, dirigían amistosas sonrisas a sus dos acompañantes y apenas miradas valorativas a su persona. Estaba claro: la pared detrás del mostrador estaba adornada con los mismos retratos de los barbudos y el calvo que viera en la oficina de la que habían salido minutos antes.

Fermín los guió a una mesa en un rincón y luego le dijo a Lorenzo:

—Tendrá que cambiar de atuendo, mi general, antes de ir a Veracruz, a menos que quiera atraer sobre usted y sobre los amigos la atención del respetable. También deberá portar la pistola de manera más discreta.

—Si usted me dice dónde y cómo, amigo Valencia, aceptaré su consejo.

—Vaya, pues. Ahora lo nuestro: ¿qué se le perdió en Veracruz?

—El hijo de la chingada que se robó la cabeza del Jefe.

—¿Qué jefe? —preguntó Leonardo González, y de inmediato supo que la pregunta no era muy inteligente.

—El general de división Francisco Villa, asesinado a mansalva por nueve matones hace casi tres años —dijo Lorenzo.

—El general de división Francisco Villa, campeón del pueblo pobre —apuntó Fermín.

—Pancho Pistolas, el cabrón más valiente, el mejor jinete, el más certero tirador que vi nunca, y mira que vi muchos. Me regaló la pistola que traigo al cinto. Me hizo general.

—El gobernador que se adelantó en cuatro años al camarada Lenin al quitarle sus propiedades a los ricos de Chihuahua y ponerlas al servicio del pueblo.

—¿El bandolero Villa? —preguntó Leonardo con retorcida sonrisa.

—El bandolero, el violador, el criminal, el destructor, el asesino, dicen los ricos —confirmó Ávalos—, los mismos ricos, los mismos cabrones del gobierno que el mes pasado mandaron a unos pagados a profanar su tumba y robarse la cabeza.

Las alabanzas, que podían prolongarse hasta el infinito, fueron cortadas por un mozo que sirvió jarras de pulque a los comunistas y "nada, gracias" a Lorenzo.

—¿Y está usted buscando a quienes lo hicieron?

—Precisamente. El oficial que dirigió la operación, según mis informes, fue trasladado a Alvarado, Veracruz, donde nunca he estado ni conozco a nadie. Estoy seguro de que si llego ahí, aun sin este atuendo que tanto les molesta, me detectarían de inmediato: uno de los compañeros de Villa en un pueblo como ese, días después que el oficialito de mierda al que busco, daría color de inmediato.

—Eso sin duda, sobre todo porque las cosas están calientitas por allá.

—¿Cómo de calientitas? —preguntó Lorenzo.

—Hay un poderoso movimiento agrario en la región que cuenta con el respaldo del gobernador: tibio, pero respaldo al fin. Sin embargo, desde hace cuatro o cinco años que empezó, los federales han sido los protectores de los hacendados y sus guardias blancas, con lo que la violencia está a la orden del día entre los compañeros y esos cabrones, así que allá se sospecha de todo mundo. De verdad, general, que si llegara usted así nomás, más temprano que tarde lo habrían cazado.

—Y entre los agraristas que dice, ¿cuenta con amigos, Fermín?

—Alguno habrá, general, alguno habrá. Pero es peligroso matar a un oficial federal. Puede desatar la furia de los cabrones esos y romper el equilibrio...

—¿Equilibrio, Fermín? No me hable así, ¿no son ustedes los comunistas los que hablan de continuar la revolución? ¿Qué equilibrio, con el Manco y el Turco repartiéndose el poder y protegiendo a los mismos ricos de siempre, y a los nuevos ricos en que se han convertido ellos?

—En Veracruz las cosas son distintas que en el norte, general. En Chihuahua y Durango perdimos una revolución; en el Golfo apenas están empezando la suya, de otra forma, con otras tácticas, distintos aliados, pero revolución al fin —dijo Fermín.

—En la quemazón, la quemazón grande, no vi ningún pinche jarocho como no fuera desde la mira de mi carabina.

—Por eso: estaban del otro lado, general, y eso les ha permitido ahora empujar la reforma agraria, avanzar en la organización sindical. Es una revolución sin batallas...

—Una revolución de mentiritas.

—Perdone usted, general —interrumpió Leonardo—. Si cree que el reparto agrario y la organización campesina y obrera son un punto de partida para la revolución, allá en Veracruz están iniciándola. Y mire que si nos oyeran nuestros camaradas del partido nos expulsarían por decir en voz alta lo que pensamos muchos: que luego de tantos años de guerra hay que aprovechar todos los espacios y sacarle jugo a todas las alianzas. En el gobierno, general, hay hombres que piensan que éste surgió de una revolución y por eso es un gobierno revolucionario...

—Eso suena como los discursos de Morones o de Soto y Gama, dos pájaros nalgones de mucho cuidado, compañerito —arremetió Lorenzo, usando como ejemplos a los dirigentes agrarista y obrerista consentidos del gobierno.

—Quizá tenga usted razón, mi general, pero ya que va a Veracruz, y en particular a esa región a la caza de un oficial de la guarnición federal, conviene que sepa a qué atenerse —insistió Leonardo.

—Y sobre todo, quiénes son y qué piensan los que pueden ayudarlo —regresó Fermín a la charla.

—Ta bueno. Si es o no es, ya lo veremos de aquel lado, compañeritos.

—Mañana le doy a usted una recomendación amplia, cumplida y suficiente para nuestros camaradas del puerto de Veracruz, quienes podrán llevarlo a Alvarado y la región del río Papaloapan, donde los federales combaten contra los nuestros todos los meses —remató Fermín.

Los comunistas bebieron y hablaron de otras cosas. Lorenzo se enteró de una huelga de inquilinos, de pobres desesperados que dejaron de pagar la renta de los desvencijados cuartuchos en que se hacinaban en una ciudad que había sufrido atrozmente la revolución. Supo que en 1915, cuando los villistas abandonaron la capital para no volver nunca, los pobres pasaron hambres terribles y no pocos murieron; le informaron de epidemias y desastres, represiones sangrientas y nuevas luchas que agitaron esa urbe enorme, invivible, que él creyó estéril y sin sentido durante las dos gloriosas semanas que la habitó como conquistador en el tan lejano diciembre de 1914. Escuchó que muchos pobres, demasiados para el gusto de la policía, añoraban los meses aquellos bajo el dominio de los ejércitos de Villa y Zapata.

Cuando finalmente regresaron a la luz del sol, Lorenzo se sentía sediento, muy sediento, y preguntó a Fermín:

—¿No hay algún lugar en el que vendan bebidas civilizadas, poeta?

A la vuelta de la pulquería Lorenzo creyó distinguir, en la esquina, a la bella mujer que varias horas antes lo miró con desprecio desde el escritorio, en las oficinas del Partido Comunista. Sin embargo, desechó la idea.

4

Ferrocarriles

El general Lorenzo Ávalos Puente notó que lo seguían dos hombres jóvenes, vestidos con trajes mal cortados y brillosos por el uso. Los descubrió desde que salió de la tienda de ropa recomendada por Fermín Valencia donde compró los pantalones blancos, la guayabera y el sombrero panamá que llevaba en un envoltorio bajo el brazo. Al pararse en un portal a forjar un cigarro con la calma que la operación requería y luego de tomarse la penúltima cerveza en la ciudad de México, vio de reojo a unos hombres y confirmó que lo acechaban.

De vuelta en el hotel, recogió su mochila de campaña, revisó que sus pistolas estuvieran a punto y a paso lento se dirigió a la estación de Buenavista, no a la de Colonia, donde había pensado ir originalmente. Compró un boleto de primera rumbo a Irapuato: no quiso desperdiciar el escaso dinero pagando hasta Durango solo para engañar a sus perseguidores.

Recordaba bien Irapuato, pues fue la base de la Brigada Juárez de Durango durante una parte de la campaña de 1915, por eso le llegó pronto a la cabeza el nombre de la ciudad fresera al momento de comprar el boleto; entró al vagón que le tocaba y se arrellanó en la litera. Al subir al tren solo lo observaba uno de los hombres y al otro lo vio salir de la oficina de telégrafos poco después, lo que le hizo pensar que el jefe de los matones que andaban tras él —debían ser buenos con la pistola y despiadados a la hora de usarla, de lo contrario no les habrían encargado seguirlo— no formaba parte de las estructuras del gobierno federal. Luego consideró que pudo haber usado el teléfono: si le fuera posible, habría ido enseguida a averiguar si el sujeto telegrafió o telefoneó, y a quién o adónde.

Cuando el tren salió de la estación, Lorenzo, sin abandonar su mochila, fue al coche comedor, donde ingirió una cena abundante y ordenó varios vasos de tequila y una cerveza con los que, en realidad, montó una charada: al sentir la mirada de uno de los matones en su espalda, vaciaba con disimulo el tequila en su cantimplora antes de pedir el siguiente trago. Terminada la cena y el teatro, Lorenzo pagó la cuenta y se dirigió a su litera con paso tambaleante. Una vez dentro, desapareció la fingida borrachera y se cambio la ropa deprisa; dejó su mochila en la litera más visible desde la puerta del compartimiento, la cubrió con su sarape y su sombrero de charro, además de acomodar convenientemente las mantas de la cama para que en conjunto aparentaran una figura humana dormida.

Calculó que aún faltaba una hora para Tula, así que se sentó con las piernas dobladas, tapado con una manta oscura, al lado de la puerta; metió su cartilla militar y el dinero que le quedaba en un pequeño morral que tenía a un costado, lo mismo que su flamante sombrero panamá.

Llevaba más de una hora sentado, las rodillas le dolían y la espalda empezaba a molestarle, cuando escuchó que la puerta se abría con un chirrido casi imperceptible. Sin entrar, desde la puerta, los dos matones vaciaron sus armas contra el bulto que formaban mochila, sarape, mantas y sombrero. Terminada la primera descarga, Lorenzo rodó hacia el quicio de la puerta y disparó desde el suelo metiendo tres o cuatro balas en el cuerpo de uno de los pistoleros pero sin acertar en el otro, que corrió por el pasillo. El general se echó el morral al hombro, llevó el panamá a su cabeza, cambió de pistola, tomó el sarape con la mano izquierda y salió volando al pasillo, temiendo recibir las balas de su enemigo. No fue así, pero alcanzó a verlo saltar del vagón, unos buenos cien metros antes de la estación, aunque ya en el patio de maniobras. Antes de seguirlo, gastó otro medio minuto en arrojar el cadáver sobre su litera, sacarle al muerto la cartera y cubrirlo con su manta y su sombrero de charro. *Con suerte*, pensó, *no lo encuentran hasta Irapuato. Con suerte no lo identifican.*

La noche era cerrada cuando Lorenzo descendió a su vez del vagón en marcha, pero del lado opuesto al del matón. Consideró que su sombrero brillaría a la luz de la luna, lo cual lo convertiría en un blanco fácil, de manera que lo metió doblado en el morral. Tuvo suerte: quizá el asesino esperaba que descendiera por su mismo lado y él, agachado, alcanzó a verlo por debajo de los vagones a unos cien metros. Corrió pistola en mano hasta alcanzarlo, volvió a agacharse y apuntó con cuidado. Los disparos derribaron al hombre. El silbato de la locomotora y los chirridos del tren frenando opacaron el ruido de los balazos; volvió a tirar sobre el bulto caído tres o cuatro veces y guardó en el morral sus dos pistolones. Cuando el tren pasó, esculcó rápidamente los bolsillos del muerto, llevándose la cartera. Se fue hacia el lado contrario de la estación y caminó a paso rápido en dirección al pueblo, pensando rentar un coche, pero para su fortuna vio un penco mal ensillado atado a la puerta de un jacal; silenciosamente, pistola en mano, entró al patio, acarició a la bestia unos minutos, la desató y se la llevó consigo. Cincuenta metros más allá la montó y tomó al trote el camino a Pachuca, a cuyas afueras abandonó a su agotada cabalgadura.

Sentado en una fonda pegadita a la estación, donde le sirvieron de desayuno unas empanadas sólidas como piedras llamadas pastes, Lorenzo revisó las carteras de los muertos: según sus cartillas, eran dos tenientes de infantería, uno de Michoacán y el otro de Zacatecas. Más preocupante que su pertenencia al servicio activo era la carta doblada en cuatro: "Por orden mía y en defensa del Gobierno, el portador de la presente ha hecho lo que ha hecho. General de División Roberto Cruz, jefe de la Sección Primera-Secretaría de Gobernación". Dejando aparte que tanto leer a los Mosqueteros había ofuscado a Cruz, aquel pinche yaqui pendejo que nunca se distinguió por su inteligencia, la nota le indigestó los pastes. El papel tenía fecha del día anterior, cuando fue en busca de José Guadalupe Rodríguez y encontró en su lugar a Fermín Valencia, pero eso no quería decir nada, el pitazo lo podía haber dado cualquiera, desde Torreón incluso. Estaba de la chingada que el mismísimo jefe de la "Sección Primera", la policía política, se interesara tan a fondo en su asunto, y además aparecía otro sonorense en la historia, aunque fuera yaqui. *Puta madre*, pensó. *Un ajuste de cuentas serio tendría que subir por esa escala de mando: Garcilazo, Durazo, Cruz, Artajo, Calles, Obregón*. Sonorenses todos, los cabrones. Y quitando a los dos primeros, poderosos generales de división.

Más de trescientos pesos contenían las dos carteras. De ahí pagó los pastes y una visita al barbero, al que le pidió que le recortara las guías del bigote y le diera una forma más al uso. Pasó a una armería donde adquirió una pequeña pistola .22, de dos tiros, que ajustó al tobillo. Compró también una muda de ropa y se dirigió a la estación, donde luego de tres horas de espera consumidas en la cantina, adquirió un boleto para Puebla por la vía de Tizayuca y Apizaco, evitando así pasar por la ciudad de México.

¿Quién habrá puesto sobre aviso al hijo de la chingada de Roberto Cruz? ¿A quién habrá advertido a su vez el cabrón?, se preguntó Lorenzo en el vagón y rogó, como le había dicho Valencia, que el gobernador de Veracruz jugara en una liga distinta a los de Durango y Chihuahua.

III

EL GOLFO

Preludio
María Eugenia sueña con el mar

María Eugenia se hundía. Trataba de nadar pero le estorbaban las ropas, los zapatos la arrastraban al fondo; un collar de corales oprimía su cuello y aceleraba la asfixia. Se hundía. Llegó al agua tras una larga caída en el vacío luego de la cual, en lugar de despertar de golpe como solía pasar en ese momento del sueño, entró como flecha en la negra inmensidad. Y se hundía y se hundía; sentía la presión en los ojos y los pulmones. Ni siquiera podía orientarse entre la helada oscuridad que la envolvía.

A punto de asfixiarse llegó a la superficie, donde pudo jalar una angustiosa bocanada de aire; esa fue la única diferencia, porque arriba o abajo todo era negro por igual, oscuro y frío, y volvía a hundirse, a sumergirse, a ahogarse. Una segunda bocanada, más violenta, le sacó cola de pez y seguramente agallas, pues aun bajo el agua respiraba. No es que se sintiera mejor ahora que podía nadar, pero al menos pasó la angustia de la inminente muerte por ahogamiento. Nadaba y nadaba, pero no había otra cosa en torno suyo que la helada oscuridad. Al fin, agotada, despertó bañada en sudor frío, aterrada.

Se ahogaba, en efecto. Se convirtió en puta, luego en policía, y ahora era "comunista". ¿Para qué? ¿Hasta cuándo? Guardaba su dinero en un banco, ¿para comprar qué? Pintaba acuarelas malas solo para codearse con los muralistas y las mujeres que pululaban a su alrededor, mantenía una relación con alguien de ese círculo, ¿con qué objeto? ¿Qué pasaría cuando descubrieran que era ella la que mantenía informado al gobierno de las más secretas acciones e intenciones del Partido Comunista?

Recién había cumplido veintiséis años y en madrugadas como esta se sentía vieja, cansada, inútil; derrotada. *¿Derrotada? ¿Por qué o por quién?*, se preguntó. *¿Cuándo luché por algo, por alguien? ¿Cuándo, en medio de las tormentas desatadas a mi alrededor, compartí alguna de tantas causas o razones? Nunca hice otra cosa que dejarme llevar, darle gusto al cuerpo, al paladar, al estómago, en último caso a mis ansias de saber, de entender. Para estar derrotada habría tenido que creer en algo. Entonces, ¿por qué pienso que me convertí en comunista, si soy su espía, su enemiga, si me matarían tan pronto supieran quién soy?*

Tres decisiones, tres momentos la llevaron al exacto punto de la vida en que ahora se encontraba. Era libre y casi rica. Gozó de la vida, de la mesa y de la cama. Apreciaba los placeres del paladar y del vientre, las mañanas montando a caballo y las noches montando varones, a veces los caballos más finos y los hombres más fuertes, que acabaron a sangre y fuego con un régimen de décadas y ahora construían fortunas y formas de gobierno. Leyó cien libros y amó a diez poetas. Bailó en el mar y se bañó en champaña. Tocó a la muerte de cerca y siguió amando la vida. Vio nacer nuevas formas de pintura de las manos de Fermín Revueltas y Ramón Alva de la Canal, aunque luego los gordezuelos dedos de Diego Rivera tomaron para sus infatigables pinceles el liderazgo del movimiento; ella misma recuperó lienzos y pigmentos para constatar su mediocridad. Y ahora estaba hundiéndose. Hoy tenía que buscar la forma de matar a aquel hombre que la salvó diez años atrás; de hecho ya lo había mandado a la muerte, pero al parecer logró esquivarla.

Se hizo puta por miedo, por la amenaza del hambre, por desesperación. Así llegó al burdel de doña Aurora Carrasco, que en 1917 se mudó a la ciudad de México con media docena de rameras de categoría, María Eugenia incluida. En Guadalajara fue por unas semanas la favorita del joven general que mandaba la caballería de la Primera División de Occidente, un hombre apuesto y con fama de valiente que la reservó para sí antes de salir con el grueso de las fuerzas hacia Irapuato, para tomar parte en las más grandes batallas de la revolución. María Eugenia nunca pronunciaba el nombre de aquel general ni el de ninguno de los otros, porque una meretriz es como un caballero: ni las unas ni los otros deben tener memoria.

Tres años después el general la reencontró en la ciudad de México. Para entonces era gobernador de Zacatecas y pretendió sacarla del prostíbulo y ponerle casa, pero María Eugenia no estaba para vivir encerrada. En sus visitas a la capital, el gobernador acudía al burdel y la pedía en exclusiva para toda la noche. A veces iba entre sus acompañantes otro general, un indio yaqui no muy afamado que sin hablarle la miraba con algo que iba mucho más allá del deseo.

Al año siguiente, iniciada la enconada lucha sucesoria que enfrentó al licenciado Bonillas contra el general Obregón, María Eugenia se convirtió en la segura informante del gobernador de Zacatecas por conducto del general yaqui que la visitaba todas las semanas, y lo fue queriendo: poco a poco se prendó de las suaves maneras, la mirada acariciadora y la devoción evidente del indio sonorense. Esta complicidad, que se convertía en devastadoras noches en su habitación del burdel, la convirtió en espía porque el yaqui, su general, haría carrera como jefe de los servicios policiacos después de 1920, pero ya desde 1919 tenía una amplia red de informantes entre los que destacaba ella. Fue ella quien le informó del inminente arresto de Obregón; por sus buenos oficios supieron a tiempo de la remoción de Calles como jefe de operaciones militares en Sonora. Y entre esos dos informes vitales, un centenar de pequeños datos soltados por los generales carrancistas en mitad de las juergas que se corrían en el prostíbulo, los que luego María Eugenia hacía crecer entre las sábanas mediada la segunda o tercera botella de champaña. Así, contándole a su general lo que otros contaban, fue espía sin dejar de ser puta.

De ahí salió la finca de Coyoacán, a principios de 1921: un "donativo" hecho a medias por el secretario de Gobernación, quien se beneficiaba ahora de los servicios policiacos encabezados por su yaqui y por el secretario de Guerra, el exgobernador de Zacatecas, que la cedió al yaqui a cambio de un modelo más reciente, una exuberante rubia traída directamente de Sinaloa por doña Aurora Carrasco. Al fin abandonó el burdel: por órdenes directas de Calles, secretario de Gobernación, se integró a "esa bola de viejas chimiscoleras que pululan alrededor de los amigos maricones del maricón de Vasconcelos, y que dizque son comunistas o bolcheviques y no son otra cosa que putas argüenderas".

Se fue unos meses a España a costa de la Secretaría de Gobernación, y ya entrado 1922 la "señorita Ariadna Cisneros", recién llegada de un éxodo familiar inventado, se acercó a las obras y reuniones de los comunistas, trabó amistad con Nahui Ollin y Gloria Marín, y se introdujo en el círculo de los muralistas. Tres años después era secretaria del Comité Central del Partido Comunista, cuyas acciones espiaba y saboteaba: solo se fingía comunista por necesidades de su nuevo oficio.

Pero surgió un problema. Fumando, mientras se secaba del cuerpo el sudor de la angustia, mientras meditaba sobre la inmensidad del océano, María Eugenia, llamada Ariadna Cisneros, se preguntaba sobre el momento en que se cambió de bando: quizá durante la rebelión delahuertista, cuando vio a su examante zacatecano levantarse en armas, y a su amante yaqui combatirlo hasta perder un huevo: le volaron un testículo en la batalla de Ocotlán, y él fanfarroneaba diciendo que el que le quedaba valía por media docena de huevos corrientes. Sin embargo, ver a los vencedores luchar a muerte por el botín al tiempo que los comunistas seguían en lo suyo, o convivir con gente que luchaba por algo, lo que le recordaba la pasión de los villistas en 1914, de los carrancistas en 1915, antes de ser barridos los unos y de encumbrarse los otros, le decía que la vida iba más allá de la acumulación sin sentido, del gozo inmediato.

¿Cuánto tiempo conservaría la piel tersa, la cintura estrecha, el hígado intacto? ¿Se vale hacerse esas preguntas a los veintiséis recién cumplidos?

Quizá, sí pensaba en lo que haría, a dónde iría, con quién estaría cuando el palmito que miraba en el espejo cediera al tiempo, cuando los erguidos pechos cayeran, cuando se le hicieran bolsas en los ojos y le salieran arrugas en la boca. ¿Qué le quedaría cuando los hombres no se pusieran a sus pies? ¿Con quién dormiría cuando los generales no le invitaran champaña, cuando los comunistas no le hablaran del mundo nuevo, cuando los soldados no le gritaran porquerías en la calle?

Pero mentía; se mentía. Encendió un segundo cigarrillo, abandonó el lecho y se asomó a la ventana. El huerto bien cuidado que le recordaba su infancia, el ruido del agua que fluía desde el río de la Magdalena, el viento que gemía entre las hojas de los aguacates y los ficus, en fin, los lejanos aullidos de los perros, el humo del tabaco, el largo vaso de agua que se sirvió, la temprana noche que en el insomnio le dejaba largas horas por delante, la llevaron a pensar en aquel momento.

¿Por qué mentirse? Fueron el corazón y el sexo los que la cambiaron; la pasión arrolladora por un hombre. Así fue y lo demás, ideas, principios, ganas de cambiar el mundo, era mera racionalización: inventos. Por segunda vez en su vida, María Eugenia amó a un hombre y lo deseó con todo su ser. Se dio cuenta de que su yaqui le gustaba, que el indio que la miraba con arrobo solo había sido un buen amante y un hombre querido, pero no un amor arrollador como el que sintió por Fierro, como el avasallador delirio a que la llevaba el ruso —ucraniano, machacaba él— que pasó como un relámpago por su existencia, sacudiéndolo todo.

Fiódor Zhujrai, enviado especial de la Comintern para crear la filial mexicana de la Internacional Sindical Roja, al que sedujo por órdenes de su jefe y amante, la llevó a cumbres de locura y placer que le hicieron pensar que los diez años anteriores estaban tan perdidos para el gozo como si en lugar de fugarse con Rodolfo Fierro se hubiera quedado en su casa, para casarse después con un señorito venido a menos o con uno de esos generales enriquecidos que empezaban a enlazarse con las herederas porfirianas, a las que embarazaban para luego regresar a los burdeles y a las amantes de cuartel y de oficina.

Se enamoró perdidamente. Un malvado general sinaloense la arrojó al arroyo, como dirían sus tías, su madre; un general yaqui advenedizo y oportunista la hizo espía; un comisario político ucraniano la convirtió al comunismo. No tenía Fiódor el atractivo físico del sinaloense ni del yaqui, tampoco el atributo de la juventud: pasaba de los cuarenta y era un hombre sólido sin ser gordo, de ojos claros, duros para el mundo, suaves para ella; con cicatrices en el cuerpo ganadas en otras guerras, en otra revolución, de la que le hablaba, le hablaba y le hablaba. Se enamoró hasta la locura, y eso que esta vez sabía mucho más de la vida y de los hombres: cientos habían pasado por su lecho, más de uno le gustó y más de veinte la llevaron a consecutivos éxtasis, pues no es lo mismo ser puta de lujo que de callejón, pero por Fiódor sintió fuego en las entrañas y nubes en el cerebro; torrentes la bañaban, sentía una muerte chiquita una y otra vez, y la muerte verdadera otras tantas más.

Recién lo había seducido cuando llegó a México una noticia devastadora para sus camaradas —¿podía decirles "camaradas" a unos hombres a los que vendía sistemáticamente?—: mientras en México la rebelión delahuertista era ahogada en sangre con la colaboración de los comunistas, que respaldaron al gobierno, en Moscú tras larga agonía moría Vladimir Ilich Ulianov, llamado Lenin, el legendario, indiscutible dirigente del partido bolchevique y de la revolución rusa. Se le rindieron homenajes en los que Fiódor no abrió la boca —tenía órdenes de mantener un perfil lo más discreto posible—, silencio que en las noches, tras amar a María Eugenia, tras poseerla hasta hacerle daño, se tornaba en torrente incontenible de palabras. Palabras sobre la personalidad, la entrega total de aquel lejano líder; palabras sobre el nuevo mundo, el paraíso proletario, que construían siguiendo sus ideas. Palabras de vida, de amor, de lucha y guerra que así dichas, con ese calor, se convertían en verdad. Se enorgullecía de algunas cosas, una de ellas era la Orden de la Bandera Roja, y otra, que en el XI Congreso del Partido Comunista de la Unión Soviética, al que asistió como delegado con pleno derecho, Lenin en persona lo saludó y charló unos minutos con él sobre la lucha contra el sabotaje contrarrevolucionario.

Fiódor hablaba y su voz pintaba futuros imposibles. María Eugenia no le creía: ella también vivió una revolución y le parecía que a fin de cuentas solo había servido para derribar a una clase anquilosada e inútil que únicamente volteaba hacia París y se miraba el ombligo, sustituyéndola por otros dominadores más audaces y despiadados, hechos a sí mismos a costa de sangre e intrigas, pero iguales en el fondo. Fiódor hablaba y ella quería creerle, pero no podía. El hombre era siempre el hombre, siempre egoísta y volcado sobre sí mismo, siempre insensible al dolor ajeno. Con revolución o sin ella, unos mandaban y otros obedecían. Unos nacieron para gozar la vida y otros para sufrirla. Lo había aprendido igual en la esfera de cristal en que vivió sus quince primeros años, que en los más de diez que llevaba de puta. Porque seguía siendo puta: cogía con quien sus jefes le indicaban; cogía con quien le resultaba políticamente conveniente; cogía incluso, a veces todavía, por dinero.

¿Se volvió comunista? Tres meses después la gente de su general yaqui, al que ahora aborrecía, arrestó a Fiódor y le aplicó el artículo 33 constitucional, dejándola sin amor y sin maestro. Pero algo había sembrado en ella: seguramente aquel mundo que pintaba era imposible, ¿pero no era hermoso soñar con imposibles? Sin embargo, se la tragó la rutina: largos meses pasaron y seguía espiando en beneficio del gobierno; las noches eran más largas, los orgasmos más espaciados, las mañanas más duras. De pronto apareció el hombre al que soñó, al que identificó por un sueño; el hombre que la salvó de perder lo poco que le quedaba cuando no sabía qué hacer ni adónde ir. Y se aparecía cuando le recordaron la última consigna: "Que no se acerquen los antiguos villistas al Partido Comunista, que se mantengan separados. Es una prioridad, órdenes de muy, muy arriba".

La inercia la llevó a denunciarlo y ahora la tenía ahí, mirando el huerto desde su ventana, con un boleto para Veracruz, donde sus jefes esperaban que apareciera, donde debía espiarlo de cerca… muy de cerca. Eso significaba que tenían otras fuentes de información o sabían algo que ella ignoraba. En la fría noche de Coyoacán se preguntó una vez más: ¿podría dejar de ser espía? ¿Podría renunciar sin más a su trabajo, ser libre otra vez? Y esas cuestiones un tanto abstractas tenían un corolario concreto: ¿podría entregar al tosco villista que la salvó en Guadalajara, a ese hombre que no deseaba otra cosa que vengar a su antiguo jefe, cuya tumba fue villanamente profanada? ¿Sería capaz de conducirlo al matadero?

I

Úrsulo Galván

El general Lorenzo Ávalos Puente nunca antes había visto el mar. Tocado con su fino sombrero panamá y vistiendo sus blancas ropas de algodón, caminaba por el malecón de Veracruz sintiendo la brisa fresca del amanecer, hundiéndose en la insondable vastedad del azul que se perdía a lo lejos, que lo rebasaba. El ruido de las olas, el olor salino, el mar y el cielo, la distante línea del horizonte, lo atraían como... como la revolución, como un sexo de mujer, como la noche, quizá.

El tren llegó todavía de noche y Lorenzo mataba las horas. Trató de tomar un café que le pareció inaceptable de tan amargo y ahora recorría el malecón de lado a lado, desviando a veces su mirada al castillo de San Juan de Ulúa, emblemática prisión de la tiranía, o al edificio de faros, desde donde Venustiano Carranza dirigió políticamente a los ejércitos que despedazaron a la gloriosa División del Norte en los campos del Bajío, de El Ébano, de Jalisco y de tantos lugares más. Pero miraba las edificaciones solo al paso: era el mar, el mar nunca antes visto, lo que atraía sus ojos.

Cuando consideró que era una hora prudente, cuando le dolían los ojos y los pulmones, Lorenzo compró media docena de tabacos que su jovencísimo vendedor anunciaba con orgullo como puros de San Andrés Tuxtla, pidió un coche de sitio y le dio la dirección del comité de la Liga Nacional Campesina, donde preguntó por "el compañero Úrsulo Galván".

—¿Quién lo busca? —preguntó con cantarín acento una de las oficinistas, mulata de labios gruesos que la fértil imaginación del general situó mentalmente en varias partes de su cuerpo.

—Lo explica la carta que para él traigo —dijo Lorenzo extendiendo a la muchacha la misiva redactada por Fermín Valencia. La secretaria tomó el sobre y se perdió por los pasillos.

El general esperó durante quince o veinte minutos, mirando los desordenados anaqueles en los que destacaban la Constitución y los códigos agrarios y laborales del estado de Veracruz, además de los cinco tomos de *México a través de los siglos*, que alguna vez había hojeado; en realidad se leyó completo el quinto tomo, pero no le gustaba presumirlo. También reparó en *Los grandes problemas nacionales* y otros libros de historia. En las paredes colgaban fotografías de media docena de personajes desconocidos para Lorenzo —los consabidos barbones, el calvo pelirrojo; un melenudo de anteojos y piocha; un gordo bigotudo con cara de sapo y maligna mirada al sesgo—, además de Zapata, los Flores Magón, Juárez, y para advertirle que no se sintiera en casa, el presidente Calles y el expresidente Obregón. Las mesas estaban llenas de planos de haciendas, mapas topográficos y oficios mecanografiados o por mecanografiar, labor en la que se ocupaban tres señoritas de no malos bigotes que lo miraban de reojo, sobre todo la mulata que había llevado su carta para recuperar minutos después su posición tras el escritorio.

Las fotografías llevaron a Lorenzo a pensar que aquel Úrsulo Galván, sin duda el dirigente de esa Liga de la que apenas había oído hablar en el norte, debía ser un equivalente sureño de Aurelio Manrique y Antonio Díaz Soto y Gama, los dirigentes nacionales del Partido Nacional Agrario, que el general Severino Ceniceros dirigía en Durango: un grupo de presión al servicio de Obregón y Calles, que lo mismo servía para un mitin que para llenar las urnas electorales e incluso, como en el año anterior, para engrosar las filas de las fuerzas del gobierno; a cambio, los campesinos recibían la vaga promesa del reparto agrario y lenta, muy lentamente, las tierras por las que habían peleado desde 1910. Pensó que esa sería la "revolución" de la que le habló Fermín Valencia, la misma de la que hablaban Morones, Soto y Gama y hasta el presidente Calles. Quizá, dadas las reflexiones que los retratos le sugerían, no iba a gustarle demasiado ese tal Úrsulo Galván.

Cavilaba esas cosas cuando lo hicieron pasar a otra oficina cuya pared principal estaba cubierta por una bandera rojinegra adornada con las efigies de Zapata y Flores Magón; la caótica antesala contrastaba con el orden impecable en el escritorio del sujeto bajito y muy moreno, vestido todo de blanco, que saludó con un apretón de manos demasiado flojo para el gusto de Lorenzo. Lo interrogó con voz suave y cantarina:

—¿Para qué soy bueno, señor general?

—¿No se lo explica la carta, dirigente?

—No, general, solo lo introduce como hombre de confianza y agrarista de toda la vida. Me cuenta Fermín que más que villista, usted militó en las filas del general Calixto Conteras, de quien dice que condujo un auténtico proceso agrario en el norte.

—Así es: en Cuencamé, Durango; mi tierra, don Úrsulo. Desde 1911 recuperamos los terrenos usurpados por las haciendas. En 1913 se impulsó una ley agraria que legalizó todo el proceso de restitución y dotación de tierras. Pero debo decirle también que todos los hombres de don Calixto éramos villistas.

—Por acá siempre nos pareció que Villa era un reaccionario, partidario de los hacendados y los curas.

—Han sido engañados, dirigente. El gobierno miente. Desde tiempos de Carranza se levantaron esos infundios para desprestigiar al general Villa y a quienes lo seguíamos —Lorenzo hizo una pausa y siguió—. Veo, don Úrsulo, que ustedes veneran la memoria de Emiliano Zapata y Ricardo Flores Magón.

—Los recordamos como hombres fundamentales para la revolución. El periodista oaxaqueño señaló el camino de la lucha obrera y el charro de Anenecuilco nos mostró el de la reivindicación agraria– respondió Galván, con la voz un poco impostada, solemne, como si estuviese recitando.

—Pues nosotros, los villistas, teníamos un programa obrero que en nada cedía al de Flores Magón y que llevamos a la práctica en 1914 y 1915, y un programa agrario que inició con la expropiación de los hacendados en diciembre de 1913. No quiero cantarle la historia, don Úrsulo, pero tengo que convencerlo de que para nosotros Pancho Villa, a quien en mis rumbos llamamos simplemente el Jefe, es tan importante, tan entrañable como lo es Zapata para los campesinos del sur.

—Me sorprende usted, general, pero me convence también de que su sentimiento es sincero.

—Si lo he convencido, puedo ya contarle lo que vengo a hacer aquí.

Lorenzo se preparaba para exponer sus propósitos con palabras escogidas cuando irrumpió en la oficina, sin anunciarse, otro hombre bajito, moreno y vestido de blanco que a golpe de vista parecía una réplica de Galván, aunque ya de cerca solo tenían en común el color de la piel y la estatura. El recién llegado usaba un parche en un ojo y concentraba en el otro la misma energía que emanaba de los dos de Galván.

—Chingá, Úrsulo, los compañeros están listos, las comparsas salen ya y tú aquí hable y hable, nomás dándole a la lengua. El pinche góber quiere que veamos el desfile desde el balcón de la presidencia municipal, como si juéramos zopilotes, chico, pero ni modo de decirle que vaya a chingar a su madre, así que vámonos yendo.

—Herón, permíteme presentarte al general Lorenzo Ávalos Puente, militar revolucionario y agrarista duranguense. Mi general, el compañero es Herón Proal, dirigente de los estibadores, de los pobres que no pueden pagar las rentas de sus casas, y de las putas del puerto…

—¿De las putas también, dirigente? —preguntó Ávalos, que trató de estrechar firmemente otra mano huidiza al tiempo que miraba las oscuras facciones de Proal desde los veinte centímetros de ventaja que le sacaba; sintió que el único ojo del líder entraba hasta sus más escondidos pensamientos.

—También de las putas, general, que combaten a los padrotes y a los hoteleros por las mismas razones por las que los campesinos combaten a los hacendados y a los caciques.

—Habría que verlo, dirigente...

—Pero no ahorita, general, que va a empezar el desfile.

—¿Qué desfile?

—El carnaval, general —interrumpió Úrsulo—. Pero véngase con nosotros, a menos que le disguste compartir el balcón con un general carrancista.

—Con peores gentes he estado —dijo Ávalos tomando el sombrero y caminando apresuradamente detrás de los dos hombres.

—Momento —interrumpió Galván—, sus fierros, general, no le servirán hoy de nada más que para llamar la atención sobre usted y cerrarle puertas que de otra manera estarían abiertas. Si tiene confianza, guárdelos en el cajón de mi escritorio, mañana los recuperará.

Lorenzo, obediente, dejó pistolas, carrillera y fornitura, aunque nada dijo de la navaja de larga hoja que llevaba en el bolsillo ni de la pistola .22 ajustada a su tobillo, que se quedaron en su sitio. Salió aprisa detrás de sus nuevos compañeros, que marchaban a paso rápido.

2

Donde reaparece la verdadera protagonista de este relato

El general Lorenzo Ávalos Puente estrechó la mano del general de división Heriberto Jara Corona, gobernador constitucional del estado libre y soberano de Veracruz-Llave. Durante el camino, Galván le fue haciendo una breve reseña biográfica del gobernador, que era también una justificación de la alianza política que con él mantenía la Liga Nacional Campesina.

Según le dijo Galván, Jara participó en la huelga de los hilanderos de 1906, fue magonista y sufrió persecución y cárcel antes de unirse a la revolución en 1911. Luego su carrera, vinculada a Cándido Aguilar, fue de ascenso en ascenso, luchando siempre en Veracruz hasta 1915 y luego contra los zapatistas ese año y en 1916. Fue diputado constituyente e impulsor de los artículos 27 y 123. Ahora, como gobernador, además de apoyar la organización de los obreros de las empresas petroleras, intentaba controlar la ferocidad de las guardias blancas y de los federales, con los que los campesinos de la Liga tenían constantes enfrentamientos. Y aunque a veces las diferencias fueran mayores que las coincidencias, el gobernador era un aliado valioso y un interlocutor importante.

—El góber despacha en Jalapa, general. Quizá como no siempre está aquí, podemos mantener la amistad, pero ora vino al desfile del carnaval que este año organizaron los gachupines y los ricos, quesque pa traer turismo a este pinche puerto medio muerto y revivir la cultura y la madre; ellos lo invitaron. De todos modos el pueblo también hizo lo suyo, así que me parece que verá usted dos desfiles en uno.

Hablando a velocidad endiablada y caminando aún más rápido, como hombres más hechos a sus dos piernas que a la silla de montar, los dos dirigentes de la Liga introdujeron a Lorenzo al palacio Municipal no sin trabajos, pues las aceras y calles estaban llenas de un desbordado gentío. A Lorenzo no le gustaban los gobernadores ni los carrancistas, pero estrechó firmemente la mano de Heriberto Jara cuando los dirigentes de la Liga le presentaron al hombre robusto, de bigotillo, con pinta de poeta romántico, vestido de civil con corbata de moño que gobernaba al estado libre y soberano de Veracruz-Llave.

Otra intención guardaba Lorenzo: no fueron únicamente los huevos los que lo llevaron al generalato, porque esos a todos les sobraban; también se preciaba de poder calibrar las reacciones de la gente y justamente buscaba medir la del gobernador, observar con cuidado qué cara ponía cuando lo presentaran con su nombre, grado y filiación. Pensaba que por su reacción —la de las pupilas, porque no se llega a ese cargo sin saber mostrar una expresión inescrutable— descubriría si la Secretaría de Gobernación ya lo tenía advertido y por lo tanto debería caminar como sobre vidrio o esperar que lo venadearan esa misma noche, o si podía moverse con mayor tranquilidad. De cualquier manera, como de costumbre, todo era muy complicado: el actual secretario de Gobernación, Adalberto Tejeda, había precedido a Jara en el Palacio de Gobierno de Jalapa y era público y notorio que seguía manejando buena parte de la política veracruzana desde el Palacio de Covián, pero el jefe de su policía, Roberto Cruz, rendía cuentas directamente al presidente. Por esas y otras consideraciones, Ávalos pronunció su grado y nombre en voz fuerte y clara, mirando a los ojos al gobernador.

Nada reflejó la mirada de Heriberto Jara al oír el nombre de Lorenzo; nada tampoco cuando salió a relucir su filiación villista, salvo curiosidad rápidamente traducida en palabras:

—Un villista en Veracruz... Me parece que los últimos que vimos fueron Eugenio Aguirre Benavides y José Isabel Robles a fines de 1914. Venían comisionados por la Convención de Aguascalientes, junto con el general Obregón, para convencer al Primer Jefe de que renunciara. Trabajo perdido. Yo los hospedé y los presenté con don Venustiano. Eran hombres honorables.

—En esos días estaban a punto de dejar de ser villistas, mi general —apuntó Lorenzo—, pero todavía lo eran. Y sí, se trataba de hombres de verdad: lo siguieron siendo aunque dejaran de ser villistas, pero no por mucho tiempo.

—Cierto, se la jugaron con Eulalio Gutiérrez, creo recordar. ¿Qué se hizo de ellos?

—Al jefe Eugenio lo fusiló Emiliano Nafarrate en 1915. Al jefe Chabelo lo fusilaron en 1917 por órdenes de Obregón, y eso que Chabelo lo salvó en septiembre del 14, cuando era jefe de ustedes...

—Obregón nunca ha sido mi jefe —aclaró Jara—. Creo, general, que yo soy el único divisionario del ejército que nunca peleó a sus órdenes. Dejemos eso y cuénteme, ¿qué hace usted por estas playas?

Lorenzo esperaba la pregunta y respondió con la mentira preparada:

—Resulta, mi general, que los agraristas rojos de mi tierra han estado jodiendo últimamente a los compañeros del Partido Nacional Agrario, y mi general Severino Ceniceros me mandó aquí con don Úrsulo Galván para ver si él los puede convencer de que no somos enemigos, el adversario está en otro lado...

—¡Ah, ese Guadalupe Rodríguez, tan aceleradito! Pero salgamos al balcón, que ya suenan los timbales.

Precedidos por Heriberto Jara, Ávalos, Galván, Proal y una docena de funcionarios e invitados del gobernador salieron al brillante sol del balcón central de la presidencia municipal, donde ya esperaban algunas personas. Desde donde estaban se veía una multitud apretujada en las aceras y se escuchaban, aunque los músicos no estuvieran a la vista, acordes de trompetas y timbales. Lorenzo se recargó en un rincón a cinco o seis metros del gobernador y quedó entre Úrsulo Galván y una dama vestida con un bien cortado traje sastre de lino, color gris perla, cuya falda llegaba a media pantorrilla, al uso de ciertas mujeres de la ciudad de México. En Torreón resultaba extraño todavía, fuera de algunas oficinas de empresas estadounidenses, encontrarlas con esos vestidos rabones de una o dos piezas, ceñidos al cuerpo, cantando los versos de la "Marieta" o del "Querido capitán", pero en las calles de la capital abundaban ya y el general vivía seguro de que la comodidad y belleza del vestido corto terminaría por imponerse. Miró la bien torneada pantorrilla antes de levantar la vista y reconocer a la propietaria de tan magníficas piernas como la mujer que había encontrado días atrás en las oficinas del Comité Central del Partido Comunista. Se descubrió y extendió ceremoniosamente la mano:

—Un placer volver a verla, señorita —la frase y la mirada que la acompañaba le requirieron valor; se sorprendió al encontrar un miedo viejo que no creía ya posible en él, cuarentón curtido y desengañado.

—El placer es mío, general —dijo la mujer, sonriéndole por vez primera; la sonrisa no se limitaba a la boca sino que le iluminó toda la cara, los ojos principalmente, y Lorenzo volvió a sentir el olvidado pavor en la boca del estómago.

—No supe su nombre —repuso él. Estuvo a punto de decirle "Olvidé su nombre", pero habría sonado más falso que un billete de tres pesos.

—Ariadna para usted. En Veracruz, Ariadna.

—Lorenzo para usted, en Veracruz, en México, en Durango, donde ordene.

Ariadna sacó de un pequeño bolso una caja de plata de la que extrajo un largo cigarrillo al que Lorenzo se apresuró a dar fuego. De inmediato encendió uno de los cigarros de San Andrés, sorprendiéndose agradablemente con su suave perfume; Úrsulo Galván rompió la burbuja en que se había encerrado, donde solo cabían él y Ariadna, y le dijo a propósito:

—Tabaco de San Andrés Tuxtla. Los cubanos, que en estos días pululan en Veracruz, dicen que sus habanos son los mejores del mundo, pero a mí no me consta.

Lorenzo le extendió uno de sus cigarros, que Úrsulo encendió con cuidado y aspiró con fruición.

—¿Esto del carnaval no es cosa de curas y ratas de sacristía encapirotados, dirigente? —preguntó Ávalos en un susurro.

—Los capirotes son pal Viernes Santo, general, lo de hoy es la pura vida. Quién sabe qué veamos al principio, pero a la mitad vienen los nuestros y verá usté qué chingonería —echó una larga columna de azulado humo hacia el cielo y añadió—; además, lo mero bueno es después del desfile. Usté no se me despegue, general.

Lorenzo pensó que de quien no planeaba despegarse era de la mujer morena, bella y elegante que a su lado fumaba, la cual lo miraba de reojo fingiendo no hacerlo, o fingiendo que fingía no hacerlo. Le gustaba, lo atraía poderosamente, y además era demasiada coincidencia que estuviera ahí.

Úrsulo Galván detuvo su incontenible parloteo cuando el primer carro alegórico dobló la esquina de la plaza, lo jalaban seis mulas enjaezadas y emplumadas con cinco o seis brillantes colores —"los comerciantes gachupines", murmuró Galván—; en la plataforma, hombres y mujeres excesivamente vestidos y maquillados representaban alguna escena bíblica, con romanos incluidos. Los cinco o seis carros siguientes competían entre sí en lujo y extravagancia y todos referían a las Sagradas Escrituras. Lorenzo admiró los pechos de una Judith que amenazaban reventar el estrecho vestido que los ceñía; aspiró el aroma a sudor y a deseo que se elevaba desde los falsos transeúntes que veían con arrobo las desnudas piernas de la mujer, y alternaba la vista del espectáculo con la de las pantorrillas y el trasero de Ariadna que se había recargado de codos en el balcón, mostrando claramente una voluptuosas nalgas bajo el vestido. El colorido y la alegría contagiosa de la música invitaban a la fiesta, pero la severidad de lo que representaban las comparsas ponía cierto freno a la bulla.

Lorenzo miraba el espectáculo pero percibía que la gente, tanto en el balcón como abajo, en las calles, esperaba impaciente; algo mejor vendría detrás, sin duda, algo mucho mejor, como le anunciara Úrsulo Galván. El paso de las comparsas no lo distraía de lo que se estaba volviendo lo principal: el contorno de la pierna de Ariadna bajo la tela de lino, la pantorrilla que se miraba debajo, sus músculos en reposo, como los de un felino al acecho, brillaban y se distinguían precisos bajo la ropa, bajo la tersura de la piel. Su perfil, los dientes blancos, la ingobernable cabellera tapándole la frente y el ojo derecho...

—Allá vienen los nuestros— volvió a interrumpir Úrsulo Galván cuando vio aparecer un nuevo coche, profusamente adornado, jalado por seis mulas con penachos multicolores—. Los encabeza, a huevo, el sindicato de prostitutas.

Ávalos tuvo que admitir, con deleitoso asombro, que Galván tenía razón, aunque trató de que Ariadna no lo notara. Una espléndida mulata apenas vestida, que enseñaba la cintura y los hombros desnudos, que mostraba entre holanes y vueltas del vestido las largas piernas, meneaba las caderas al ritmo electrizante de unos sonoros tambores. Había vida y sexo en ese baile, en esa mujer, también en las dos que junto a ella danzaban y en la comunista vestida de gris que al lado de Lorenzo las veía desde el balcón.

—Rumba —susurró Galván al oído de Ávalos—. Bailan rumba, ¿le gusta la mulata, general?

—Me gusta, dirigente, pero me gusta más la dama que tengo a mi lado —el susurro de Lorenzo fue aún más bajo que el de Galván.

—La misteriosa camarada Ariadna —la voz de Úrsulo se convirtió en un susurro aún más bajo—. Puede arreglarse.

Luego advirtió que Lorenzo seguía mirando a la mulata y le dijo:

—La rubia de la derecha es mi novia semiclandestina, chico, son las dirigentas del sindicato...

Lorenzo descubrió entonces a una voluptuosa rubia que bailaba con sensualidad similar a la de la morena. Tragó saliva con trabajo cuando Galván dijo en voz alta:

—Si no nos vamos ahora, nos costará salir de la plaza. Compañera Ariadna, general, ¿me acompañan al baile de la Liga? —tendió su brazo a la mujer, que lo aceptó. Con un "Con su permiso, mi general" dirigido al gobernador, Úrsulo Galván, llevando a Ariadna y seguido por Lorenzo, abandonó el balcón y bajó las amplias escalinatas de la alcaldía; Ávalos creyó advertir una mirada de reproche en los ojos de Herón Proal, quien se quedó al lado del gobernador. Afuera del recinto, una multitud les cerraba el paso hacia el arroyo, donde el carro del sindicato de prostitutas se había detenido: las tres muchachas apenas vestidas seguían bailando al son de unos tambores que tres negros aporreaban con energía. Los afilados codos de Galván y la corpulencia de Lorenzo les permitieron abrirse paso entre la muchedumbre y llegar a la valla policial, donde un uniformado los dejó pasar tocándose el quepí con un respetuoso "Don Úrsulo".

De un ágil brinco, Galván subió a la plataforma del fotingo y tendió la mano a Ariadna. Lorenzo dudó un instante, abrumado por la cercanía de la mujer, pero se decidió y tomándola de la cintura la elevó hasta la plataforma, a la que subió él inmediatamente después de un salto oportuno, porque el vehículo ya se movía para dar paso a la siguiente comparsa, que traía una manta entintada en negro: "Cafetaleros de Córdoba. LNC. ¡Presentes!".

Galván les presentó primero a la rubia y luego a la mulata:

—Doña María Ana, mi dueña; la señorita Luna Durán; esta es la señorita Rosario Escobar… el general Lorenzo Ávalos Puente, la camarada Ariadna Cisneros…

Lorenzo saludó a las tres bellas mujeres semidesnudas, y aprovechó que Galván besaba a la primera para volcar su atención sobre Ariadna. Inició con ella una charla banal que le permitió apreciarla, hundirse en sus ojos negros, mirar con cuidado su boca pequeña, bien dibujada, de labios finos tras los que brillaba su blanca sonrisa. Apreció su esbelto talle y la línea de sus caderas.

Mientras el carro daba vuelta a la plaza para abandonarla hacia la aduana vieja, donde las comparsas se disolvían y cada uno enfrentaba por su cuenta y riesgo el martes de carnaval, Ariadna notaba la mirada de Lorenzo y sonreía; percibía sobre su cuerpo los ojos del hombre y se balanceaba levemente, siguiendo el ritmo al que bailaban las tres prostitutas. Su roja lengua mojó sus labios como promesa o adelanto de lo que vendría, quiso creer Lorenzo. Terminaron el recorrido y las bailarinas desaparecieron un momento tras las falsas palmeras, de las que salieron con disfraces menos llamativos, cubiertas con antifaces negros. El general decidió que debió haber vestido, al menos para esa tarde, su uniforme de la División del Norte con las dos pistolas de cachas de nácar bien visibles para acompañar a la otra, que le abultaba con creciente incomodidad bajo el pantalón. Ariadna venía preparada porque sacó del bolso, el mismo del que extrajo antes la cigarrera, un antifaz gris del mismo tono que sus ropas.

3

Martes de carnaval

El general Lorenzo Ávalos Puente ofreció su brazo a Ariadna y echó a andar detrás de Úrsulo Galván, que daba el brazo derecho a María Ana y el izquierdo a Luna, la mulata de cantarín acento; la tercera suripanta, Rosario Escobar, iba entre dos de los tres negros de los bongós. Tres calles más adelante llegaron a un salón de baile. Había una larga fila para entrar, pero ellos, guiados por Galván, pasaron ante el hercúleo y mal encarado vigilante, que les cedió el paso con un saludo que expresaba deferencia: "Señoritas, don Úrsulo, caballero".

Un gorila de igual tamaño que el de la entrada los condujo a una mesa de privilegio a la que llegó inmediatamente, de la mano de una señora de abundantes pechugas, una botella de algo que Galván llamó "habanero". Lorenzo apuró su copa, en la que encontró un novedoso sabor dulzón que pretendía sin éxito ocultar la potencia del alcohol. Sin pensarlo más, ofreció el brazo a Ariadna y la llevó a la pista, donde rodeó su esbelto talle. Desde la primera pieza ella supo que él estaba a sus pies; él, que la tenía, que era suya al menos por esa tarde, esa noche: noche larga, noche eterna, noche sin fin que apenas comenzaba.

Lorenzo no era un gran bailarín aunque en los últimos años, de la mano de Dolores, aprendió a defenderse. Alguien, alguna vez, le había dicho que un buen jinete, que un hombre que domaba potros y montaba vaquillas, debía también tener talento natural para el baile, pero nunca lo vio claro. Ariadna, en cambio, seguía el ritmo de la música con sensualidad, derritiéndose en los brazos del general. Él ceñía con fuerza la cintura de la joven, sintiendo la firmeza de su carne mientras ella le trasmitía, con la mano en el hombro, mensajes cálidos y seguros, fuertes.

Ya en la segunda canción la verga de Lorenzo estaba rígida en respuesta al tibio contacto del cuerpo de Ariadna, a lo erótico de sus movimientos, a la certeza de que iniciaba un juego de horas que lo llevaría a la gloria de su sexo. Miraba a la muchacha bailando, la sentía; miraba a la muchacha mirarlo. Adivinaba el beso, sabía que la besaría, la besaría... pero no aún. Bailando con ella se sentía seguro y fuerte a la vez que nuevo, casi virgen. A lo primero estaba acostumbrado, pero esa segunda sensación que acompañaba al baile lo sorprendía gratamente, pues sentía como un incendio en cada poro de su piel que contactaba con la de su acompañante.

De pronto los vigorosos metales y los timbales del trópico dieron paso a un ritmo que le resultó mucho más familiar: una polka. Lorenzo levantó la vista y vio la blanca guayabera de Úrsulo Galván al lado de los músicos; desde lejos le sonrió, o al menos eso creyó él, que dando un vigoroso sombrerazo —aunque extrañó el Stetson negro, de pelo de liebre, que colgaba en una percha de su casa en Gómez Palacio— gritó "¡Santa Rita!" y apretó su cuerpo contra el de Ariadna. El pasito le permitió acercarse aún más, estrecharla, tomarla con fuerza; ella descubrió en su muslo la excitación del general y permaneció así, con el miembro del hombre entre sus piernas, oprimiéndose con el villista, sintiéndolo, permitiéndole alcanzarla en un suave movimiento.

Lorenzo se asomaba con descaro al milagro de su escote, que dejaba ver, sobre todo desde arriba, desde tan cerca, una generosa porción de sus pechos, morenos, firmes, redondos, de una suavidad prometida, solo prometida de momento porque no había prisa, la noche también era una promesa. Y volvió a pensar que en momentos como ese no importaba la revolución ni tampoco la miseria de los pobres: solo contaba aquel cuerpo de mujer, el que estrujaba entre sus brazos, el que besaba, que oprimía; se sentía, la sentía. Quería besarla.

Fueron tres, cuatro, quizá cinco las canciones que así bailaron; largos minutos en que las botas de Lorenzo taconearon sobre el tablado, trasmitiendo a la madera los ritmos de su tierra y la pasión que nacía en él, largos minutos que terminaron cuando la orquesta regresó a las cadencias del trópico, tan nuevas para él; rumba y son, armonías inverosímiles que apenas podía seguir. Fueron largos minutos de contacto, de sentir entre el roce de los cuerpos sus hombros desnudos, calibrar su cintura, fundir su respiración a la de ella. Cada una de las terminales nerviosas de Lorenzo, por una u otra vía, recibía el estímulo del baile de Ariadna, del gracioso ritmo que en algunas mujeres es dinamita pura, erotismo; saoco, pues.

Saoco, sabor, miel, nueces de coco y tabaco, ron. Magia de la mujer costeña, mezcla de sangre de las Antillas, de la negra que va en la popa y del español de la proa, a la que pocos años después de aquel baile, de aquel carnaval de 1925, cantaría un mulato caribeño también comunista como los nuevos amigos de Lorenzo. Una pizca de chocolate e indio mexicano, rumba y danzón; holanes y piernas desnudas que revolotean mientras un mulato aporrea los bongós… Saoco, sabor intraducible. Pero nada en aquella mujer parecía haber de esa mezcla costeña de olores y sabores: en sus genes solo estaba la vieja España, la de pandereta y castañuelas, terrado y sacristía, trasplantada con don Hernando al valle de Cuernavaca, donde señores de horca y cuchillo desterraron al maíz e impusieron la caña de azúcar. Y sin embargo algo de aquella azúcar, algo de sangre mulata de contrabando había entrado en las venas de esa morena de aristocrática raíz. ¿O serían los años pasados en otra vida, una vida fuera de sus oscuros palacios virreinales?

Lorenzo no era un gran bailarín, ya lo dijimos, pero se defendía; no era de los de romper plaza o crear círculos de admiración en torno suyo —*salvo*, pensó por un momento, *con la mangana en la mano*—, pero ella sí. La llevaba en sus brazos, ligera como una pluma, ágil como una ninfa, sensual como mujer madura, marcándole el paso, estrechándola, sintiéndola, hasta que los tambores de un nuevo danzón atronaron en el ambiente y, tras escucharlos, Ariadna le preguntó al oído:

—¿Te molestaría que te llevara, general?

—De ninguna manera, enséñame.

Y lo guio, le enseñó nuevos pasos, la hizo seguirla, abandonarse en ella. Se dejó ir en el ritmo, lo sintió, se sintió de alma latina y tropical él, hijo del semidesierto. En un momento dado ella se dio vuelta y las redondas, firmes nalgas, se recargaron en su pelvis; movió la cadera despacio, al ritmo de un lento son, masajeándolo con extremo cuidado. El general, casi quieto, observando suavemente el compás, aspiraba el aroma de los cabellos de Ariadna, sentía en su pecho la humedad de la espalda, el sudor de aquella tarde, noche ya, del trópico. La abrazó, sintió en sus manos la suave barriga y poco a poco subió una mano hasta la curva, el inicio del pecho. Con fruición de alcohólico que vuelve al vicio tras años de extrañamiento, hundió sus labios en la suave pendiente que dividía el cuello y los hombros de Ariadna para apenas rozar su piel.

Ariadna siguió bailando sobre la verga del general sin hacer otra cosa que levantar la cabeza para ofrecer mayor superficie a los labios del villista, que siguió besándola, acariciando casi el cuello y los hombros con los labios secos. Rozaba al mismo tiempo la parte inferior, la curva de sus pechos, y trataba de mover la cadera con la cadencia que marcaba la muchacha. Lorenzo sintió, supo que aunque la verga seguía enfundada en sus pantalones, aunque el sexo de Ariadna se hallaba guardado por tres o cuatro capas de tela, aunque decenas de jarochos —todos, se iba dando cuenta, de tendencias políticas radicales— bailaban alrededor de ellos, en realidad estaban solos haciendo el amor.

Los movimientos de Ariadna lo llamaban, lo envolvían. Su meneo recordaba a legendarias doncellas de otros tiempos, educadas para el placer de sus señores; además de José María Vigil, Carlos María de Bustamante y Alejandro Dumas, Lorenzo Ávalos Puente también tenía sus lecturas clásicas. Hacían el amor en mitad del salón, al ritmo de los bongós, en medio del mundo entero, sin necesidad, sabía él, de que su verga la penetrara. Esa noche había nacido para amarla. Esa noche amaba sus ojos, su pelo y sus senos. Esa noche quería hundirse en ella, morir y resucitar. Esa noche no habría, nunca hubo mujer más deseada, más amada: ella, la morena anónima, la que se hacía llamar Ariadna.

Terminó el lento y cálido son y la orquesta regresó a ritmos más rápidos. Ariadna se dio vuelta y lo abrazó, interrumpiendo el baile. El general propuso:

—¿Quieres una cerveza? —Sí quería.

Tomándola de la cintura la llevó a la barra, donde la cerveza descansaba en grandes tinas de hielo junto a inmensas garrafas de aguas frescas y botellas de habanero y aguardiente del país. Bebieron mirándose a los ojos y regresaron a la pista de baile, donde sus cuerpos volvieron a fundirse. Las manos de él en la breve cintura de Ariadna, las de ella estrechando el cuello de Lorenzo; dos cuerpos al vaivén de la música. Los pechos de Ariadna se oprimían en el tórax del general, haciendo patentes su volumen y firmeza; cuatro piernas se ceñían. Entonces, Lorenzo decidió ir por los labios.

Empezó besando su frente, acariciando su mejilla. Los ritmos cambiaban pero ellos ya solo seguían su propia cadencia, su música interior. Los labios de Lorenzo bajaron de la frente a la curva de la ceja, pasaron por los ojos y los pómulos de Ariadna, besando cada parte; ella lo dejaba hacer con la cara al cielo y los ojos cerrados, con sus manos bajando de los hombros a la espalda.

Los labios de Ariadna eran una invitación al placer que en contacto con los de Lorenzo desataron una llama. Bastó que se tocaran para que saltara la chispa: pronto estaban comiéndose a besos. Lorenzo pensó que besaba como las diosas, y vaya que lo sabía porque al menos otra lo había besado no hacía tanto tiempo, en otro mundo. Besaba con pasión y ritmo, con sabor y sabiduría. Lorenzo consentía sin más, respondía a ratos, la hacía suya otra vez por segunda, tercera ocasión en la noche.

Un siglo después, tras un beso que duró una, dos piezas enteras, Lorenzo preguntó:

—¿Nos vamos?

—Vámonos —respondió Ariadna.

Salieron discretamente del salón de baile. El general buscó con la mirada a Úrsulo Galván, pero no lo vio; de seguro habría desaparecido antes que él. En cambio, vio bailar a Luna entre cinco o seis mulatos disfrazados de contralmirantes o salvajes de remotas épocas. Afuera había una fila de coches de sitio esperando, pero Ariadna lo tomó del brazo y caminaron cuadra y media, besándose a cada paso hasta un elegante caserón escondido entre altos cedros. Ella abrió el pesado portón y a lo largo de un amplio vestíbulo lo llevó en silencio hasta una habitación pequeña, pero elegante y femenina, donde volvió a besarlo.

Le sirvió una cerveza que había tomado de una tina con hielo en el vestíbulo y con un beso lo dejó sentado mientras se retiraba por una puertecilla excusada al cuarto de baño; cuatro tragos después, salió con paso flexible y grácil, cubierta apenas por un vaporoso salto de cama. Mientras se acercaba a él, poco a poco, Lorenzo admiraba su porte y las pequeñas imperfecciones de su cara, las pequeñas arrugas que le bordeaban los ojos y las comisuras de los labios, ahora visibles sin el maquillaje, sin la media luz del salón; se fijó en la elegancia del tobillo, en la sutil curva del empeine y la delicada línea de la pantorrilla y las deseó, con la certeza de estar a segundos de tocarlas.

Ariadna se sentó. Bebió del vaso de Lorenzo mientras él tomaba su mano y besaba sus largos dedos, mordisqueando sus falanges, falanginas, falangetas... ¿cuántas ignotas y delicadas partes, de nombres tan extraños, tiene un cuerpo de mujer? ¿Cuál de ellas no es grata para los sentidos de un varón sin prisa?

Terminada la cerveza se puso en pie, su vientre a la altura de la boca de Lorenzo, sus blancas piernas entre las rodillas del general, que con una mano le acarició con intención las nalgas bajo la vaporosa falda de holanes y vueltas; la otra hizo suya una pantorrilla, subiendo lentamente por la rodilla y el muslo, apreciando texturas, consistencias, calores.

Sin mudar de posición, haciendo gala de flexibilidad, Ariadna lo fue desvistiendo. Lorenzo hundió la lengua en su ombligo y le acarició los pechos, desabrochó faldas y bajó bragas, jugueteó con el ensortijado vello púbico y probó sabores de azúcar y sal, de mujer plena, plena de saoco, dulce como la miel, firme como el ardor: era la mujer de la noche, madura y joven. Carne justa y generosa, mezcla precisa de sangres, sabores y experiencias. La transparente mirada de Ariadna brilló con malicioso chisporroteo y sus blancos dientes asomaron en una media sonrisa pícara y golosa. A la luz de la habitación Lorenzo miró su prominente monte de Venus, cubierto por una mata espesa y abundante que daba sombra a unos carnosos labios y un clítoris rojo y ya hinchado.

El general quiso atraerla, subirla, hacer que lo cabalgara ya, pero ella regresó las manos del hombre y se hincó entre sus piernas, tomó la verga en sus manos y la lamió despacio, rodeando con la lengua parte por parte. Largo tiempo chupó y acarició la cabeza, pasando sobre ella una lengua áspera y experta, dulce y amarga, mientras sus delgados dedos exploraban el resto de la masculinidad del general que con los ojos cerrados, las manos acariciando la negra cabellera, la dejaba hacer mientras crecía su tensión y sentía que las venas de la verga se le hinchaban como globos.

Un siglo después avisó el final del asalto y separó a Ariadna, que toalla en mano limpió los fluidos para engullir otra vez aquel miembro con la evidente intención de que no disminuyera de tamaño. Cuando fue claro que una nueva erección se había empalmado con la anterior, Ariadna se montó a horcajadas sobre Lorenzo y se deslizó sobre él mientras la transparente mirada se enturbiaba hasta convertirse en un mar en tormenta.

Lorenzo aprehendió la breve cintura y marcó con sus manos el ritmo de los embates, pero Ariadna descendía, circulaba y se movía a su aire. Sus fuertes piernas de oligarca reeducada muelleaban sobre el lecho para que la pelvis no dejara de presionarlo, clavándolo al colchón, haciéndolo ver estrellas con los ojos entrecerrados, gozando, a veces espiando ansiosos; vapores de cerveza y ron, pechos que temblaban al ritmo de sus embestidas, un chorro de esperma que salió hacia la Vía Láctea, al cielo que se abría...

Ariadna se desplomó sobre el pecho del general, que la abrazó con fuerza hasta hacerle daño. La besó con hambre, mordiendo sus pezones, arañando sus nalgas duras, frías en la cálida noche; la siguió tocando, mordiendo, arañando hasta lograr nuevamente una erección. La cargó, acostándola sobre el lecho, y volvió a penetrarla, arremetiendo sin pausa, con violencia creciente, hasta vaciar en ella las últimas gotas de su savia. Lorenzo se estiró a su lado y la besó. Hurgó en su cuerpo, acarició su piel, sus piernas, sus nalgas, su cintura, sus pechos, su cara. Habría dado el bigote —lo que de él quedaba tras su mutilación en Pachuca— por quedarse ahí la vida entera, pero antes de un nuevo encuentro Ariadna lo hizo pasar al cuarto de baño, lo ayudó a asearse un poco con lienzos húmedos y lo despidió aún desnuda, espléndida, con un beso en la puerta.

—Adiós, general. Sal a la noche.

4

Carnestolendas

El general Lorenzo Ávalos Puente se vio a sí mismo en la puerta de la habitación de Ariadna, que contempló como la puerta del cielo. Serían apenas las dos de la mañana y él estaba vestido, eufórico y feliz. Que saliera, le dijo ella, pero bien pensado no planeaba salir. Llegó al mar buscando a un capitán sonorense, ahora mayor, que profanó una tumba abandonada en el cementerio de Parral robándose una cabeza, pero de momento —¿o para siempre?— podía olvidar todo aquello. Lo pensó y lo siguió pensando durante largos minutos, y por fin entró otra vez a la recámara donde Ariadna se peinaba cubierta con una curiosa bata blanca que no cubría sus hombros ni sus pantorrillas, apenas sus pechos, evidentemente libres de sujetador, y que se ceñía a la cintura con un cordón dorado.

—Solo saldré contigo —dijo Lorenzo.

—No saldrás conmigo, general. No esta noche. Esta noche es solo mía, mi noche; es la noche de las putas y yo soy puta. No te convengo. No te conviene acercarte demasiado a mí.

Lorenzo la miró con cuidado. Admiró sus pantorrillas bajo la bata, pero sobre todo los oscuros ojos clavados en los suyos. Ojos por los que pasaban relámpagos que habrían asustado a cualquier otro; que habrían aterrorizado al propio Lorenzo en un momento distinto. Ojos que hablaban. Lorenzo recordó, como un relámpago, la fugaz aparición de su pantorrilla, de su perfil en la ciudad de México, a la salida de la cueva donde bebió con Fermín Valencia y su joven camarada: una fugaz visión a la que después siguió la certeza de que lo seguían dos hombres que ahora abonaban flores panteoneras en alguna fosa común de Tula. Sí, quizá era peligrosa, pero no esta noche.

—A mí solo me convienen las mujeres completas. Y me niego a usar la palabra que usted utiliza —dijo Lorenzo sosteniéndole la mirada y pensando que por momentos eso resultaba más difícil que conservar una posición bajo el fuego de las ametralladoras de Maximiliano Kloss, aquel famoso aventurero al servicio de Obregón.

—Solo saldrás conmigo si recuerdas que es noche de carnestolendas, que yo vengo a Veracruz en estas fechas para la fiesta; solo irás conmigo si reconoces, si aceptas que no soy tuya. Lo fui hasta este momento, quizá vuelva a serlo otro día, otro año, otra luna. Pero no hoy, no esta noche.

Lorenzo meditó y dijo, aún bajo la euforia de lo ocurrido, aún bajo el influjo de las nuevas certezas:

—Yo soy tuyo y te sigo, y seguiré viviendo esta noche hasta donde me dejes acompañarte. Aunque no seas mía.

—Vístete, pues, que adonde vamos solo aceptan romanos.

Ariadna le tendió una túnica púrpura de senador romano, un antifaz negro y unos huaraches de cuero; el general dejó en la habitación las ropas sudadas y sucias. En la calle caminaron una cuadra más hasta otra esquina donde dos negros membrudos y de atroz catadura, con pistolones que asomaban sobre las guayaberas, custodiaban una puerta. Ariadna murmuró unas palabras al oído del más alto, que les abrió la puerta.

Contra lo que Lorenzo esperaba, la puerta no daba a una casa sino a un amplísimo jardín con una pequeña piscina, bordeado de sillas y sillones, donde numerosas siluetas se confundían a la tenue luz de las estrellas y de dos hogueras situadas en rincones opuestos. Ariadna se dirigió hacia los altos sillones que flanqueaban una de las paredes laterales, desde los cuales se dominaba el patio entero, y allí se sentó entre dos varones que fumaban mariguana; les pidió el carrujo y fumó cediéndolo luego a Lorenzo, que aspiró lo suyo.

Tenía varios años sin fumarla. Fue consumidor relativamente habitual en sus tiempos de oficial, durante las duras campañas guerrilleras, cuando los soldados la utilizaban para engañar al hambre y al cansancio o para matar las largas horas esperando al enemigo. En la primavera de 1913, agobiados por un enemigo superior, y luego ya en 1914, en vísperas de Torreón o Zacatecas, solía sentarse con sus hombres a consumir la dulzona hierba que él mediaba con tabaco cuando lo había. La hierba tenía en él efectos extraños: relajantes sin duda, pero enervantes también: solía ponerle duro el pito aunque no hubiera razones para ello. Luego, conforme crecían sus responsabilidades, fue espaciando su uso hasta que la abandonó por completo durante los dos terribles años en que fue el jefe efectivo de la resistencia villista en Durango. No solo porque le nublaba la razón: además lo entristecía sobremanera, cuando no tenía razones para potenciar la angustia ni la tristeza. Pero ¿qué?, esta era una noche diferente a cualquier otra que hubiese vivido. Adivinaba que iría mucho más allá de los besos robados en los carnavales de su tierra.

Había dado un par de caladas cuando se encendieron cuatro grandes lámparas eléctricas sobre el prado dando vida a una escena digna, efectivamente, de romanos —"bacanal" fue la palabra que le vino a la mente—, pensó Lorenzo, sufrió Lorenzo anticipando con la imaginación la presencia de Ariadna en esa confusión de cuerpos. Los que bailaban lo hacían semidesnudos; los que retozaban en la alberca no vestían más ropa que —algunos, algunas— los antifaces. En los prados, parejas, tríos y cuartetos, todos revueltos, fornicaban sin reparo. El baile no era exactamente baile, no, ni los juegos en la alberca eran juegos... Habría en total unas setenta u ochenta personas de las que algo menos de dos terceras partes eran varones y el resto hembras. Esta desproporción se nivelaba un poco, pues algunos hombres se daban por el culo y en el césped más de una dama atendía a dos o tres varones a la vez; además, cinco o seis de los hombres le daban, cómo no, a los bongós, las trompetas, los timbales.

Lorenzo, ahíto de sexo, ansioso de más, fumando bajo la humedad tropical, fuera del mundo, de su mundo, trataba de aprehender con la vista la escena general. Solo una vez, luego de la entrada triunfal de las fuerzas de Rodolfo Fierro y Calixto Contreras a Guadalajara, había visto una escena parecida, cuando una veintena de oficiales rompieron la clausura del convento de arrepentidas y las presas los celebraron por todo lo alto. Pero aquella vez, pensó ahora, no había ninguna Ariadna entre las monjitas, ninguna que le importara.

Del panorama general pasó al detalle, a una zona particular en una esquinita del prado donde la "señorita Rosario Escobar", según se la había presentado tantas horas antes Úrsulo Galván, era la estrella. Estaba a cuatro patas, desnuda, con la magnífica grupa al aire y las grandes tetas colgando; un negro de elevada estatura la penetraba por detrás mientras ella chupaba el miembro de un joven que no llegaría a veinte años. Dos hombres más, desnudos y evidentemente ansiosos, miraban la escena a tres pasos de distancia. Sorprendido, Lorenzo descubrió en el rostro de Rosario, en sus suaves y eróticos movimientos, en la dulzura de su expresión, que gozaba.

Era obvio que disfrutaba los dos miembros que tenía y los dos que esperaban. Le estaban dando gran placer, y era obvio que el negro y sus jóvenes secuaces se deleitaban quizá tanto como ella. Lo más excitante era el suave muelleo de su cadera, la elevación de su grupa, la forma en que el negro le agarraba la cintura y dirigía con sus manos el movimiento, la intención de cada embate. Lorenzo devoraba la escena con los ojos y su sexo empezó a pedir guerra, pero no se movió ni llevó la mano a la entrepierna. Fumó un poco más de mariguana y sintió una especie de latigazo interno que lo obligó a volver la cabeza a un lado.

Ariadna, en medio de los dos hombres, se despojó de la túnica, y cubierta solo por una última pieza de ropa interior que velaba su sexo, se acarició los muslos a la vista de los dos jarochos, quienes la admiraban a ella y no al espectáculo del prado. También ellos se quitaron la túnica y a los ojos de Lorenzo aparecieron dos virilidades dispuestas a penetrar a la mujer de la que él apenas unas horas antes se había enamorado.

Lorenzo la miró. Ariadna se acariciaba las piernas y los pechos, pellizcando sus pezones, acariciando el sexo por encima de las bragas. Miró después a Rosario, que había terminado con el negro y ahora se deslizaba sobre el joven al que instantes antes se la chupaba. Cambió de enfoque otra vez y vio cómo uno de los jarochos a su lado acariciaba los pechos de Ariadna mientras el otro se apropiaba de la cara interna de esos muslos que fueran suyos, solo suyos, tan poco tiempo atrás. Quizá fuera más verdadero que la verdad: esa mujer no le convenía.

No quiso seguir mirando, no quiso reparar en la extraña razón por la cual no arremetía contra los dos sujetos. Dio una fuerte calada al cigarro de hierba que le pegó como un martillazo en la conciencia. Quería matar a los hombres que tocaban a Ariadna pero decidió regresar su atención al prado, centrándose ahora en una rubia alta, llenita y atractiva, que bailaba desnuda, meciéndose suavemente entre dos hombres sin ropa: uno moreno y musculoso que la besaba y movía despacio su cadera contra la de ella, y otro que les seguía el ritmo, tallando la verga entre las rotundas nalgas, acomodándola entre ambas, en la línea, la frontera que las dividía. No quería mirar al lado, pero no podía evitarlo. Ariadna acariciaba los falos de sus compañeros, uno con cada mano: parecía calibrar tamaños, texturas, medidas. Mientras la verga del tipo que bailaba detrás de la rubia se introducía en ella, uno de los jarochos se colocó frente a Ariadna, quien obedeció la señal, recorrió con la lengua el trozo de carne y luego lo introdujo en la boca. El hombre movió la cadera, entrando y saliendo, fornicándola, mientras Ariadna seguía acariciando el miembro del otro, masturbándolo ya. El sujeto llevó sus dedos a la entrada del sexo de la amada de Lorenzo; de pronto Ariadna sacó de su boca el miembro que en ella tenía, justo cuando su compañero eyaculaba. El otro lo hizo también, casi inmediatamente, en las manos de la hermosa comunista.

Lorenzo observaba todo con sensaciones encontradas, como desde fuera del mundo —¿sería la mariguana?—, y siguió mirando, hundiéndose en la incertidumbre y las dudas, entendiendo cada vez menos —¿quién se cogía a quién y por dónde?— cuando ella lo atacó: deshaciéndose de los dos jarochos se acercó a él y lo hizo acostarse sobre el prado, al pie del alto sillón. Sin preparación previa alguna —¿más que todo lo visto?—, se introdujo el miembro del general. Lo cabalgó con violencia y por tercera vez en la noche Lorenzo murió un poco dentro de ella, ansiando no pensar, detener la rueda de sus pensamientos, concentrarse en la hembra que lo domaba. Un último beso y Ariadna salió para montar ahora a uno de los dos hombres, que en el ínter había recuperado la erección. Lorenzo sentía a la vez la lasitud de la eyaculación, la vaguedad de la mariguana, el odio de los celos, la confusión del mundo. Y mientras él se perdía, Ariadna cabalgaba al jarocho a quien le había hecho sexo oral y chupaba el miembro del otro al que masturbara, creía recordar Lorenzo, quien sentado de nuevo en el sillón la seguía mirando atónito, incapaz de entender por qué no tenía ganas de matarla, por qué continuaba contemplándola. Seguro: esa mujer no le convenía.

Observando a Ariadna, fumando más mariguana de la debida, cansado y sediento, Lorenzo sintió que alguien ponía en su mano un vaso alto. Dio un largo trago —ron, hielo, limón, un toque de azúcar y ¿menta, quizá?, identificó— y miró apenas a la mujer que se lo había dado. Odiando a Ariadna, Lorenzo casi no se enteró de que lo besaban otros labios. Una mujer desnuda, de carnes generosas, cubierta solo con un antifaz que hacía resaltar unos grandes ojos verdes, lo acariciaba, lo mordía mientras él seguía mirando a Ariadna. La dama fue bajando con su lengua y sus labios por el pecho de Lorenzo hasta el ombligo; sus manos acariciaron delicadamente el flácido miembro del general, que tenía clavada la vista en Ariadna, mientras uno a uno iba terminando con los dos jarochos.

La mujer del antifaz pasó de su ombligo a su verga, lamiéndola con dedicación, sin prisa, y Lorenzo, que no podía quitar el ojo de las sacudidas de Ariadna, sintió que su carne renacía poco a poco, tanto de ganas de Ariadna como en respuesta a la rubia. Finalmente, con la mujer de rodillas, quien le hacía un trabajo asombroso, cerró los ojos. El ron se mezclaba con la mariguana, y en su mente era Ariadna otra vez quien hacía... ¿qué? No sabía más, pero era como si lo sintiera. La mujer sin nombre aumentó el ritmo de su mamada hasta que Lorenzo, sin abrir los ojos, la atrajo hacia él y sentándola encima la penetró, deslizándose hasta el fondo en el primer envite.

—Dame duro, mi rey —le decía—. Cógeme hasta matarme.

Lorenzo, obediente, la levantaba en vilo, conduciéndola a veces con violencia, a veces más despacio; no estaba muy seguro de lo que hacía y al día siguiente recordaría apenas, entre nubes, que mientras soñaba a Ariadna, una mujer anónima lo poseía. Sí: *ella* lo poseía, casi abusaba de él; buscaba su placer y al hacerlo se lo daba al hombre al que seguramente nunca más vería. Sin abrir los ojos, Lorenzo se dejó ir con un aullido que le recordó la entrada triunfal a Zacatecas, bajando a la carrera por la cuesta de la Sierpe pistola en mano, entre el olor de la sangre y de la pólvora.

Abrió los ojos ebrio, fuera del mundo. Allí seguía Ariadna. Los dos jarochos del principio se habían ido y era otro individuo el que ahora cogía con ella: estaba inclinada sobre el banco y el tipo la penetraba desde atrás. Lorenzo advirtió que la mirada de Ariadna estaba fija en un punto del prado, la siguió y vio otra vez a Rosario Escobar, bellísima, a cuatro patas en el césped mientras un hombre de bigote reglamentario la penetraba plantado a su espalda. Mientras la enculaban, Rosario llevó los dedos a su sexo y empezó a moverlos al ritmo de las embestidas del militar.

Cada vez más superado, perdido, incapaz de asimilar lo visto y lo vivido, sintiendo que lo arrastraba la corriente de un río en la que él quería perderse, Lorenzo se dejó conducir a la barra, al otro extremo del prado, por la rolliza señora de ojos verdes que acababa de cogérselo. Allí, todavía atónito, abrumado, de codos en el mueble, fue borrando los restos de conciencia a golpe de vasos de ron con hielo y limón, único entre todos los presentes que no tocaba otro cuerpo.

5

Explicaciones que (quizá) sobran

El general Lorenzo Ávalos Puente sintió, como otras veces, que pasaba del sueño a la muerte. Su nublada conciencia fue reelaborando la noche anterior: estaba en la barra y charlaba con una bella dama que sin piedad lo había poseído y nuevamente quería hacerlo. No era poco recordar. Se preguntó si habría dormido con la mujer y sin abrir los ojos extendió los brazos, rodando al vacío: la dolorosa caída sobre la cadera y la cabeza, que sintió estallar, lo obligó a mirar.

Había dormido sobre un canapé: seguía cubierto con la sucia toga. En una mesa en penumbras estaba su ropa, que se puso con un suspiro de satisfacción sobre el cuerpo apestoso a sexo y sudor seco. Ciñó a su adolorido cuerpo sus pistolas, con fornitura y cartuchera. Vestido y armado, abrió la puerta que se veía al fondo de la habitación y ante una mesa que se abría a un verde jardín, bebiendo café, encontró a los dos dirigentes veracruzanos, Úrsulo Galván y Herón Proal.

—Ayer lo perdimos, general —dijo Galván.

—Creo recordar, dirigente, que usted desapareció antes que yo del baile.

—Tenía negocios que atender en privado —sonrió Galván.

—Úrsulo, Úrsulo, Úrsulo —el tono de Proal fue creciendo—. Recuerda que el miércoles de ceniza nadie habla de lo que hizo la noche del martes de carnaval.

—Ya, ya. Me callo el hocico.

—¿Qué dice su cabeza, mi general? —preguntó Proal.

—Me va a matar. No solo la cabeza.

Proal le tendió un sobre de polvos con un vaso de agua y un instante después un pocillo de café. Lorenzo descubrió el gusto excesivamente amargo del caliente líquido y no pudo ocultar un gesto de desagrado.

—No le haga caras al café, general. Así es como se bebe acá, como se bebe el buen café, no el agua triste que los gringos les han enseñado a ustedes —dijo Proal.

—Ese líquido infame que llaman café americano —terció Galván.

—Bébalo usted con cuidado todos los días que esté acá, donde nace el café, y no podrá volver a ingerir esa asquerosidad de los gringos.

El general dio varios tragos más hasta mediar el pocillo, para luego decir:

—Preferiría una cerveza.

Como si la hubiera convocado, una atractiva mujer morena, de carnes abundantes y amplias caderas, cubierta con un holgado vestido blanco bordado de muchos colores, apareció con una bandeja en la que humeaban cuatro platos y se escarchaban otras tantas botellas de cerveza. Al ver que la miraba, Herón Proal dijo:

—Mi señora esposa, general.

Lorenzo, avergonzado, desvió la vista. *En efecto*, pensó, *ya no es martes de carnaval.* Se sentó a la mesa mientras la dama le acercaba caldo y cerveza. El caldo picaba un tanto de más para su gusto, y tenía un sabor fuerte y extraño; Proal, que lo adivinó otra vez, le dijo:

—Caldo de camarón, general, lo mejor que hay para la cruda.

Comieron en silencio. La cabeza de Lorenzo era un caos y no solo por el dolor y el mareo: trataba de acomodar los recuerdos de la víspera a su forma de entender el mundo, a los hombres y las mujeres. Sus propias acciones, sus emociones encontradas, los excesos dignos, en efecto, de una orgía romana, superaban cualquier cosa que el general hubiese hecho sin avergonzarse. Era eso lo que lo corroía: sí, alguna vez, durante los peores años de la guerra, cometió actos que deploró inmediatamente después de realizados, pasada la ira, la embriaguez de pólvora, de miedo, de alcohol, pero ahora no lamentaba nada y no entendía. ¿Cómo no enfurecerse porque la mujer que sentía suya pasara de hombre en hombre? ¿Cómo no sacar la pistola y cometer una carnicería digna de Rodolfo Fierro? Y no era porque no hubiera pistola ni forma de conseguirla, sino porque realmente nunca sintió la gana de echar mano a la cintura. ¿Cómo estuvo ahí fumando mariguana, fornicando, regodéandose, cuando llegó a Veracruz buscando a los profanadores de la tumba del Jefe? Esa mujer que se hacía llamar Ariadna —porque se trataba, por supuesto, de un seudónimo: nadie en este país habría bautizado así a una hija, ni siquiera el aborrecido licenciado Vasconcelos—, esa mujer que se hacía llamar Ariadna, esa mujer…

Pero por muy crudo que estuviera Galván, por mucho que picara el caldo de camarón y aunque Proal los dejara reponerse, con una mirada entre socarrona y reprobatoria, los jarochos no podían mantener mucho tiempo la boca cerrada y Úrsulo interrumpió los confusos pensamientos de Lorenzo:

—Bueno pues, general, ahora sí díganos qué lo trae por estos rumbos.

—Antes de eso, dirigente, cuénteme usted qué es esa revolución que traen acá. Los retratos de barbudos que vi en su oficina ayer, ¿son esos rusos comunistas de moda? ¿Qué es eso del comunismo?

—Mire, general, yo no sé si soy comunista porque no lo termino de entender, pero voy a decírselo rápido: lo que están haciendo en Rusia desde que ganaron su revolución es algo que llaman la supresión de la propiedad privada de los medios de producción, y una forma de gobierno a la que mientan dictadura del proletariado —dijo Galván.

—O sea —tradujo Proal—, que las fábricas y las tierras pasen a manos de sus verdaderos dueños, los obreros y los campesinos, y no los patrones y latifundistas que las han robado. O sea que solo gobiernan las asambleas de fábrica y los comités de campesinos, a los que llaman soviets.

No todos se las habrán robado, trató de pensar Lorenzo.

—Se trata de que los propios campesinos sean los dueños de su tierra, como en las comunidades de acá, o que lo sea el gobierno —continuó Galván la explicación.

Sí, claro. Como nosotros en Chihuahua en el 13, intercaló Lorenzo para sí, sin decirlo.

—El gobierno que, sin elecciones ni faramallas, está controlado por los obreros y los campesinos; eso es lo que llaman dictadura del proletariado —completó Proal.

Y una nieve de limón.

Callaron un rato los dos jarochos para ordenar sus pensamientos, y Galván remató:

—No sé muy bien cómo lo estén haciendo, no sé bien si les vaya resultando, pero esa es la idea. Al menos, la parte central de la idea.

Eso ni Jesucristo, volvió a apostillar Lorenzo para sí.

La esposa de Proal trajo un vaso de agua para su marido y una segunda ronda de cervezas para Ávalos y Galván. Como el silencio se prolongara, Lorenzo decidió meter hilo para sacar hebra:

—Eso no tiene nada que ver con lo que allá en el norte dicen que es el comunismo. Con eso de que los gringos dicen que Calles es comunista, nos parece un gobierno despótico, con funcionarios ladrones y persecución insensata de los curas.

—No, chico. Calles no es comunista. Los gringos no lo quieren por la ley del petróleo, pero de comunista nada. Lo que pasa es que pa ellos el comunismo es el diablo y así pintan ora a todos sus enemigos —explicó Proal.

—Pero ustedes también tienen retratos de Calles y Obregón… —dijo Lorenzo.

—Ya… mire, general, lo que pasa es esto, y eso también lo enseñaron los rusos: por cierto que los barbones esos que dice no son rusos sino alemanes, pero luego se lo explico. La revolución no siempre puede hacerse de golpe, antes hay que acumular fuerza hasta reunir la suficiente pa tomar el poder —respondió Galván.

—Y para eso —dijo Proal— hay que ir avanzando en la organización y hacer lo que se vaya pudiendo hacer.

—O sea, general, nosotros no podemos ahorita, como hicieron los rusos, adueñarnos del poder, tener un ejército nuestro y expropiar a todos los hacendados.

—Pero sí podemos aprovechar las leyes agrarias pa presionar, pa recuperar las tierras, pa obligar a que el gobierno las reparta; con ello, vamos juntando cada vez más gente y más fuerza.

—También podemos aprovechar las leyes laborales y echar palante la organización sindical. Así hemos podido acá obligar a las compañías navieras a pagar mejor, a darles a los obreros equipo de seguridad y entregarles indemnizaciones. Así van creciendo los sindicatos y vamos juntando fuerza.

—¿Y qué pinta ahí el pinche Turco? —regresó Lorenzo a la pregunta original.

—El señor general Plutarco Elías Calles —indicó Galván con cierta sorna—, como presidente, se está apoyando en nosotros pa contener a los curas y a los gringos. Las leyes que promulga no tienen nada de comunistas, pero obligan a las compañías petroleras a someterse a la Constitución, a pagar mejores sueldos y a dejar acá parte de sus ganancias. También les está quitando la tierra, y ahí entramos nosotros.

—No es que sea comunista ni nada pero de momento, solo de momento, nos permite avanzar. Por ahora creemos que nos conviene utilizar las puertas que está abriendo.

—Pos será acá, amigos. Allá en el norte, el gobierno nos tiene jodidos a los revolucionarios.

—Quizá por lo que usted me contó ayer de Pancho Villa, general —explicó Galván.

—¿Qué es lo que cuenta de Pancho Villa? —preguntó Proal, que no había asistido a la primera charla entre Galván y Ávalos.

Lorenzo dio un largo trago a la cerveza. El tratamiento contra la cruda estaba surtiendo efecto y sus ideas se aclaraban aunque le seguía doliendo todo el cuerpo, las partes bajas en particular. Todavía tenía la mitad de la memoria ocupada por piernas, pechos y sexos de mujer, preferentemente de Ariadna, pero aun así podía manejarse.

—Pos yo creo que sin saberlo era comunista —miró a sus pasmados compañeros y continuó—: Si el comunismo es eso que ustedes dicen, el Jefe lo era. Cuando conquistó Chihuahua, lo primero que hizo fue expropiar todas las haciendas sin indemnizar a los dueños, al revés de como proceden Obregón y Calles: pa que los hacendados puedan hacerse más ricos.

Lorenzo encontró en el bolsillo de la camisa el paquete de puros, lo puso sobre la mesa y extrajo uno; Galván y Proal lo imitaron. Callaron mientras cortaban el tabaco y le daban fuego. Entonces prosiguió:

—No solo fue la tierra, también fábricas y el servicio; toda esa riqueza confiscada por la revolución se puso al servicio de la revolución. De ahí se pagaba la guerra pero también las pensiones de los huérfanos y viudas, y se repartía carne y harina a los pobres.

—¿Quién trabajaba, quién administraba? —preguntó Galván.

—Se administraba desde Chihuahua, se creó una oficina especial a cargo de gente de confianza; cada hacienda, cada fábrica tenía su administrador mientras que nosotros, en Durango, todavía seguíamos las viejas leyes y solo hablábamos de restitución. Eso sí, recuperamos de golpe la tierra que nos robaron los ricos; en Chihuahua sencillamente se les confiscó todo.

—¿Y qué pasó luego?

—Pasó que nos rompieron la madre. Perdimos la guerra, dirigente, y el barbón Carranza le regresó todo eso a los ricos. Lo que el Jefe quería, lo que se había discutido, es que al final de la guerra se repartiera.

Galván dio una larga calada al puro y asintió cuando se dio cuenta de que Lorenzo había terminado.

—Pues quizá sí era comunista sin saberlo… y antes que los bolcheviques.

—¿Y por qué no sabemos nada de eso? Acá siempre pensamos que Villa era un bandido, aliado de los ricos y los curas.

—Eso tendrán que averiguarlo ustedes, compañeritos.

Varios minutos después, Úrsulo Galván dijo:

—Pues razón de más para ayudarlo, amigo general, ¿qué lo trae por acá?

Lorenzo no entendía los bruscos cambios del tuteo al usted, como a veces no entendía parte de los párrafos en el cantarín acento veracruzano, sobre todo cuando sus interlocutores hablaban rápido, vicio recurrente en Galván. Lorenzo les explicó, brevemente, que buscaba a un tal Garcilazo, oficial federal, sonorense para más inri, que había profanado la tumba de Villa en Parral.

—Lo busco para recuperar los restos, si eso es posible, pero que no haya engaño: también para matarlo.

Tras su exposición se hizo un silencio que se prolongó varios minutos. Al fin, y con un "Discúlpenos", los dirigentes se retiraron a un rincón y discutieron animadamente, con acompañamiento de expresivos movimientos de manos. Algunas palabras llegaban hasta Lorenzo, pero la charla era tan rápida y el acento jarocho tan cerrado que lo mismo podían haber hablado frente a él. Terminada la discusión, puestos de acuerdo, se acercaron y Úrsulo le dijo:

—Se puede, general, pero con cuidado y con nuestras reglas… También nosotros ya les tenemos ganas.

—¿Ganas? ¿A quiénes?

—A los oficiales sonorenses.

—El teniente coronel Piña, el mayor Valenzuela y ese nuevo, el

Garcilazo suyo, general. Pero le contamos en el camino, véngase con nosotros.

Galván y Proal sacaron de un cajón unas pequeñas pistolas escuadra, que metieron en el pantalón tras poner los seguros, y Lorenzo revisó que sus .45 estuvieran cargadas y listas.

6

Cañeros

El general Lorenzo Ávalos Puente subió a un traqueteado Packard que, escoltado por tres hombres armados con fusiles Mauser y revólveres, esperaba a los dirigentes frente a la casa de Proal. Avanzaron en silencio y a la salida de la ciudad, donde las casuchas de caña y barro se confundían con las dunas y los pantanos, Herón Proal descendió del auto y se despidió de Lorenzo ceremoniosamente, clavando en él esa inquietante mirada del único ojo. El sol estaba bastante alto y el calor picaba mientras el auto recorría un mal camino sombreado por impresionantes árboles. Los verdes campos y el lejano mar llenaban la pupila de Lorenzo, que por fin preguntó:

—¿A dónde vamos?

—A Mandinga —respondió Galván apenas, dejando a Lorenzo como al principio.

El general aceptó el silencio y se embebió en la contemplación del lujuriante paisaje del trópico. *Quizá a esto se deba*, iba pensando, *que la gente sea capaz de hacer cosas como las de ayer*. El calor agobiante, que sofocaba, distinto del suyo en Durango y que le empapaba ya la camisa; los inauditos, infinitos tonos de verde, el brillo cegador de los campos cañeros, los altos platanares y las papayas, a lo lejos las palmeras, todo le daba la firmísima impresión de que recorría un territorio extraordinariamente rico, feraz y espléndido; tanto verde, tanto azul lastimaban sus ojos. Si Galván iba embebido en sus pensamientos y los escoltas atentos a su trabajo, Lorenzo miraba, miraba y sonreía, miraba y se preguntaba.

Cosa de una hora después de salir de la ciudad vieron, desde lo alto de una loma, una laguna de un azul muy distinto al del mar que habían dejado a su espalda. A la entrada del caserío, Galván invitó a Lorenzo a bajar del auto y llamó a la puerta de una choza situada a la orilla de la laguna. Un hombre vestido con harapos blancos y con un desmadrado sombrero en la mano saludó:

—Güenos días le dé Dios, don Úrsulo.

—Buenos se los dé a usted, don Atilano.

—Ya lo espera la gente, don Úrsulo.

—Lo sé, pero quería pedirle un favor.

—¿Pa qué soy bueno?

—Dele una paseada aquí al amigo Ávalos por la laguna, el paseo largo, y luego llévelo al embarcadero, donde lo estaré esperando.

—A su servir, don Úrsulo.

—Amigo —dijo Galván a Lorenzo—, verá lo que es Veracruz y luego comeremos. La vuelta larga dura unas tres horas, que es el tiempo que necesito pa arreglar los negocios que acá me traen y pa plantear su asunto a los compañeros. Entonces lo veremos con usted.

En efecto fueron tres horas largas de paseo, pero Lorenzo se durmió tras la primera por el calor y los movimientos de la barquichuela en que lo paseaba el hombre, que pescaba mientras se deshacía en loas a Úrsulo Galván; la laguna, bordeada de soberbias ceibas y altísimos cedros, según le indicó el pescador, era de una belleza aún mayor que la del camino carretero y contribuyó también, con su paz, a arrullar al general.

Cuando lo desembarcaron, medio dormido, Ávalos vio a Galván reunido con tres campesinos vestidos de blanco que al notar su arribo se incorporaron y lo saludaron con ceremonia. Galván los presentó como Vidal, Juan y Baudelio, "dirigentes de los cañeros de la cuenca del Papaloapan". Lorenzo no intentó memorizar el nombre del lugar y se sentó en la única silla libre en torno a una mesa redonda bajo un fresco tapanco que dominaba la laguna. Evidentemente solo lo esperaban a él, porque de inmediato sirvieron una fuente de la que se desprendían aromas inverosímiles: los camarones, que habría comido dos o tres veces en su vida, en una abundancia no soñada en el desierto de Durango, eran solo el anuncio de otros frutos del mar que se guisaban en la cocina. La cerveza y licores diversos llegaron a la mesa y Lorenzo no pudo reprimirse:

—Señores —dijo mientras intentaba imitar los ágiles movimientos con que sus contertulios pelaban los camarones—, viven ustedes en la tierra más rica que se pueda imaginar.

Los cuatro veracruzanos se miraron entre ellos, y como si esperaran el comentario del general, arremetieron casi al unísono:

—No, general, lo estás viendo mal, chico; tú lo ves todo verde; crees que ese verde es oro y no; no lo estás viendo bien, chico. Mira que pa que la tierra produzca se necesita mucho trabajo bajo este sol y con esta agua. La caña verdea bonita pero cada una hay que quemarla y tumbarla a machete, y llevarla al ingenio pa que luego te paguen a veinte o treinta la tonelada, según el año y según les dé la chingada gana a los patrones —dijo Vidal.

—Y el tabaco es pior, general, que hay que sacarlo a mano; antes era puro trabajo esclavo pa que se forraran los gachupines y ora sigue siendo trabajo casi esclavo, porque aunque dicen que la tierra es nuestra, nos pagan la hoja como quieren y no hay labor que valga —apuntó Juan.

—Pues a sembrar otra cosa —dijo Ávalos.

—No, general, con la inclinación de las laderas, la humedá que llega y este calor nada vale, apenas la caña acá abajo y el tabaco más arriba. Déste lado ni siquiera café. Lo demás, apenas pa la huerta de uno. Hasta al máiz se le pudre la raíz si uno no lo siembra en alto —contestó el mismo personaje.

—Y pior el ganado —apuntó Baudelio—. Nomás el cebú aguanta estos pinches calores y los chingaos tábanos y las garrapatas…

—Señores, yo no sé de sus tierras pero creo que exageran: en el camino vi plátano, papaya y fruta por todos lados, y miren nomás los camarones y la comida que viene.

—Nomás que de papaya naiden vive, general —apuntó Vidal—: intenta comer tres días papaya o chicozapote y verás lo que es bueno.

—Y camarones no hay tantos, chico, es un gusto que nos damos a veces —señaló otro de los dirigentes.

—Chingá, compañeros, general —interrumpió Úrsulo Galván—, nos estamos meando fuera de la bacinica. Pos, ultimadamadremente, ¿qué chingaos importa lo que estamos discutiendo? Lo que importa, general, lo que importa, compañeros, es que toda esa pinche tierra tan verde, toda la chingada caña de azúcar, el chingao café, el chingao tabaco, los putos pastizales y las putas vacas que en ellos pastan, siguen siendo de los ricos. Todos los compañeritos sombrerudos que hace rato estaban aquí gritando vivas a éste, vivas a aquél, vivas al pendejo de Úrsulo Galván y vivas a la revolución, siguen igual de pobres que cuando mandaban don Porfirio y los viejos caciques, y esa es la puta verdad. ¿Usted lo ve, general? ¿Lo ven, muchachos?

—Entonces, don Úrsulo, ¿pa qué tanto brinco? ¿Pa qué tanto pelear si todo está igual? —preguntó Lorenzo.

—No, general, ¿no lo ve? No está igual. En este país hubo una revolución, hubo Zapata, Carrillo Puerto y hasta el bandolero Villa de ustedes, y ahora estamos nosotros, chingá. Esos compañeritos que estaba yo diciendo, no los ve porque ya se fueron, pero le digo que todos traen machete al cinto, muchos tráin su rifle .22 y algunos hasta su .30-30... Más de un rico los ha probado en su reputo pescuezo, más de un hijo de la chingada se ha largado, y muchos de esos cabrones ya no cobran sus putas rentas o cobran la mitad que antes. O sea, general, que no es lo mismo.

—Ese lenguaje sí que lo voy entendiendo, dirigente —respondió Lorenzo.

—Y además, falta lo que falta —dijo Vidal.

—Eso lo entiendo todavía mejor.

Callaron un rato mientras daban cuenta de los camarones; los había de distintos modos y todos con cáscara. Lorenzo trataba de imitar los rápidos movimientos de dedos con que sus compañeros de mesa los pelaban sin preocuparse por pringarse de salsa; algunos, ahogados en salsa roja, picaban más aún que el caldo de la mañana. Unos iban solos, con el sabor delicado del animalito apenas acompañado por un poco de sal; otros, fritos de diversas maneras y con variados ingredientes. Lorenzo se sentía rebasado por las circunstancias, incapaz de pelar los camarones, comerlos y al mismo tiempo escuchar los argumentos, y sobre todo para exponer sus pensamientos, pues descubrió que nunca dio tantas explicaciones ni habló tanto como ese día. En los buenos tiempos, don Calixto Contreras y don Severino Ceniceros decían lo que todos pensaban y los demás solo discutían cuestiones de detalle; no tenían necesidad de convencer a nadie como no fuera carabina en mano. Luego, tampoco valía la pena discutir porque ya era el tiempo de obrar, porque el que no te entendía con medias palabras no era de los tuyos. Su reflexión fue interrumpida por Galván, quien se limpió la boca y empezó a platicar como si viniera a cuento, como si no tuviera importancia.

—Desde 1914, general, hasta hace menos de dos años, acá en Veracruz todos los mandamases y los milicos eran veracruzanos. Cierto que estuvieron aquí don Venustiano y Obregón, Alvarado y Hill y otra punta de cabrones, pero no mandaban acá. Todos los negocios de Veracruz se arreglaban aquí y por veracruzanos: primero gobernó don Cándido Aguilar desde el 14 hasta el 20, no era el único y había desmadre por todos lados, pero las fuerzas del gobierno eran de veracruzanos que comandaba don Cándido.

Calló para dar cuenta rápidamente de tres o cuatro camarones más, los últimos antes de que les sirvieran un enorme plato de sopa lleno de criaturas marinas de formas y texturas poco gratas a la vista de Lorenzo que, sin embargo, la acometió con brío para sorprenderse con los nuevos sabores, los cuales no se sentía capaz de definir. Galván continuaba hablando:

—Algunos hasta se fueron, los cordobeses de Gabriel Gavira y los "rojos" de Orizaba me parece que ayudaron a romperles su madre a ustedes, con todo respeto, allá en Celaya; y los de Heriberto Jara bajaron hasta Yucatán en la columna de Alvarado pa madrearse a los caciques, pero siempre volvieron.

"Luego, en el 20 se chingaron a don Cándido junto con su suegro, el barbón Carranza, pero como el Tigre Guadalupe Sánchez y don Adalberto Tejeda fueron quienes se lo madrearon, pos siguieron mandando veracruzanos".

—¿Ese Tejeda no es el secretario de Gobernación? —interrumpió Lorenzo.

—El mismo, general, y ya sé lo que va usted a decir, pero del 20 al 24 fue nuestro aliado. Justamente el otro, el Tigre, como jefe de operaciones militares de Obregón era el que nos estaba chingando, pero la cosa era así. Muchos muertos hubo en el 22 y el 23, casi todos nuestros: tomábamos las tierras y luego llegaban las guardias blancas. El gobernador nos protegía y el Tigre los protegía a ellos, pero solo hasta cierto punto. Cuando las cosas amenazaban con salirse de madre y los muertitos pasaban de dos o de tres, una reunión en el Palacio de Gobierno de Jalapa entre el góber, el Tigre, el hacendado en cuestión y un servidor de ustedes bastaba pa arreglarlo.

"Pero entonces Fito de la Huerta se vino pa Veracruz y en diciembre del 23, protegido por el Tigre, empezó aquí su desmadre. Nosotros lo combatimos y le amargamos la vida al cabrón, pero aunque somos muchos, no valemos gran cosa en términos militares, general. Obregón les echó encima a Eugenio Martínez, que les rompió todita su madre en Esperanza y los puso a correr como conejos".

—Eugenio Martínez —evocó Ávalos.

—Ese mero. Uno de los hombres de confianza de Obregón desde el mero principio, desde Sonora.

—Lo conozco, dirigente. Con él fuimos a rendirnos en el 20, luego de cruzar el desierto. Se portó cabal el viejo.

—Sí, acá también, pero lo malo fue que una vez desaparecido el Tigre, exiliado don Cándido, retirados del activo Heriberto Jara y Adalberto Tejeda, dispersa la oficialidad, desde marzo o abril del 24 tenemos por acá demasiados fuereños y en esta zona, o más pa abajito, a esos del 43º Regimiento de Caballería, puro sonorense de los peorcitos, que ahora sí nos están chingando de mala manera.

—Estos hijos de la chingada —intervino Vidal— no solo apoyan descaradamente a las guardias blancas, como hacía el pinche Tigre que está disfrutando sus millones robados allá en Los Ángeles, California: no, estos cabrones hijos de puta entran de frente, a matar, y encima tienen una media docena de pagados, bien pagados, que se dedican a cazar a los mejores de cada pueblo.

—Piña, Valenzuela y desde que llegó, su amigo Garcilazo, general. Todos ellos eran gente del Gordo Artajo, quien nos está desangrando por conducto del jefe de la guarnición, su compadre Canalejo, jefe del 43º.

—Canalejo... el ave negra del ejército mexicano —identificó Lorenzo.

El tema ahora estaba claro y todos callaron para que Lorenzo asimilara la información. El general se acabó lo más que pudo del resto de la sopa, retiró el plato, bebió un largo trago de cerveza y dijo:

—Entiendo, entonces, que ha llegado la hora de ponerles un hasta aquí.

Una vez más se hizo un silencio espeso, aprovechado por las meseras para retirar los platos vacíos y sustituirlos por picaditas y gordas con las que Lorenzo, que fue lento con los camarones y torpe con la sopa, pudo al fin saciarse.

—No es tan fácil —dijo por fin Úrsulo Galván.

—Si se sabe que fuimos nosotros, se acabó la alianza con el gobernador —dijo Vidal.

—Si le pegamos a los federales, nos enchironan y se desmadra todo lo que hemos hecho —dijo Juan.

—Y todo eso suponiendo, que es mucho suponer, que les rompamos su madre —dijo Galván—. Porque hay que reconocer que son mejores pa los chingadazos.

—¿Tanto así? —preguntó Lorenzo.

—No se confíe, general: los norteños no son más hombres que nosotros. Uno contra uno, sin fusca, nos pelan la verga. Con fusca, nos vamos a medias. Cinco contra cinco, diez contra diez, sigue estando parejo. Pero en grupo, en batalla, pues, ahí es donde nos la pelamos —explicó Galván.

—Pero no es eso lo que importa, el problema es que arriesgaríamos demasiado si los atacamos —recordó Vidal.

—Pero si nos las ingeniamos para no aparecer...

—Si toda la gente se concentra en Jalapa pa reclamarle algo al gobernador...

—Si no hallan cómo echarnos la culpa...

—Ya, ya —dijo Lorenzo—. ¿Qué es exactamente lo que está pasando allá en la cuenca del... allá, pues?

Úrsulo Galván pidió a una de las meseras que llevara una botella de habanero y ofreció a Lorenzo un grueso puro, idéntico al que él encendió. Luego contó:

—Mire, general, una cosa que hemos aprendido es que no podemos librar todas las batallas al mismo tiempo. Ahora tenemos dos frentes abiertos: en la Huasteca la organización obrera contra las compañías, con la ayuda del gobernador, de los "amarillos" de la CROM y hasta del jefe de la zona militar, un michoacano, Lázaro Cárdenas, que no se le debe olvidar: no es aliado nuestro nomás porque el presidente Calles se lo haya ordenado, lo es de verdad. Por el otro lado, en el Papaloapan, tenemos dos problemas: abajo, en la llanura, todas las tierras productivas abastecen de caña a cuatro ingenios y toda la tierra es de los dueños de los ingenios. Desde 1915 metimos las solicitudes de restitución y desde 1917 las de dotación, pero no avanzan porque... porque no avanzan. No lo aburriré. Baste con decirle que la ley río arriba de Tlacotalpan, en la región de Cosamaloapan, es la de las guardias blancas, los enfrentamientos han venido subiendo y sus amigos Piña y Valenzuela, y ahora Garcilazo, son el azote de la gente.

—Y quieren que yo me los chingue... —murmuró Lorenzo con énfasis.

—Pos ya que vino con ese afán... porque el Garcilazo nunca anda solo.

—Una pregunta más. ¿Cómo sabré que va Garcilazo? Ustedes dicen que a veces va uno, a veces otro, y si bien no estaría mal darle su agua a esos otros que dicen, yo al que quiero coger es a él. Y seguro, lo que haya que hacer solo podrá hacerse una vez.

—Una sola vez, sí. Lo que haremos será pedir en Jalapa la presencia de los otros tales por cuales, general —dijo Galván—; reclamaremos al gobernador alguna de las cuentas pendientes y que los haga comparecer. Así, Garcilazo irá por usted y seguramente lo guiará el capitán Rosales, que lleva más tiempo acá y que estaría muy bien que también desapareciera del mapa.

7

Proyectos de venganza

El general Lorenzo Ávalos Puente elevó una nube de humo hacia el cielo y se quedó pensando.

—¿Y dónde hay que dar el golpe?

—Hemos pensado que en la hacienda de Vallecillos, cerca de Guayacán. Los mercenarios de allí son los peores: deben hartas muertes porque la hacienda está en el único paso del río Tonto de Oaxaca a Veracruz, y muchos peones de las haciendas tabacaleras de Oaxaca buscan escapar por ahí de la esclavitud a que los tienen sometidos para refugiarse con nosotros, porque aunque sigan igual de pobres de este lado, aquí no son esclavos. Entonces, las guardias blancas de la hacienda cazan a los peones fugados, igual que en tiempos de Porfirio Díaz, para revenderlos a los dueños y cobrar la recompensa —dijo Galván.

—Además está ya en Oaxaca, en el límite, y el patrón siempre ha presumido de eso. Casi toda la tierra la tienen en Veracruz, caña abajo y tabaco en las laderas, pero la casa grande, las oficinas y las casas de los mercenarios están en Oaxaca, aunque no tienen contacto con ese estado: todo lo venden, lo negocian o lo arreglan en Tierra Blanca o en Cosamaloapan, como todos los cañeros —dijo Vidal.

—También podemos jugar con las leyes si damos el golpe ahí —dijo Galván—. Si se tuerce, podremos justificarlo…

Lorenzo no preguntó las razones: detestaba el derecho agrario, sus vueltas y revueltas, los interminables mecanismos que mantenían a los campesinos en vilo durante años, los rincones y vacíos que permitían a los hacendados extender hasta el infinito los procedimientos legales y hacer nulas las disposiciones del artículo 27 de la Constitución. Sin embargo, eran otras cosas las que de momento le interesaban.

—¿Dónde están destacados los federales? —preguntó.

—La matriz del regimiento, en Alvarado —informó Vidal.

—¿Qué tan lejos queda de Alvarado la hacienda esa, Vallecillos?

—Lejos no, aunque no es fácil llegar salvo remontando el río. Pero la mitad del regimiento, la que mandan Piña y Valenzuela con Garcilazo, está en Cosamaloapan: el general Canalejo está en la matriz, en Alvarado. De Cosamaloapan a Guayacán es puro llano, medio pantanoso a ratos, pero la caballería de los federales puede llegar en unas horas.

—¿Con cuánta gente cuento?

—De aquí naiden, general —dijo Juan—. Si se da el golpe, todos tendremos que estar en Jalapa, en algún borlote armado a propósito. Además, gente fogueada, de pelea, para un golpe de mano, no tenemos tanta, y a toda la conocen.

—Lo que pensamos, general, es que si tantas ganas le tienen ustedes a Garcilazo, puede traerse algunos de los suyos —dijo Galván—. Sería la única manera. Nosotros lo pondremos en situación, lo llevaremos al lugar y prepararemos su entrada y su salida.

Lorenzo calló un tiempo y siguió fumando. La tarde terminaba y se acercaban nubes de mosquitos que los hombres mantenían a raya con el humo del tabaco.

—Digamos que doy el golpe a la hacienda que dicen… ¿cuántos mercenarios tiene?

—Una docena —respondió Vidal, quien obviamente era de aquella zona.

—¿Qué armas?

—Mauser y pistolas.

—Y supongo que los agarraré comiendo verga, porque ustedes estarán haciendo su desmadre en la capital del estado y éstos muy confiadotes.

—Esperemos que así sea.

—Supongamos también que hay forma de caerles de sorpresa.

—La hay.

Lorenzo hizo cálculos mentales, meditó y continuó fumando. Luego siguió:

—Esa es la primera parte; después supongo que llegará la caballería. ¿Cuánta gente suelen mandar para esas expediciones de castigo?

—A lo mucho dos escuadrones, a veces con una ametralladora.

—¿Cuánto son dos escuadrones por acá? Porque la plantilla de los regimientos siempre es distinta.

—Unos ochenta valedores, pero casi siempre son como la mitad.

—¿Digamos cincuenta?

—Digamos.

Lorenzo volvió a hacer cuentas. Hacía rato que había dejado el ron a un lado y pidió un café, "aguado, por favor".

—¿Pa cuándo?

—Pa cuando usted diga.

—¿Dónde puedo hablar por un teléfono seguro? Porque sospecho que alguien me ha estado siguiendo.

—No antes de la estación de Córdoba —dijo Galván tras breve reflexión, interviniendo por fin tras el diálogo entre Lorenzo y Vidal.

—¿Y pa cuándo estaré yo en la estación de Córdoba?

—Mañana antes del mediodía —afirmó Galván.

Lorenzo siguió pensando y calculando mientras los veracruzanos lo miraban expectantes.

—Necesito no menos de doce de los buenos; mejor quince. ¿Cómo meto quince villistas por acá sin que los enemigos de ustedes se den cuenta?

—Si bajan de la estación de tres en tres o de cinco en cinco, los reunimos en Fortín de las Flores, general, y de ahí, por Tierra Blanca, están en unas doce, quince horas a caballo.

—Necesitaré quince bestias y dos mulas de carga.

—Necesitará más, general, porque si quiere llegar sin ser notado y en pocas horas hay que tener dos remontas, pero ya nos encargaremos.

—¿Qué distancia hay de Fortín de las Flores a Guayacán?

—Unos ciento veinte kilómetros, de bajada al principio, pendiente suave, y luego puro llano y lomerío.

—Denlo por hecho —dijo Lorenzo después de un rato de reflexión—. ¿Quién me guiará?

—Yo, general, hasta la base que le haremos, desde donde podemos salir a que le muestre el sitio; luego me devuelvo de inmediato pa llegar a tiempo a Jalapa —dijo Vidal.

—Comida pa quince gentes por tres días, ahí en la base.

—Está.

—Cuatrocientos o quinientos pesos pa moverme orita.

—Salen —Galván los contó de su bolsillo y billete sobre billete los puso sobre la mesa, hasta seiscientos.

—Estas cosas se hacen en caliente o no se hacen. Hoy es miércoles —estableció Lorenzo—. Llegamos a Fortín entre el martes y el miércoles de la próxima semana. Al anochecer salimos pa llegar en la madrugada del jueves al lugar; por la noche damos el golpe. Y que no salga de aquí, que nadie más sepa nada, porque si se las huelen, mis compañeros y yo podemos contarnos entre los muertos.

—De aquí no saldrá —terminó Vidal el diálogo.

—Pues vámonos —dijo Úrsulo Galván—. Véngase, Vidal, pa ajustar los detalles en el camino.

Nueve o diez horas después, en el hotel de la estación de Córdoba, Lorenzo pidió una conferencia con la redacción de *El Siglo de Torreón* y tras no breve espera logró comunicarse con Miguel López, Lopitos.

—¿Se acuerda de lo último que me dijo, Lopitos, al despedirnos en la estación?

El general admiraba el trabajo de ebanistería de la barra mientras escuchaba la respuesta.

—Pues necesitaré quince paquetes de lo que hablamos, bien amarrados. Póngamelos en Buenavista mañana o después de mañana a más tardar. Urge, amigo López, urge. Yo esperaré en el hotel de la estación.

Las manos de Lorenzo, inquietas, seguían las lejanas palabras de López.

—Acá pagamos, Lopitos.

Nueva pausa, nueva espera, nueva escucha impaciente.

—Con todos sus aditamentos, López. Además, necesito otro favor.

Favores.

—En casa de Dolores, usted conoce, tengo otros dos paquetes que necesito que me envíe; dígale que los de la higuera.

La respuesta de López fue muy breve, porque Lorenzo rebotó casi al instante.

—La higuera, Lopitos, la higuera.

Las manos descansaron casi quietas sobre la barra mientras Lorenzo asentía apenas perceptiblemente.

—Quede con Dios, amigo López, y espero el encargo.

Lorenzo pagó la llamada, la cerveza con que había esperado la comunicación, la botella de aguardiente para el camino y volvió a subir al tren, que ya pitaba su salida. Las siguientes horas las pasó dormitando en la litera: ensoñaba a Ariadna y se rascaba la comezón de los huevos, comezón de ganas, de nostalgia. Quería charlar con Ariadna, saber de dónde venía, quién era, por qué era comunista —¿era comunista, en realidad?—, por qué afortunado azar estuvo en Veracruz en el lugar indicado, el día indicado. Recordaba el beso; anhelaba un beso. ¿Cuántos hombres la tuvieron? No quería ni imaginar cómo había terminado ella el martes de carnaval.

Finalmente, cerca de Apizaco, se durmió.

8

Villistas

El general Lorenzo Ávalos Puente miró con aprensión la llegada del tren. Llevaba dos días consumido de impaciencia, saliendo a los andenes cada vez que una máquina silbaba, confrontando los siempre imprecisos horarios de las llegadas de Querétaro, contando las horas que faltaban para la cita concertada con el jarocho Vidal en Fortín de las Flores, fumando cigarro tras cigarro, bebiendo copa tras copa en la cantina de la estación.

Los adivinó de lejos. No podían ser otros, una docena de rancheros del norte, cinco de ellos con pistola al cinto, los otros al parecer desarmados; caminaban a su lado dos curritos de ciudad en traje de calle y con corbata oscura. No destacaban demasiado entre la multitud de provincianos que bajaban del tren y saludaban efusivamente a la parentela que los esperaba en los andenes, pero Lorenzo prefirió aguardar. No se movió hasta hacer contacto visual con López, uno de los dos currutacos, y observó que dejaran dos cajas y varios paquetes en la consigna. Dio media vuelta hacia una pequeña bodega por el rumbo de Nonoalco, a medio kilómetro de la estación, donde había dispuesto lo necesario; los catorce hombres que lo seguían en tres o cuatro grupos a distancias varias no parecieron agradecer la caminata, cargados como iban con bultos diversos.

Ya en la bodega, Ávalos abrazó a López y esperó las presentaciones; creyó reconocer a tres o cuatro de los acompañantes pero no estaba muy seguro. Los trece se presentaron:

—Coronel Margarito Salinas, mi general. De la Brigada Robles, y hasta 1916 con el general Canuto Reyes.

—Cierto, coronel: llegó a Torreón después de la cabalgata de Fierro y Reyes hasta estas tierras; mandaba usted un regimiento.

—Teniente coronel Carlos de la Isla, pa lo que usted mande, mi general. Brigada Zaragoza. A las órdenes del general Pablo Díaz Dávila hasta 1917.

—Mayor Esteban Elizondo, mi general. Brigada Robles, regimiento del coronel Salinas, aquí presente. Me amnistié en el 17.

—Mayor Juventino Rosales. Brigada Robles, con el jefe Salinas hasta 1916.

—Mayor Longino Güereca, Brigada Morelos, regimiento de don Petronilo Hernández. En armas hasta el año 20, mi general.

—Capitán primero Espiridión Sifuentes. Brigada Robles.

—Capitán primero Graciano Ávila, Brigada Madero hasta 1915; luego con el general Albino Aranda...

—Ahora lo recuerdo, capitán. Estuvo con nosotros en la cabalgata a Sabinas —cortó Lorenzo ante la sonrisa del hombre.

—Capitán segundo Luciano Garay Rodríguez, Brigada Robles.

—Capitán segundo Florentino Lucero, Estado Mayor de la Brigada Zaragoza —se presentó el otro que iba vestido de traje y corbata.

—Capitán segundo Macario Trevizo Rodríguez, Brigada Zaragoza.

—Capitán segundo Benito Anitúa, Brigada Robles.

—Teniente Mayolo Martínez, mi general. Brigada Madero. Amnistiado en Chihuahua en diciembre del 15.

—Teniente Concepción Escudero. Brigada Robles.

—Mayor Miguel López Aranda, mi general, Estado Mayor de la Brigada Juárez de Durango —López sonreía: con él sumaban catorce. Contando a Lorenzo, era la quincena prevista.

—Lo sé, Lopitos, lo sé —dijo Ávalos, y volviéndose hacia el resto preguntó—: Así pues, ¿laguneros todos?

—Yo soy de Indé, mi general —dijo Güereca.

—Claro, gente de Urbina…

—Del país de Urbina, mi general.

—Y yo soy de Balleza —dijo Trevizo.

—¿Y qué hacía en la Brigada Zaragoza, capitán?

—La verdá, mi general, yo andaba en la Brigada Cuauhtémoc con mi general Trinidad Rodríguez, pero en la segunda de Torreón, más delante de Tlahualilo, me quedé desbalagado y no sé cómo acabé con los laguneros de don Eugenio Aguirre Benavides. Luego, pos ahí hice cuates, me casé con una hermana del compañerito Florentino, aquí presente, y cuando acabó todo pos me quedé en La Laguna.

—Por eso, laguneros todos menos el compañero Longino Güereca.

—Pa servir, general —dijo Margarito Salinas.

Lorenzo los miró: el mayor de todos, el coronel Salinas, de famosas hazañas guerreras, tendría su misma edad, poco más o menos; el resto estaban alrededor de los treinta o treinta y cinco. Laguneros quemados por el sol, de pieles resecas y miradas duras; villistas de los buenos, tan buenos como los de Chihuahua y Durango.

—¿Les contó el amigo López pa qué los necesito?

—Ni yo mismo lo sé, mi general, solo lo imagino —dijo López—. Pero les conté que andaba usted buscando a los que profanaron la tumba del Jefe.

—Pos lo iremos platicando. Les compré unas ropitas pa que se cambien, porque con la pinta que traen van a destacar como un gringo en pulquería allá donde vamos. ¿Vienen listos?

—Usté dirá, general —dijo Margarito Salinas. Y a su seña, los hombres empezaron a deshacer bultos y costales: todos traían un .30-30 en buen estado y una o dos pistolas con parque suficiente como para una batalla campal.

—También le traje sus cajas y esto —dijo López tendiéndole una botella con un líquido ambarino en el que Lorenzo adivinó el mejor sotol de la Comarca.

—Pues a su salud —dijo el general quitándole el corcho y, como en los tiempos de la revolución, la botella circuló de mano en mano hasta que no quedó gota.

—Ya vale, pues. Vámonos yendo, compañeritos, que el tren a Veracruz sale en tres horas —apremió Ávalos, y señalándolos fue diciendo—. Ustedes tres compran boletos pa Camarón; ustedes tres hasta Atoyac; ustedes tres lo compran a Paso del Macho; ustedes tres pa Córdoba, y aquí el coronel, López y un servidor, para Fortín de las Flores. Allí bajamos todos y caminan así como hoy, detrás de nosotros. ¿Vale?

—¿Onde es eso de Fortín, mi general? —preguntó alguno.

—Es la parada que sigue de Orizaba, muchachos, una estación grande donde el tren reposta. Atentos, pues, y nada de embriagarse en el camino —tras esperar a que se cambiaran de ropa y rehicieran los bultos, Lorenzo echó a andar entre Salinas y López de regreso a la estación.

Como era de esperarse, el tren salía con retraso y los tres hombres buscaron la sombra de la cantina de la terminal.

—Me acordé justo, mi general, de lo que le dije a su partida —dijo López, y repitió—: "En lo que usted regresa juntaré a los amigos". Me acordé y aquí los tiene.

—¿Dormidos como yo, mi coronel? —le preguntó Lorenzo a Salinas.

—No exactamente, general: desde el 21 volvimos a organizarnos en San Pedro de las Colonias, Matamoros, Viesca y hasta en Torreón, con los agraristas rojos. Ahí está el general Pedro Rodríguez Triana...

—Gente de Argumedo —dijo Lorenzo.

—Que estuvo con nosotros en esa cabalgata que hicimos con Fierro y mi general Canuto Reyes en el 15, matando carranclanes desde Aguascalientes hasta Pachuca, donde se nos juntó Argumedo, y desde Pachuca hasta Torreón. Gente del León de La Laguna, paisano mío, que murió como villista.

Lorenzo rememoró en voz baja los versos de un corrido famoso.

"Gritaba Francisco Villa:
'Dónde te hallas, Argumedo,
ven, párateme aquí enfrente,
tú que nunca tienes miedo…'"

Bebieron en silencio en homenaje a los jefes muertos: el Jefe asesinado en Parral no hacía tanto, cuyo cráneo ultrajado ahora buscaban; el humilde sastre de Matamoros de La Laguna, convertido en guerrillero sin par y fusilado por Francisco Murguía en el panteón de Durango. El mismo Murguía, se acordó Lorenzo, que incendió Cuencamé y se llevó a los pacíficos prisioneros hasta la capital del estado, y al que fusilaron el 22 por órdenes de Obregón sin que nadie lo llorara, al menos en Durango. *Alguien debió llorarlo en Coahuila*, pensó Lorenzo.

—¿Agraristas rojos, mi coronel? ¿Comunistas? —preguntó Lorenzo, haciendo gala de sus nuevos conocimientos.

—No exactamente, mi general: esos comunistas no tienen dios ni fe, y no hay forma de terminar de saber pa onde jalan. A veces parece que no les importa México sino Moscú, dondequiera que eso quede, aunque algunos, como Úrsulo Galván…

—¿Conoce a don Úrsulo? —preguntó Lorenzo.

—Todos los rojos lo conocemos, general: ha ido a Moscú y dice que saludó al difunto Lenin, el jefe de la revolución de allá. Pero eso no importa; lo que cuenta, mi general, es que la gente otra vez se está organizando y armando pa reclamar la tierra de las haciendas ahí en La Laguna, y forman sindicatos de jornaleros, todos asociados a la Liga Nacional Campesina…

—La de don Úrsulo…

—Don Úrsulo dirige desde lejos, general, allá en La Laguna son Pedro Rodríguez Triana y varios jefes de las brigadas Robles y Zaragoza, entre ellos su servidor.

—De vuelta, pues.

—De vuelta, mi general —dijo Salinas.

—¿Y yo por qué no sabía nada?

—Porque usted estuvo en Canutillo, y eso también era proteger lo que somos, lo que fuimos. Pero si usted está dispuesto, nomás terminando esta misión le contamos bien.

—La verdá, coronel, es que vi actuar a Galván y no termino de estar seguro. Me parece demasiado cerca del Manco y el Turco.

—Ellos dicen que son alianzas tácticas, general.

—Tácticos mis huevos —Salinas no tuvo tiempo de responder porque silbaba la locomotora; pagaron rápidamente la consumición y subieron al tren.

9

Inspeccionando el terreno

El general Lorenzo Ávalos Puente empezaba a odiar los trenes: al bajar en la estación de Fortín sentía que la cabeza le daba vueltas y que las rodillas iban a matarlo. Ya no tenía edad para esos trotes, se repitió otra vez, adelantándose con dolor a las varias horas de cabalgata que le esperaban. Una ojeada por encima del hombro le permitió percibir a los catorce oficiales villistas que bajaban en discretos grupos, varios de ellos visiblemente afectados por el sotol bebido durante el camino. Sin gestos ni palabras vanas, caminó hacia donde lo esperaba Vidal con una mula lista para ser cargada, amarró las dos cajas que le traía López desde Torreón y echó a andar al lado de Vidal, seguidos por los villistas.

A medio camino entre la estación y el pueblo, Vidal los hizo entrar en un humilde rancho. Los saludó uno por uno y les ofreció un almuerzo a base de cecina, frijoles negros y una especie de sopes sin nada más que salsa, cebolla y queso, que el veracruzano llamó "picadas". Más de uno de los villistas estuvo a punto de rechazar los frijoles negros, pero habían comido de todo durante la guerra, y al final los atacaron con el hambre del viaje. Dos cervezas por barba completaron una dotación que a los viajantes les pareció más que razonable; lo que sí rechazaron luego del primer trago, salvo Lorenzo, fue el negro, amargo, fuerte café. Cuando Vidal anunció que partirían al anochecer y que caminarían dos kilómetros hasta donde estaban los caballos, los oficiales se sacaron las botas, algunos extendieron sus petates en los rincones del rancho y otros liaron cigarros con su fuerte picadura. Lorenzo sacó de la camisa su último puro y pidió un segundo café mientras charlaba en voz baja con Vidal, quien le dijo que todo estaba listo pero que había que ser en extremo cuidadosos, pues corrían demasiados rumores por las tierras del Sotavento y probablemente hubiese un soplón dentro de la organización, aunque él ponía las manos al fuego por los que asistieron a la comilona en Mandinga.

Como en los años de la guerra, los siete que se echaron a dormir la siesta se levantaron cuando el sol desapareció y liaron sus petates. Lorenzo abrió las cajas que López le había traído, las mismas que él enterrara bajo la higuera de casa de Dolores: encontró las piezas bien engrasadas de dos ametralladoras Hotchkiss, calibre 7×57, con dos centenares de peines de treinta balas cada uno; los hombres silbaron y aplaudieron. Complementaban la dotación dos docenas de bombas de mano. El general dejó más de la mitad de los peines en la caja y acomodó el resto en bultos hechos con costales de arpillera. Caminaron en silencio bajo la luna, en una noche tibia y húmeda; supieron que Vidal sabía de lo que hablaba cuando los hizo dejar en el rancho, junto con los peines de ametralladora y alguna carga extra, las chamarras de cuero o de dril y borrega que trajeran del norte, donde las noches de marzo siempre son heladas. Vestidos de blanco con sombrero de palma, las armas escondidas, no parecían lo que eran: veteranos probados y orgullosos del mejor ejército que jamás se viera en México.

Media hora después llegaron a otro rancho donde estaban dispuestos dieciséis caballos que los villistas miraron con desdén, aunque Vidal los mostró como los mejorcitos que pudo conseguir. Ahí mismo le advirtió a Lorenzo:

—Como usted sabe, general, la salida quizá sea más complicada que la entrada. Regresarán por el mismo camino, con caballos finos que podrán reventar; los dejarán aquí, en este rancho. ¿Podrán volver solos? De la rapidez dependerá que puedan salir…

—Lo intentaremos —dijo Lorenzo mirando a sus antiguos compañeros, varios de los cuales asintieron en silencio. La cosa estaba clara: había que poner atención a la ruta.

Rápidamente distribuyeron el peso en las bestias, las ametralladoras en las mulas, y salieron al paso que Vidal marcara, el que alternaban con un trotecillo largo; los villistas cabalgaban sin hablar, para desesperación de Vidal. Luego de la primera remonta adelante de Tezonapa, echaron mano a sus paquetes de carne seca o nueces, según el gusto de cada cual, y a las petacas de sotol. Cubiertos apenas por las delgadas camisas blancas de algodón sudaban en la húmeda noche sin ver la luna ni las estrellas, ocultas por las nubes, ni nada más que a su predecesor inmediato. Los olores, los sonidos les advertían de la novedad del bosque tropical, salvo a un par que habían peleado en la batalla de El Ébano e intuían lo que iban a encontrar con las luces de la mañana. Las luminarias de los ranchos y caseríos, tan cercanas unas a otras, y varias recuas que adelantaron en el camino, les hicieron comprender la diferencia de la tierra que pisaban con los despoblados e inseguros caminos del norte, donde una cabalgata como la que realizaban habría llamado poderosamente la atención.

Pasando Tierra Blanca cambiaron por tercera vez de caballos. Cuando el oriente empezaba a teñirse de rosa –"los rosados dedos de la aurora", le había escuchado una vez Lorenzo al general Chabelo Robles, que leía libros muy raros y era tan mamón como valiente–, dejaron el camino carretero que llevaba hacia la zona de los Tuxtlas, para tomar una vereda de herradura que rodeaba una pequeña colina al borde del camino y luego subía a la siguiente, ya apartada de la vista de los viajeros. Sobre la colina había un galpón de caña y barro, con un amplio corral adjunto, en el que dejaron las cabalgaduras. Se sentaron dentro del galpón, en los taburetes de una larga tabla que hacía las veces de mesa y único mueble, fuera de los anafres y la barra en que dos mujeres de edad madura se afanaban en torno a la olla de frijoles, al comal en que empezaron a tirar las tortillas tan pronto entraron los hombres, y a la sartén donde mezclaban los frijoles con huevos revueltos para formar con ambos una pasta que sirvieron con una salsa molcajeteada muy picante, con las que los villistas descubrieron la magia que puede lograr la combinación de tan sencillos ingredientes.

Hablaron del clima y del paisaje que se veía entre las cañas, los valles y los cerros, con tantos matices de verde que a los hombres del semidesierto les parecían inverosímiles, de sueño: el verde esmeralda de la caña de azúcar, el verde bandera de los montes selváticos, el verde más oscuro, con matices ocres, de los campos de piña, el verde claro de los lomeríos empotrerados donde pastaban perezosamente los cebúes. Las mujeres sirvieron el café, aguado para los villistas, negro para Vidal y Lorenzo, luego se retiraron con la venia de Vidal y éste cambió el tono de inmediato: sugirió a los hombres que durmieran mientras él le mostraba el terreno al general, quien pidió la compañía de Margarito Salinas.

Aún era temprano, pero el sol picaba cuando ensillaron los tres caballos que Lorenzo juzgó más descansados. Vidal les pidió que solo llevaran las pistolas, ocultas bajo las camisas; nada más él la llevaba a la vista. Bajaron la colina para subir de inmediato una más alta desde la que se dominaba la vía del ferrocarril, una pequeña estación y un poblado en el rumbo opuesto.

—Sabaneta —dijo Vidal mostrando el poblado, rodeado de pastizales de un color verde brillante que alternaba con el esmeralda de los sembradíos de caña—. Hay ahí un pequeño cuartelillo de la policía rural. Si la noche de mañana está tranquila, hasta ahí se oirá el ruido que harán ustedes en Vallecillos y el jefe del puesto no tardará en adivinar lo que ocurre, pero aunque no lo oigan en Sabaneta lo escucharán en Guayacán. Cuenten otra hora: enviarán mensajeros a la estación de Las Yaguas, desde donde avisarán por telégrafo a los guachos de Cosamaloapan. Esperamos que Piña y Valenzuela estén en Jalapa, así que saldrá Garcilazo al frente de la caballería. Si hay trenes, llegará aquí en dos, tres horas; si no, tardará unas siete u ocho. Como pueden ver desde acá, de Sabaneta sale un camino hacia Oaxaca; adelantito, más cerca del río, todavía en Veracruz, está Guayacán. Vamos.

Bajaron al camino que unía a Las Yaguas con Sabaneta y dos horas después, empapados en sudor, desde lo alto de una loma miraron el poblado de Guayacán y la línea de un río de considerable caudal. Vidal se detuvo en un rancho antes de llegar al pueblo, donde pidió que les tendieran hamacas y los tres hombres pasaron varias horas dormitando. Serían las cinco de la tarde cuando salieron al sol y Vidal los condujo por caminos extraviados a lo largo de la ribera.

—El río Tonto confluye con el Santo Domingo más adelante de Guayacán —explicó Vidal—. Desde que se juntan, el río se llama Papaloapan y corre por tierras de Veracruz hasta desaguar en el Golfo, en Alvarado. Aquí, por donde lo vamos mirando, el Tonto marca los límites entre Veracruz y Oaxaca. De aquel lado es tierra de caciques más duros que los nuestros, hijos de la rechingada que gobiernan sin enemigo al frente. De hecho, hace dos años los caciques y los federales se chingaron, dizque por delahuertista, al gobernador García Vigil que apenas muy tibiamente trataba de contenerlos. Ganas que le traían, los muy culeros: si se hubiera quedado del lado del gobierno, caciques y federales se habrían proclamado rebeldes, como en Yucatán. Pero los distraigo.

"Aquí adelante el río tuerce y se interna en tierras de Oaxaca, hacia la sierra. Todas las propiedades entre el río Tonto y el Santo Domingo son de los señores de Oaxaca, de horca y cuchillo, hijos de puta. Los peones están encerrados entre la sierra, que es miserable y no permite huir, y los dos ríos, que como ven no son para cruzar nadando; solo más arriba del Tonto hay algunos vados, y los fugados remontan el curso buscando internarse en Veracruz. Es justo ahí, cuando el río tuerce hacia Oaxaca, por la ribera norte, donde está la hacienda de Vallecillos, que se encuentra la única salida; allí es donde los cazan esos guardias que ustedes van a chingarse.

Una hora después, todavía con luz suficiente, desde lo alto de una loma vieron cómo el río torcía en un angosto meandro en medio del cual, sobre una ligera elevación rodeada por el río al norte, sur y oeste, se levantaba un edificio encalado de tejas rojas y líneas señoriales, con tres o cuatro pequeñas casas detrás.

—La casa grande de Vallecillos.

—Se me hace que quince que somos no podremos llegar hasta aquí a caballo —dijo Salinas.

—Donde nos vean nos cazan como conejos —dijo Lorenzo mirando una magnífica extensión de césped tipo inglés que había entre la casa grande y los brazos del meandro.

—De hecho, señores, no digan quince: tres que somos ya llamamos la atención —dijo Vidal señalando a un grupo de cinco o seis jinetes que salió de la casa grande, dirigiéndose al galope hacia la loma desde la cual miraban—. Les ruego que no hablen ni para saludar, y que miren hacia el suelo como si fueran peones; descúbranse en cuanto lleguen los jinetes.

Así hicieron los dos villistas cuando los guardias llegaron. Sin mirarlos de frente, los evaluaron: eran mozos jóvenes y robustos que montaban caballos de raza con excelentes arreos y calzaban fuertes botas de montar. Vestidos de blanco y tocados por amplios sombreros, cada uno traía un buen revólver al cinto y gastaba cananas terciadas; todos llevaban en bandolera un .30-30 de repetición, idéntico a los que estaban guardados en el galpón allá lejos, donde habían quedado los compañeros.

—Señores, están desencaminados —dijo en tono autoritario el jefe de la partida; luego, clavando los ojos en Vidal, exclamó—. ¡Vaya, vaya! ¡El "camarada" Vidal! ¿Qué se le perdió por acá?

—Varias cosas, "capitán" González, pero no esta vez —en su voz, "capitán" sonó tan ofensivo como "camarada" en la del otro—. Estoy juntando a la gente porque mañana, en la plaza de armas de Jalapa, vamos a demandarlo y a otros como usted en audiencia pública con el gobernador y el procurador de justicia.

—Cosa que me viene valiendo una pura chingada porque, si no se ha dado cuenta, estamos en tierras de Oaxaca. Así que salude a su gobernadorcito y a sus demás empleados de mi parte, pero antes de eso salga de las tierras de la hacienda. No quiero ser grosero, pero si no da vuelta lo sacamos a chingazos. Y la próxima lo llevo amarrado a Tuxtepec, a usted y a sus indios, acusado de invadir propiedad ajena.

"Indios." Lorenzo entendió que el hábito no hace al monje, pero lo distingue. De blanco, sin armas a la vista, montados en malos pencos, no destacaban ni la elevada estatura de Lorenzo ni los bien trabajados músculos de Margarito Salinas; solo la indumentaria, el ritmo, la piel morena. Estuvo a punto de responder pero prefirió volver grupas igual que Vidal y Margarito.

Dos o tres kilómetros más adelante, Vidal pasó del galope al paso y les dijo:

—Ya los vieron. Hay doce o quince de esos en la hacienda, no siempre están todos en la casa grande y nunca andan en grupos de menos de tres. Ahora conocen el camino, y para la salida podrán llevarse los pencos de esos cabrones y los que traiga la caballería.

—La salida es lo que me preocupa. ¿Será por donde entramos, o hay otra? —preguntó Salinas.

—No hay otra, no con posibilidades de que salgan con bien.

—Los guachos que vienen de Cosamaloapan, ¿tienen que pasar por Sabaneta? —preguntó Lorenzo.

—No hay otro camino —respondió Vidal—. Ya sea que bajen del tren en Las Yaguas o que vengan por el camino carretero de Tres Valles o por Los Naranjos, tienen que pasar por ahí.

Cabalgaron un rato en silencio, fumando. Retomaron el camino de Guayacán a Sabaneta ya de noche, y regresaron al trote al rancho del que partieron en la mañana. Poco antes de llegar, Lorenzo preguntó:

—Además de la línea telegráfica que pasa por Las Yaguas y va a Tierra Blanca, ¿hay otra?

—No hace falta otra, general —respondió Vidal.

—¿Hay guarnición en la estación esa de Las Yaguas?

—Dos o tres gendarmes cuando mucho.

—Pos pueque sí salgamos de esta… —murmuró Ávalos.

10

La espera

El general Lorenzo Ávalos Puente durmió poco y mal, como le ocurría en vísperas de cualquier combate. Antes del amanecer encaminó a Vidal hacia Las Yaguas, donde el veracruzano tomaría el primer tren para Córdoba. Lo vio partir desde lo alto de la loma situada a medio camino entre la estación y el rancho donde dormían sus hombres, y regresó con el sol ya alto. Esperó a que diera el mediodía para reunir a los laguneros, que dormitaban en hamacas o contemplaban embobados el verde paisaje, tan distinto de sus polvorientas llanuras.

A las doce, ante un magro almuerzo consistente en frijoles de la víspera y cecina asada a las brasas, con agua vil, Lorenzo expuso el principio del plan.

—Bien, muchachos, partimos al anochecer, en tres grupos de cuatro; de aquí al lugar del golpe son unas tres horas al trote, sin prisa. Cruzamos, a buena distancia unos de otros, el pueblo de Sabaneta y más adelante nos juntamos sobre el camino, ya de noche. El primer grupo lo lleva don Márgaro Salinas; el segundo, el teniente coronel Carlos de la Isla, y yo voy con el tercero. Usted distribuirá a la gente, don Márgaro.

—¿Y los otros tres? —preguntó López.

—Usted, López, y otros dos, se quedan aquí. ¿Quién sabe de telégrafos? —interrogó Ávalos.

—Yo, mi general —dijo Florentino Lucero—. Soy de Estado Mayor. Si quiere, me quedo con mi cuñado Trevizo.

—De acuerdo —aceptó Lorenzo—. Ustedes tres se quedarán en observación. Forzosamente tiene que pasar por aquí la caballería, puede tardar hasta doce horas, pero también podría llegar en tres o cuatro después del ataque, que será a la medianoche. Tan pronto pasen, bajan en chinga hacia la vía y cortan el telégrafo entre Las Yaguas y Tierra Blanca de modo que no se pueda reparar rápido. Ojo al parche, porque en la estación hay unos tres o cuatro gendarmes.

—Me los como a puños —dijo Trevizo.

—Y en Tierra Blanca debe haber guarnición —siguió Lorenzo, sin hacer caso a la interrupción—. Tienen que cortar los cables y regresar aquí al rancho sin dejar rastro visible de su camino. Quizá lo mejor sea que después de chingarse la línea pasen a la estación, agarren el camino a Sabaneta y desde ahí corten para acá, donde nos esperarán; elijan los tres caballos menos piorcitos...

—¡Oiga, general! —interrumpió López—. ¡Eso nos deja fuera del baile!

—Si no lo hacen, no habrá manera de que lo contemos. No tendremos tiempo para salir.

—Si yo nomás decía, mi general...

—Pues ya sabe, López. Los demás, pues partimos al anochecer. ¿Estos pinches jarochos dejaron cerveza?

—Dejaron, general —dijo uno.

—No más de dos por barba de aquí a la noche, y alístense. Revisen sus armas y quítense esos trapos que los hacen parecer liebres, porque el golpe será en la noche y así vestidos no habrá sorpresa.

—¿Y las ametralladoras, general? —preguntó Güereca.

—Hoy no las necesitamos, pero sí las bombas de mano. Llevaremos las máquinas atadas, como están.

No era la víspera de una batalla, no para quienes habían estado en Torreón, Zacatecas y Celaya, pero se prepararon como entonces. Las charlas, entre largas pausas mientras chiquiteaban las cervezas, evocaban justamente aquellos años y a los dos jefes que tuvieron la mayoría de los hombres traídos por López, los generales José Isabel Robles y Eugenio Aguirre Benavides; recordaron que alguna vez combatieron hombro con hombro con la Brigada Juárez de Durango:

—Fue un día de abril, una semana después de la entrada triunfal a Torreón. Los federales de Velasco, los que le quedaban, pudieron romper el cerco por culpa de estos —dijo Carlos de la Isla señalando a Margarito Salinas, quien hizo una mueca de disgusto—. Salieron pitando para Viesca pero ahí se enteraron de que los federales de De Moure estaban en San Pedro de las Colonias y se movieron para allá.

—No fue culpa nuestra, pero no importa. Ese día que usted dice, De Moure lanzó dos mil jinetes contra las brigadas Robles y Juárez de Durango, que nos hallábamos en Santa Elena, ¿verdad, general?

—Verdad —dijo Lorenzo.

—Don Calixto Contreras estaba herido, así que mandaba las fuerzas mi general José Isabel Robles...

—El jefe Chabelo.

—Mientras, Velasco y Argumedo rompieron la línea de ustedes —dijo Margarito Salinas señalando a Carlos de la Isla.

—Pero les matamos más de trescientos hombres, que recogimos al día siguiente —replicó De la Isla.

—Esa noche, la orden del día del cuartel general distinguió a los jefes accidentales de las brigadas Juárez de Durango y Zaragoza, coroneles Severino Ceniceros y Raúl Madero —completó Miguel López.

—Don Raúl Madero destacó porque también el jefe Eugenio salió herido de los combates de Torreón, como don Calixto —apuntó De la Isla.

—También hizo mención a la orden del día de cuatro jefes más, entre ellos el coronel Lorenzo Ávalos Puente, de la Brigada Juárez de Durango, y el teniente coronel Margarito Salinas, de la Brigada Robles.

—Sí —murmuró Lorenzo—. Ese fue un día duro.

—Nosotros, la gente del jefe Urbina, estábamos posicionados frente a San Pedro y nomás nos tocó oír el ruido de la balacera —aportó Güereca.

La tarde fue pasando. Casi nadie quiso comer, pensando algunos en echar mano a la carne seca durante la cabalgata. Finalmente abrazaron a los tres que permanecieron en el rancho, y con intervalos de quince minutos salieron los tres grupos de jinetes hacia Sabaneta.

II

Un asalto nocturno

El general Lorenzo Ávalos Puente reunió a su pequeña hueste en la loma anterior a aquella desde la cual habían visto, la tarde previa, la casa grande de Vallecillos. Un rápido sorteo en el que no participaron Salinas, De la Isla ni el propio Ávalos, obligó al mayor Juventino Rosales a quedarse atrás cuidando la caballada y la impedimenta, que se reducía a los atados de las ametralladoras.

Los once restantes marcharon en silencio, pie a tierra. Vestidos con ropas oscuras y sin sombreros, sin nada más que sus armas y un morral con las bombas de mano, siguiendo a Lorenzo llegaron a la loma desde donde vieron las luces de la casa grande, que alcanzaban a alumbrar el prado que la circundaba. Hablando en susurros, decidieron bajar por rumbos opuestos, caminar y luego arrastrarse por la orilla del río: seis hombres por el brazo meridional, el más cercano, con la encomienda de cruzar el prado lo más cerca posible de la casa para encontrar la puerta posterior, y otros cinco, contando a Lorenzo, por el brazo septentrional, desde donde cargarían sobre el portón delantero al primer ruido e intentarían forzarlo con las bombas de mano. Un último susurro, un entusiasta "¡Viva Villa!" cerró el plan de ese ataque bajo la tenue luz de la luna menguante y los once hombres bajaron como un suspiro, confundiendo sus pasos con el arrullo de la corriente.

Lorenzo y sus compañeros bajaron entre la cerrada vegetación tropical hasta la ribera que les tocaba, tan enlodada que optaron por quitarse las botas y abandonarlas ahí. La pendiente del margen les permitía caminar fuera de la vista de la casa grande. Avanzaban en silencio, con toda la atención puesta en Longino Güereca, que encabezaba la marcha y subía de pronto para observar la hacienda. Habían calculado que los separaban trescientos o cuatrocientos metros del punto del río más cercano a la casa grande, y que en esas condiciones cada paso suponía medio metro; dos hombres cayeron en el lodo entre maldiciones silenciosas, manteniendo en alto morral y carabina. Por fin Güereca subió el talud, haciéndoles una señal para que lo siguieran. Los cinco se acostaron con las cabezas asomadas apenas, mirando a solo veinte metros la sólida construcción; volvieron a bajar para dar fuego a los cigarros con que encenderían las mechas de las bombas, y cuidando que la brasa no se viera desde la hacienda, regresaron al borde del talud.

Justo entonces vieron pasar unas sombras al otro lado de la casa, separado del brazo meridional del río por unos treinta y cinco metros; la tensión se hizo insoportable hasta que escucharon el estruendoso estallido casi simultáneo de tres bombas manuales. Saltaron y a toda carrera, por el verde prado iluminado por las llamas, oloroso a pólvora, se lanzaron hacia la puerta. Según acuerdo previo, tres de los hombres lanzaron sus bombas de mano hacia la base del portón y otros dos hacia el techo del edificio; segundos después, entre el estrépito de las primeras bombas, otras cinco volaron hacia dentro del caserón.

Lorenzo y sus compañeros se tiraron al piso con las carabinas listas, mientras esperaban el resultado de las bombas lanzadas al portón. Del otro lado de la casa empezó a escucharse el chasquido de la fusilería y un rugido que debió desconcertar a los aún invisibles defensores:

—¡Viva Villa!

Cuando la humareda provocada por las explosiones se disipó un poco, Lorenzo vio que el portón se había desplomado; incorporándose de un brinco, bajó la carabina, echó mano a la pistola y gritó:

—¡Adentro, que para morir nacimos!

Tras él, como un torrente —o bien, como un arroyo—, entraron, pistola en una mano, bomba en la otra, con el cigarro entre los dientes, sus cuatro villistas.

Ante ellos se abría un amplio recibidor con equipales de cuero y madera. Apuntando a todas partes, los hombres revisaron rápidamente el espacio. Güereca se puso a la cabeza del avance hacia la puerta del fondo: a diez pasos de ella, el villista lanzó otra bomba de mano, que estalló apenas con fuerza del otro lado. Esperaron en el quicio y entraron en la siguiente habitación: un anchuroso comedor cuya sólida mesa de caoba había volado en pedazos tras la explosión. Dos hombres vestidos de blanco agonizaban entre estertores y Güereca los remató con sendos tiros en la cabeza. Lorenzo pensaba que la notable reducción del ruido podía deberse tanto al grosor de las paredes como a que los estallidos previos habían adormecido sus tímpanos, cuando escuchó un rugido de Margarito Salinas:

—¡No disparen, muchachos, ya se rindieron! —y agregó, como dirigiéndose a alguien más—: ¡Salgan con las manos en alto!

Lorenzo reunió a sus hombres con un ademán y luego gritó:

—¡¿Cómo vamos, don Márgaro?!

—¡Resuelto, mi general! ¡Den la vuelta por fuera!

Así lo hicieron y en la penumbra de la noche, iluminada por los fuegos que consumían secciones del tejado de la hacienda y una de las cuatro casas traseras, vio a tres de los seis villistas del otro grupo, que con las armas en la mano miraban a siete guardias blancos, cuatro de ellos semidesnudos, acostados sobre el césped con las manos en la nuca. Los tres esbirros restantes caminaban con las manos en alto detrás de un grupo formado por cinco o seis familias, que avanzaban hacia el semicírculo. Cuando Salinas vio a Lorenzo y los suyos, informó escuetamente:

—Están rendidos.

—Ya lo veo. ¿Bajas?

—Les matamos a tres; nosotros, enteros.

—¿Y aquellos? —Lorenzo señaló a las familias que llegaban.

—Son los empleadillos de la hacienda, ratoncitos de cloaca.

—¿El patrón, el administrador?

—Convenientemente no están.

—Vale, pues, busquemos dónde guardar a todos éstos. Nosotros matamos otros dos de aquel lado, de modo que están completos los doce —recobrando el mando, Lorenzo empezó a impartir órdenes—. Usted vaya por el mayor y las bestias; hay que juntarlas con las de acá. Ustedes dos revisen la casa grande: encuéntrenme un sótano o bodega donde meter a los rendidos y a los empleadillos. Ustedes dos requisen cuanto haya de comer, y lo que sea combustible vayan apilándolo en las casillas pa meterles lumbre: que se vea hasta Sabaneta, chingá, por si dudan por allá.

Los cinco hombres designados se movieron mientras Lorenzo y Margarito permanecían en el prado mirando a los aterrorizados prisioneros. La acción había durado tres o cuatro minutos, pero la destrucción de la casa grande y de una de las adjuntas era notable. Solo uno de los cinco muertos cayó por herida de bala: los otros cuatro estaban destrozados por las explosiones. Lorenzo sacó un puro y le dio fuego.

Los informes fueron llegando: sí, había una bodega subterránea llena de comida. Lorenzo obligó a los empleaditos —un tenedor de libros o contable y su ayudante, un herrador y herrero, un canoero y un tendero, tres de ellos con sus respectivas esposas—, así como a las dos sirvientas, a que subieran los mejores vinos y los jamones, tres cajas de cerveza fresca y otras viandas, y luego encerró allí a los prisioneros, los siete guardias y los cinco empleaditos atados de pies y manos, aunque sentados, y libres las cinco mujeres y nueve niños. Les puso un hombre a la vista porque no podía omitirse la posibilidad de que existiera algún pasadizo, aunque todos los interrogados lo negaron y las exploraciones realizadas por dos de los villistas no dieron ninguna pista al respecto. No es que le importara que escaparan ni que avisaran a la autoridad, le preocupaba que los federales conocieran dos datos: la potencia de fuego de los villistas y su escaso número.

Los hombres restantes dedicaron las dos horas siguientes a una actividad febril: incendiaron las casas de los empleaditos junto con toda la papelería y buena parte de los muebles de madera de la casa grande, dieron pienso a los catorce caballos de raza de los guardias, y cuando llegaron, a los doce malos pencos y las dos mulas que Vidal les había facilitado; improvisaron barricadas en la puerta principal de la hacienda, arreglaron las troneras de las paredes, revisaron las diecinueve carabinas y los seis fusiles Mauser con que ahora contaban, poniendo a punto la munición, y finalmente, cerca de las cuatro o cinco de la madrugada, cenaron.

Lorenzo volvió a limitar las bebidas: solo tres cervezas o una botella de vino por barba. Lo que no racionaron fueron los espléndidos jamones y otras conservas, de las que dieron buena cuenta mientras Lorenzo exponía el plan para el siguiente combate, en el que no enfrentarían a una docena de guardias pagados de sí mismos sino a la caballería sonorense en número respetable. Se discutió la maniobra, pero las opciones tampoco eran muchas y finalmente los hombres aprobaron la propuesta de Lorenzo, con la conciencia de que en algún momento de ese mismo día o al siguiente todos se jugarían el pellejo. Lorenzo había aprendido a disfrutar los buenos vinos en el burdel de la Bandida, y el tinto de Burdeos de polvorienta botella del que ahora daba cuenta era un lujo superior; separó cuatro botellas con idéntica etiqueta y las guardó bajo las destrozadas ruinas de la mesa de caoba.

Terminada la comida empezó el trabajo. En una canoa, y obligando al canoero a conducirlos, el teniente coronel Carlos de la Isla, junto con Rosales, Ávila y Anitúa, cruzó el río y situó las dos ametralladoras en las esquinas del meandro, una al norte del prado y la otra al sur tras volver a embarcarse y bajar por la corriente. Cada pieza sería servida por dos hombres, así que De la Isla y sus compañeros trabajaron en su mejor y más disimulado emplazamiento, dándoles protección con gruesas ramas cortadas de los imponentes cedros que sombreaban el río, el cual, a la luz del sol, revelaba sus infinitos, casi cegadores matices de verde y pardo.

Las ametralladoras, pensó Lorenzo, recordando un comentario del general Federico Cervantes una tarde de teatro en la ciudad de México once años atrás, *son como las bailarinas: bellísimas, duras, gráciles, mortales... pero enormemente frágiles*. En efecto, nada más vulnerable que el servidor de una ametralladora: por eso las envió al otro lado del río, por eso ordenó al grupo de Carlos de la Isla que tras las primeras ráfagas, tan pronto las ubicaran los federales, las abandonaran y actuaran como francotiradores; por eso también los cuatro hombres cambiaron sus .30-30 por los fusiles Mauser, de mayor alcance. Serían las nueve de la mañana cuando terminó la colocación de las ametralladoras, por lo que se recogió y escondió la canoa. Entonces, De la Isla permitió que durmiera por turnos un servidor de cada pieza.

Del otro lado del río, en la hacienda, los hombres restantes habían eliminado todos los materiales combustibles salvo sus propios petates y los comestibles que guardaron. Protegieron la entrada principal con una sólida barricada improvisada, en cuya base colocaron tres de las bombas de mano; también mejoraron los accesos a las troneras del muro, desde donde pensaban hacer fuego. Lorenzo preguntó por el mejor tirador, que resultó ser Güereca, a quien entregó uno de los dos Mauser restantes —reservó el último para sí mismo— y le encomendó desmontar al oficial al mando, sin matarlo, como seña para que las ametralladoras barrieran el prado frente a la hacienda. Dispuesto el sencillo plan y las posiciones, dos hombres quedaron de guardia velando el sueño de los restantes.

12

La ratonera

El general Lorenzo Ávalos Puente despertó al sentir en las costillas la aguzada punta de una bota de montar. Arriba lo esperaban la profunda mirada y el tupido bigote de Margarito Salinas, que en su escueto estilo anunció:

—Ya vienen.

Lorenzo se incorporó de un golpe, tomó uno de los fusiles Mauser con los que iniciaría la balacera y se asomó por la tronera que le correspondía, junto a la del mayor Esteban Elizondo. Venían, en efecto: un tramo de la vereda se veía desde la hacienda —así habían detectado los guardias a Vidal, Salinas y Ávalos en su primera exploración— y por allí se veía pasar la fila de soldados. Cada cual en su tronera, los ocho hombres estaban apercibidos, con la carabina o el fusil presto y uno o hasta dos más cargados y listos, recargados a un lado. Güereca empuñaba el Mauser, listo para bajar al oficial al mando y con ello iniciar el combate. Cuando pasó el último soldado, Elizondo notificó en voz baja:

—Cincuenta y seis.

Lorenzo solo veía a Elizondo, Güereca y Concepción Escudero, que con él se encontraban apostados en el ala derecha del edificio; Salinas, Rosales, Sifuentes y Garay esperaban en el lado izquierdo.

Brillaba un sol de justicia sobre el verde prado, el verde río, la verde jungla que se extendía adelante, los verdes cañaverales que podrían haber visto en el margen opuesto de la corriente si no estuviesen tan concentrados en el lindero del bosque por donde iban a aparecer de un momento a otro los soldados. Lorenzo miró su reloj: eran casi las cinco de la tarde.

Pasó quizá un cuarto de hora sin más ruido que el del campo mismo y algún nervioso relincho. Lorenzo sentía en el paladar el conocido sabor del miedo, la boca seca, y deseó tener a mano una de las botellas del rancio Burdeos que horas antes había apartado; Concepción Escudero rezaba en voz baja un padrenuestro tras otro y Longino Güereca mordía con fuerza el cabo de un cigarro apagado. Finalmente los soldados saltaron al prado: si había algún oficial entre ellos, escondió prudentemente sus charreteras. Solo eran doce, que avanzaban en línea de tiradores con la carabina presta, la mirada atenta, las rodillas y la espalda flexionadas; a doscientos metros apenas se distinguían las verdosas figuras de uniforme.

De pronto echaron a correr hacia la hacienda y Lorenzo cambió el plan sobre la marcha; en sordina, apenas para que lo escucharan sus tres compañeros, ordenó:

—Los cuatro de la derecha en la posición en que estamos. A mi voz —y rezó para que De la Isla y Anitúa, servidores de las ametralladoras, no descubrieran su posición en este primer asalto.

—¡Fuego! —exclamó el general en sordina cuando los federales estaban a setenta u ochenta metros; cuatro disparos se confundieron en uno solo y los cuatro federales a la izquierda de la línea cayeron para no levantarse más. Los otros ocho se tiraron al suelo, eludiendo así los cuatro tiros del grupo de Margarito y los que siguieron en cascada hasta que cada uno de los ocho villistas vació su primera arma, empuñando la segunda sin tirar.

Los doce federales estaban clavados en el suelo, cuatro de ellos muertos o heridos, inmóviles los restantes, cuando dos columnas más, de diez hombres cada una, saltaron al prado a paso veloz, en fila india, pegados a los brazos del río. Antes de que los villistas de la hacienda dispararan contra ellos, la ametralladora de Carlos de la Isla, la del sur, dejó oír su macabro tableteo y los diez hombres que avanzaban por esa ribera cayeron, algunos tocados, otros simplemente para cubrirse; como un eco la de Anitúa disparó también, con menor efecto pues los hombres de ese lado ya se hallaban prevenidos. Margarito y sus compañeros dispararon sobre las figuras que se arrastraban de regreso a la espesura, dejando atrás, por la ribera sur, cuatro cuerpos; por la orilla norte solo uno. Varios de los federales acostados frente a la posición de Margarito Salinas empezaron a disparar contra las troneras.

Lorenzo calculó que ocultos en el bosque habría aún treinta y siete federales, cuando ocurrió algo que no esperaba: divididos evidentemente en grupos iguales, desde la espesura dispararon fuego graneado contra las ametralladoras, que contestaron apenas con un par de ráfagas cada una antes de silenciarse. No sabía si sus cuatro compañeros del otro lado del río eran bajas o si solo habían abandonado sus mortíferas armas, pero estaba claro que estas quedaban fuera de combate al menos de momento; también que, descubierta la posición de las máquinas, los federales dejarían apostados dos o tres hombres por ribera para tenerlas bajo fuego antes de lanzar el siguiente ataque.

Éste ocurrió pasados diez minutos más: quince federales saltaron como liebres por cada extremo del prado y se ocultaron en los taludes del río, justo por donde la noche anterior Lorenzo y los suyos habían asaltado la hacienda. Las ametralladoras callaban: bajo el fuego permanente de tres hombres la del sur, de cuatro la del norte; dos hombres, por lo tanto, habrían quedado al cuidado de la caballada. ¿Estarían muertos De la Isla, Anitúa y sus compañeros?

Quizá en cinco minutos se reanudaría el ataque, ahora desde veinte metros y contra los costados de la hacienda, cuyas troneras estaban mucho más expuestas. Los ocho villistas se veían aún indemnes y habían recargado sus armas, pero tendrían que dividirse sin poder auxiliarse entre ellos, cuatro por el norte y otros tantos por el sur. A Lorenzo empezaba a amargársele la escasa saliva que le quedaba.

Pero el ataque no se produjo. Pasaron largos los minutos hasta que Lorenzo comprendió: no daban aún las cinco y media, quedaban más de dos horas de sol y los federales esperarían la noche antes de atacar. El general lamentó la torpeza de incendiar la víspera todo lo inflamable, porque ahora no habría manera de evitar el ataque nocturno, así que decidió contar las bombas de mano que quedaran y mandar a un par de francotiradores a exterminar a los siete u ocho federales supervivientes del primer ataque; también deploró no haber atendido la propuesta de Margarito Salinas de esperar a los federales en la floresta en lugar de dejar que se metieran en la cuasi isla, en la ratonera en la que ahora ellos, los villistas, estaban encerrados.

Únicamente quedaron en el ala derecha de la casa, atenta la mirada ante el posible ataque de los federales, Elizondo y Escudero; en el ala izquierda, Salinas y Sifuentes. Güereca, Rosales y Garay se dedicaron a disparar a los federales que, cuerpo a tierra, estaban sembrados a sesenta metros de la puerta principal: diez minutos después, bien seguros de que esos hombres podían contarse entre los muertos, regresaron a sus primitivas posiciones.

Mientras tanto, Lorenzo bajó al sótano para echar un vistazo a los prisioneros. Allí seguían: en efecto, no había salidas ocultas o no las conocían los guardias ni los empleados. Las mujeres estaban perfectamente borrachas y los hombres bebían los vinos del patrón con ayuda de los niños. Subió a lo que quedaba del comedor, cortó grandes lonchas de jamón y las llevó a Margarito y sus compañeros con cuatro botellas de vino; luego repitió la operación, acarreando fiambres y botellas al ala derecha. Los hombres, sentados, comían y bebían, esperando estoicamente el final. ¿También tendrían bombas o granadas los federales? Si era así, a los ocho villistas solo les quedaban unas horas de vida.

Lorenzo se asomaba distraídamente por la tronera que le tocaba, convencido de que mientras durara el día no había nada que temer. Bebía el exquisito vino a tragos cortos directamente de la botella, con el Mauser reposando en las piernas; arrastró un equipal para esperar sentado, sacó el último puro y trató de encenderlo con el amoroso cuidado con que lo hacían Úrsulo Galván y Herón Proal, que a esas horas, como todo el estado de Veracruz, ya sabrían del ataque a la hacienda, ocurrido dieciséis horas antes.

—Ya me vi en estas... —comentó de pronto en voz baja Longino Güereca—. ¿Se acuerda de Juanito, mi general, Juanito el gringo?

—¿Juanito?

—Sí, el periodista que estuvo con ustedes, los de la Brigada Juárez de Durango, en la segunda de Torreón...

—¡Juanito! —a la memoria de Lorenzo vinieron, como un río, las sangrientas imágenes del asalto al corral de Brittingham y la pistola con cacha de nácar que ahora llevaba al cinto, la que el Jefe le regalara aquella vez—. John Reed, se llamaba.

—Ése —apuntó Güereca—. Antes de Torreón, mientras ustedes estaban entre Cuencamé y Durango, tirando el huevo...

—Ningún tirando el huevo, compañerito: cada pinche rato nos iban a echar bala los colorados de Argumedo y Cheché Campos, entre Avilés y San Carlos...

—Mientras ustedes la pasaban a toda madre en Cuencamé —reiteró Güereca—, el regimiento que vigilaba a los federales de Mapimí en La Cadena, mandado por Pablo Seáñez...

—El Pico de Oro...

—Un matón de miedo. La gente de Seáñez, puros bragaos del norte de Durango, fueron remplazados por un dizque regimiento que mandó Andrés Arrieta: unos ciento cincuenta indios, los peones más pobres y desastrados que nunca viera, con hambre atrasada, los pobres cabrones; no creo que ni tres hablaran el castilla, me parece que eran tepehuanes, y apenas juntaban entre todos dos decenas de carabinas .22. Ni oficiales traían, y el jefe Urbina los puso a las órdenes de don Petronilo, mi jefe, y con él fuimos seis oficiales; los siete éramos los únicos que sabíamos cómo se usaba un Mauser —dijo Güereca, acariciando el suyo.

"Los colorados tenían sus espías entre nosotros, y se enteraron de la clase de chusma que el cabrón de Arrieta nos había mandado. Pa acabarla de chingar, justo un día antes del ataque se amotinaron como cincuenta de esos cabrones: don Petronilo los desarmó, o sea, les quitó sus pinches machetes y sus hondas, y los mandó a Las Nieves. Luego me contaron que por órdenes del jefe Urbina los cabrones de Fierro y Seáñez los sortearon y mataron a uno de cada cinco".

—Bonita costumbre de ustedes, los de Urbina...

—Ora resultará que ustedes, los de Contreras, no mataban a nadie.

—Así no.

—No, así no; verdad. La cosa es que al día siguiente se nos echaron encima las caballerías de Argumedo y Cheché Campos, y antes de que cante un gallo ya habían echado a correr todos los cabrones de Arrieta, menos unos diez que no podían ni moverse de pura hambre. Nosotros resistimos, tiro a tiro; tampoco teníamos tanto parque y los de Argumedo no eran de los que se fruncieran por tan poca cosa. Ahí cayeron, al ladito de mí, mis compadres Juan Santillana y Fernando Silveyra, y finalmente nos salvamos don Petronilo, Juan Valero y yo gracias a que nuestros pencos tenían más miedo que nosotros. De diecisiete que plantamos frente a los colorados quedamos tres para contarlo, y lo pior fue que los correlones de Arrieta que quedaron vivos cuando la caballería de Argumedo dejó de perseguirlos, se murieron de hambre en el camino porque no había quién los socorriera ni conocían la ruta.

—Los dejaron.

—Los dejé, mi general; ni remedio. A veces sueño con ellos.

—Después de diez años de guerra, todos tenemos esos sueños.

—Pos le contaba que ahí estaba Juanito Reed, que echó a correr cuando vio que las tropas escapaban; se salvó porque, como gringo que era, estaba bien comido. No sé cómo le hizo, pero no lo volví a ver hasta Torreón, cuando andaba con ustedes.

—Mire, compañerito —Lorenzo enseñó su reloj—. Este nos lo regaló Juanito la víspera del ataque al corral de Brittingham. Desde entonces lo cargo.

Callaron varios minutos mientras fumaban y bebían, echando eventuales ojeadas al talud tras el que se ocultaban los soldados del gobierno. Güereca aportó un último dato:

—Ahora que está usted pegado a estos rojos de por acá, sepa que Juanito murió en Rusia, contando la revolución de allá. Dicen que escribió un libro en el que le hablaba de Pancho Villa, de nosotros, a los bolshiviquis esos…

Callaron.

13

Milagros

El general Lorenzo Ávalos Puente tiró el cabo del último de sus puros de San Andrés por la tronera que lo protegía. La tarde empezaba a pardear y calculó que ya no contaría las horas sino los minutos que le quedaban; un último trago y la botella vacía siguió el viaje de la colilla del tabaco. Abarcó de una mirada la parte del prado que le correspondía y volvió a contar: quince federales a veinte, veinticinco metros de cada costado de la hacienda —¿con bombas?—; nueve más cerrando el tapón en la floresta. Ocho villistas bien armados encerrados en la hacienda, quizá alguno más aún vivo, esperando su oportunidad al otro lado del río. Tuvo ganas de besar a una mujer: a Ariadna, a Dolores, a cualquiera. Tuvo ganas de un último sotol, de un tabaco, de un sueñito, de más años de vida. Revisó sus pistolas una vez más.

Los federales atacaron de improviso: subieron al límite del talud y dispararon contra las troneras con aquella afamada puntería sonorense que se cobró la vida del mayor Esteban Elizondo, quien sin un grito cayó con la cabeza reventada. Los tres restantes y los cuatro del otro lado abrieron fuego, pero los federales ya estaban a cubierto. De quince que tiraron, calculó Lorenzo, uno metió su bala a veinte pasos por la rendija de la tronera; malhaya el que les enseñó a tirar.

Cuando esperaba una segunda ráfaga ocurrió lo inesperado: en el bosque estallaron seis u ocho tiros casi simultáneos y luego un fuego graneado, procedente de algunas inconfundibles carabinas .30-30, pero también de armas de menor calibre; se escucharon gritos y maldiciones sin que el general pudiera percibir lo que ocurría. Pasaron dos o tres minutos en ese tenor y de pronto se escuchó el siniestro tartamudeo de la ametralladora encomendada a Carlos de la Isla, la de la ribera sur; las balas volaban con su mortífero mensaje hacia el talud que daba al ala de la hacienda custodiada por Lorenzo y los suyos. Varios gritos atroces demostraron que las balas alcanzaron su objetivo; diez o doce federales saltaron hacia el prado, emprendiendo veloz carrera hacia el bosque. Ninguno llegó: uno a uno fueron cazados por los certeros disparos de Ávalos, Güereca y Escudero. Cuando el último se desplomó, mientras otra ráfaga de ametralladora barría el talud, Lorenzo respiró con alivio por primera vez en muchas horas.

El general dejó a Escudero vigilando desde su tronera y con Güereca se encaminó hacia las posiciones de Margarito Salinas, desde donde gritó hacia el talud:

—¡Ríndanse, cabrones! ¡Prometo por Dios que los dejaré vivir!

Era un albur. Pero había que aprovechar la absoluta sorpresa generada en los anteriores minutos, y funcionó: los últimos quince federales salieron, uno a uno, con las manos en alto. Cuando estuvieron formados frente a la hacienda, Lorenzo señaló a Güereca, Sifuentes y Garay y salió al prado, sembrado de cadáveres. Volvió a hacer cuentas y lamentó su venganza, una torpe revancha que había causado la muerte de quizá treinta y un mexicanos, todos valientes, todos buenos soldados, y al menos dos o tres de los compañeros que situara al otro lado del río. Treinta y un hombres muertos o heridos que habían combatido con valor y pericia, y que lo tenían a su merced hasta la llegada de un refuerzo que aún no comprendía: seguramente un puñado de agraristas de la famosa Liga de Úrsulo Galván.

—¿Quién los manda? —preguntó Ávalos.

—Yo —dijo un hombre delgado de elevada estatura, cabello castaño, nariz aguileña, piel tostada y acerados ojos grises—. ¿A quién me rindo?

—Al general brigadier Lorenzo Ávalos Puente, de la División del Norte, actualmente a disposición de la Secretaría de Guerra y Marina, servidor de usted.

—Capitán primero Juventino Rosales, 43º Regimiento de Caballería del Ejército Nacional, a sus órdenes.

—¿Quién mandaba la columna?

—Los mayores Valenzuela y Garcilazo, que están entre los caídos —contestó el federal, señalando el prado con un amplio ademán de su brazo derecho.

—Bien. Entren a la hacienda, menos dos —dijo el general, señalando al azar a dos soldados—. Ustedes, con mis compañeros, busquen el cuerpo de Garcilazo. Si tengo suerte está herido.

Los dos soldados federales, uno custodiado por Garay y otro por Sifuentes, se encaminaron hacia el prado mientras los otros trece entraron a la hacienda, donde Margarito Salinas y el resto de los villistas los llevaron al sótano con el resto de los prisioneros.

—Amigo Güereca: vaya a ver quién nos salvó la vida —pidió Ávalos luego de que salieran otros dos villistas de la hacienda a averiguar qué había pasado con los puestos encomendados a De la Isla y Anitúa, con las ametralladoras. —Esas tírenlas al río.

El mayor Longino Güereca, de la Brigada Morelos, echó a andar hacia el bosque. Había recorrido la mitad del camino cuando entraron al prado ocho hombres que llevaban tras de sí un buen hato de caballos, con las armas embrazadas pero apuntando al suelo en son de paz. A veinte pasos, Longino reconoció a los tres que marchaban al frente: Miguel López, Florentino Lucero y Macario Trevizo.

La voz de Espiridión Sifuentes, que había sido soldado federal hasta 1913, cuando se pasó a la revolución, dominó la noche:

—¡Acá está!

Lorenzo, seguido por Margarito Salinas, que salió de la hacienda, se dirigió hacia el punto donde Sifuentes y el federal habían encontrado al oficial.

—Todavía vive, mi general —dio parte Sifuentes.

Lorenzo se sentó en cuclillas frente al hombre moreno de vidriosos ojos, cuyas vísceras asomaban a la última luz del crepúsculo por una espantosa herida. Era uno de los quince que se desplegaron frente a él durante varias horas; quizá, pensó Lorenzo, él mismo le había causado la herida por la que no tardaría en escapársele la vida.

—¿Mayor Garcilazo? —le preguntó.

—Lo que de él queda —musitó el federal con un hilo de voz.

—A usted lo buscaba.

—Ya me encontró… ¿villistas?

—Villistas.

—Ya está vengado. Acábeme de matar.

—Lo curaremos.

—Usted sabe que no es posible, y entre más hable, menos vida me queda. Si me acaba de matar, le cuento.

—Prometido —se comprometió Lorenzo tras breve duda: era evidente que el sonorense no tenía salvación posible.

—La cagaron, con su perdón. No fui yo, fue un gringo, Holmdahl, que ya ha de haber entregado la cabeza a quienes lo hayan mandado de aquel lado. Nosotros nomás hicimos la finta pa distraerlos a ustedes, y Durazo, mala puta la que lo parió, cobró una buena lana…

—¿Durazo?

—Sí, pero ni él sabe… para esta fecha ya no los encontrarán nunca, ni aunque cacen al tal Holmdahl…

El hombre se moría. Lorenzo meditó: ¿todo eso para vengar a un cadáver que era polvo, nada?

—Ahora cumpla… acábeme de matar.

14

Levantando el campo

El general Lorenzo Ávalos Puente desenfundó la pistola que le regalara el Jefe durante la segunda batalla de Torreón, y viéndolo a los ojos, apoyó el cañón en la frente del mayor José Elpidio Garcilazo. El sonorense sostuvo la mirada del de Durango y luego cerró los ojos y empezó a rezar, con la última voz que le quedaba, un padrenuestro. Al llegar al "santificado sea tu nombre" recibió la bala. Lorenzo descargó el resto del tambor sobre la húmeda tierra y tiró la pistola.

—Si alguien la quiere es suya, pero está maldita.

Nadie la recogió. Lorenzo pensó en los doce años que la cargara, los doce años que la portó noche y día, los once años que esa pistola de probada eficacia jugó en su mano. Los hombres que habían muerto, los que había matado.

Sin una segunda mirada para Garcilazo se encaminó hacia la entrada de la hacienda seguido por Salinas, Sifuentes y el soldado federal; allí los esperaba el resto del grupo excepto los hombres enviados al otro lado del río. Lorenzo se sentía mortalmente cansado, con ganas de sacar de su funda la otra pistola, la que le regalara el general Toribio Ortega en Zacatecas, para aplicarse el mismo tratamiento que recetó a Garcilazo, solo que aún tenía que sacar a sus compañeros de la encerrona en que los había metido. Al reconocer a Miguel López, ordenó con sequedad:

—Parte.

—Parte, mi general. Como ordenó, destruimos el hilo del telégrafo y regresamos al rancho. Como usted dijo, vimos pasar a los federales desde ahí. Cuando los contamos, pensamos que eran muchos y tras deliberar decidimos desobedecer sus órdenes y seguir sus huellas; tres que somos, les íbamos a hacer falta.

—Se agradece.

—En el camino se nos unieron estos amigos —López señaló a cinco campesinos armados con escopetas de cacería. Uno de ellos dijo:

—Adivinamos que iban a pegarle a los federales; tanto ruido no sería en vano…

—Se agradece —repitió Lorenzo mirando al campesino.

—Estos amigos nos guiaron hasta lo alto de aquella loma, y desde ahí vimos cómo estaba la cosa. Disparamos contra los que cuidaban las bestias y los que se apostaban en las orillas, y el resto fue cosa de ustedes.

—De aquel amigo —Lorenzo señaló hacia el extremo del prado, donde Carlos de la Isla venía acompañado por Mayolo Martínez, el hombre que había ido a buscarlo. También se acercaba, por el rumbo opuesto y con las manos vacías, Concepción Escudero.

—¿Qué hay, amiguito?

—Anitúa y Rosales estaban bien muertos; los tiré al río, junto con la ametralladora —informó Escudero.

—Lo mismo el compañero Ávila, mi general. Ahora descansará en el Golfo de México, si no se lo comen antes los cocodrilos —dijo Carlos de la Isla.

Los villistas inclinaron la cabeza. Los creyentes rezaron un padrenuestro; alguno buscó el clarín de los federales y tocó silencio. Lorenzo les dio tiempo y luego dictó sus órdenes.

—Es hora de irnos. Murieron cuatro villistas y treinta y un valientes más, pero no tenemos tiempo ni de quemarlos. Los rendidos están encerrados en el sótano y de ahí los sacarán las autoridades o los soldados que lleguen. Cada uno escoja las dos mejores bestias y olvídense de cualquier peso extra. —Luego, dirigiéndose a los campesinos, agregó—: Ustedes agarren lo que quieran, pero váyanse de aquí en quince minutos.

Los once villistas, montando los caballos de los guardias de la hacienda y llevando cada uno una bestia de recambio, salieron en fila detrás de Lorenzo por el camino que los condujera a aquel meandro del río Tonto en tierras de Oaxaca; tenían por delante toda la noche y esperaban llegar con el amanecer a la estación de Fortín de las Flores. Cabalgaron en silencio, hundidos en sus pensamientos, sin más pausas que las necesarias para cambiar de un caballo al otro, sin más vueltas que las exigidas para no entrar a las poblaciones, sin más carga que las armas con las que llegaron, un petate, una manta, una petaca que ya no tenía sotol pero había sido rellenada con aguardientes de caña, una bolsa de nueces o carne seca en la hacienda sembrada de cadáveres. El general llevaba en sus alforjas dos botellas de vino de Burdeos que fue consumiendo durante la cabalgata.

Marcharon en la oscuridad, sin guía pero sin duda. Fue una noche mortal, aunque no peor que las de otros tiempos, solo que no eran los mismos, pensó Lorenzo: eran cinco, diez, quince años más viejos. Y con treinta y cinco muertos más en la conciencia, los que vería en sus pesadillas, como los pobres indios tepehuanes que Longino Güereca veía en las suyas.

Pasando Tezonapa abandonaron la mitad de los caballos y llegaron al rancho del que partieron, cerca de Fortín, a las siete de la mañana. Se resignaron a abandonar sus ropas y sus carabinas: vestidos como campesinos, sucios y cansados, con las pistolas disimuladas pero vivos, marcharon a la estación en grupos de tres y dos. Subieron al tren con la certeza de que una vez más, contra todo pronóstico, habían salvado sus vidas.

Sin embargo, cuando silbó la locomotora, Lorenzo se levantó, abrazó a Salinas y a López, sentados junto a él, y les dijo:

—Todavía tengo un pendiente en Veracruz. Los busco llegando a Torreón, cuando llegue; además, me tocará pagarles.

—Nada que pagar, mi general —dijo Salinas. Pero no había ánimos ni tiempo para despedidas sentimentales, y Lorenzo se apeó cuando el tren iniciaba su marcha. Sucio, hecho polvo, pidió una cerveza en la cantina de la estación, esperando el tren que lo llevaría con rumbo opuesto al de sus compañeros.

15

Cárceles

El general Lorenzo Ávalos Puente trató, en vano, de descansar en el camino hasta Veracruz. Los fantasmas que agitaban e interrumpían sus sueños eran de los que solía conjurar con sotol, los que lo hacían vivir, revivir aquellos episodios de los que nunca se platicaba en las cantinas con los compañeros, los del miedo propio, los del terror causado. Nadie nunca hablaba de eso. En torno a las hogueras, en los vivacs de campaña, en las mesas de cantina se rememoraban los momentos de gloria, las hazañas de valor, los episodios tragicómicos de la guerra; nunca el temor, eso se reservaba para uno. Nadie contaba del espanto, del pavor que a cada uno le llegaba en las noches. Sin duda, la sangre recién derramada había convocado en Lorenzo aquellos miedos, aquellos muertos, aquellas vergüenzas.

Bajó del tren sintiéndose miserable. Buscó otra vez el malecón y la vista del mar, pero no era el mismo mar: ráfagas de viento helado se colaban por las rasgaduras de su delgada camisa de manta, y bajo el encapotado cielo, un oleaje gris y sucio lo miraba. Dio media vuelta. Necesitaba beber a Ariadna, buscar a Ariadna, amar a Ariadna; quería desposarla —aunque tuviera esposa en Cuencamé— y llevarla consigo. Pero no llegó: en la esquina de aquella casa en que la hizo suya ese martes de carnaval tan lejano en el tiempo y tan cercano en la memoria, le marcaron el alto dos gendarmes pistola en mano.

—¿El general Lorenzo Ávalos Puente?

—Yo mismo.

—Dese preso. Y cuidado con la pistola, que tengo el índice muy sensible.

Entre los dos números, como un criminal cualquiera, las manos atadas a la espalda, fue conducido a la cárcel, donde lo arrojaron sin miramientos a una celda atestada y maloliente. Estaba llena de invertidos aprehendidos el miércoles de ceniza por querer prolongar el martes de carnaval más allá de lo permitido: los disfraces de señora medio deshechos por el forcejeo con los gendarmes, los caños de la barba asomando ya, el contraste entre los afeminados y los hombrones que podrían echar un pulso con él y vencerlo, lo pusieron a la defensiva. No es que fuera de esos que los consideraban "contra natura", de los que los odiaban: solo se sintió aturdido ante la cantidad y la naturalidad de sus compañeros de infortunio. No es que lo hubiesen criado para detestarlos: sencillamente en Cuencamé no había más invertidos que el barbero y el hijo de don Laureano Ávila, "que me salió mujercito", como decía filosóficamente el hombre, dejando que el benjamín de su numerosa prole trabajara como cocinero en la casa grande de la vecina hacienda de Atotonilco de Campa; otros dos de sus hijos, recordó Lorenzo, murieron en la revolución.

Luego, en la guerra, vio a otros, tan machos como el que más, pero que a la hora del saqueo preferían a los mozos de casa rica en lugar de las doncellas. Más de un general afamado se contaba entre ellos: Buelna, el Granito de Oro, valiente hasta la temeridad, buen amigo y bello como un doncel griego, a decir de los muchachitos que lo acompañaban; el carranclán Villarreal, que quiso ser presidente de la República; y también, según decían muchos, en voz baja y bien lejos de donde él pudiera oírlos, Rodolfo Fierro, que no discriminaba entre las mozuelas que se derretían por sus encantos y los lánguidos adolescentes de adineradas familias que le echaban seductoras miradas.

El saqueo. Tampoco hubo tantos en los que la gente se desmandara, quizá tres o cuatro antes de 1915 y unos diez o doce después de 1916. El más sonado fue el de la toma de Durango, en julio de 1913, y justo ahí vio a cuatro oficiales sodomizar alternativamente a un adolescente. Lorenzo se había unido por propia voluntad a las fuerzas de la Brigada Morelos, que a las órdenes de Román Arreola y Petronilo Hernández trataban de contener el incendio y el pillaje cargando contra los pobres de la ciudad, a los que les echaban encima los caballos y golpeaban con el plano de los sables o machetes, o a falta de arma blanca, con la culata de la carabina. El general Tomás Urbina, el León de Durango, ordenó expresamente:

—¡Paren este desmadre pero no quiero muertos, señores, que nosotros no matamos probes en defensa de los ricos!

Así fue ese saqueo: la gente de Arrieta y Pazuengo se sumó a los miserables aquellos que invadieron el centro y los barrios ricos tan pronto se desplomó la defensa federal, aun antes de que entraran los revolucionarios. De hecho, las brigadas Juárez y Primera de Durango se acuartelaron por órdenes de sus jefes, los generales Calixto Contreras y Orestes Pereyra, y solo dos regimientos de la Morelos y uno de la Primera de Durango, los de mayor disciplina, estaban en la calle. Con ellos iba Lorenzo, con permiso de don Calixto Contreras.

La vista de los oficiales, también bastante jóvenes, que veían a uno de ellos encular al chico que aún conservaba, ya abierta, la casaca y en los tobillos el pantalón del elegante uniforme de las Defensas Sociales —los hijos de los ricos y las clases medias que se unieron voluntariamente a los federales "para defender su ciudad"— soliviantó a Lorenzo y a un mayor de la Brigada Urbina, que los encararon pistola en mano:

—¡Qué hacen, hijos de la chingada!

—¡Nada que le importe, cabrón! ¡Y haré como que no escuché lo otro! —contestó uno de los de oficiales de Pazuengo, notoriamente bebido.

—Además al vato le gusta, él quiso —completó un segundo.

—Él solito nos lo ofreció y nos puso las nalgas —terminó el tercer oficial espectador, mientras el cuarto seguía en lo suyo.

—¿Es cierto? —preguntó Lorenzo pistola en mano, el dedo en el gatillo, al "social", que interrumpió sus labores.

—¡Ay, señores jefes! —exclamó, acentuando su amaneramiento—. De que me metan otros fierros a que me metan estos... Siempre preferiré estos, ¿verdad, papacito? —y el esbelto y semidesnudo joven acarició la mejilla del oficial que se lo estaba cogiendo.

Ciertamente los lagartijos de la Defensa Social iban siendo exterminados sistemáticamente por los saqueadores; éste seguro se salvaría.

—Pues si es por mutuo acuerdo, señores, háganlo en privado —dijo el mayor de los de Urbina, dando vuelta a su caballo.

—Total, que en esta guerra hemos aprendido que puto es el primero que corre y no el que prefiere la verga —dijo Lorenzo, más para sí mismo que para los demás.

De aquella depredación, de esa noche brutal, venían algunas de las escenas de miedo y horror que algunas noches desvelaban a Lorenzo; pero no las peores, porque a fin de cuentas él no las había causado.

No era, pues, de los que detestaban o perseguían a los invertidos, pero tanto descaro lo pasmaba. La familiaridad, la estridencia de las voces, la cantidad de individuos con él encerrados —trece o catorce, pero quizá un centenar en total en el resto de la cárcel— lo llevaron a pensar que a lo mejor entre los veracruzanos había más maricones que en el resto del país, hasta que por las charlas fue comprendiendo que llegaron de todos lados: de varias ciudades del estado pero también de México, de Puebla, de Pachuca, de Tampico...

—¿Y tú por qué caíste, papacito, si no eres de los nuestros? —preguntó un varón de su estatura, cetrino, mal encarado y de pelo en pecho que le asomaba por el escote de un vestido de seda roja escandalosamente corto, bajo el cual asomaba un par de piernas peludas. El hombre se contoneaba en equilibrio sobre unos agudos tacones y fumaba un fuerte cigarro que le recordó a Lorenzo que había sido un error caer en prisión sin tabaco; miró el tizón con envidia hasta que su interlocutor le ofreció. Tomó el cigarro brindado y aceptó el fuego del travestido.

—Todavía no me dan razón —dijo Lorenzo.

—Algo grave habrás hecho —dijo el hombre—, porque las dos semanas que siguen al carnaval nos reservan la cárcel a nosotras, ¿verdad, muchachas?

—Verdad —contestaron varios, haciendo rueda en torno a Lorenzo.

Fue entonces cuando uno de los más afeminados, que en la calle podría haber sido confundido con mujer, con largo vestido de noche y casi lampiño, de blonda cabellera y grandes ojos castaños acentuados con el rímel, se acercó contoneándose sobre sus altos tacones.

—El general Lorenzo Ávalos Puente, ¿verdad? —dijo sin impostar la voz.

—A sus órdenes.

—Capitán segundo Baldomiro Montellano, Brigada Primera de Durango, pa servirle, mi general —el hombre le tendió la mano, cubierta por un guante de seda negra que le llegaba arriba del codo; el apretón fue firme y viril—. ¿No se acuerda de mí?

Lorenzo lo miró largo. De no ser porque acababa de recordar aquella escena de julio de 1913 no lo habría reconocido, pero las cejas finamente delineadas, las delicadas facciones le recordaron la descarada y desafiante mirada de aquel "social" de escasos quince años por entonces, y buscó confirmación:

—¿La toma de Durango, la gente de Pazuengo?

—Eso es, nomás que los de Pazuengo nos juntamos con la gente de don Orestes lueguito de aquello; usted siempre fue famoso por su memoria. Gracias a esos hombres pude ser quien siempre quise, ser quien soy. No sé qué piense, general, pero si una revolución permite que la gente sea lo quiere ser, es una buena revolución.

—Nunca lo habría pensado de ese modo, capitán…

—Señorita, mi general, si me hace el favor.

—Nunca lo había pensado así, señorita, pero pueque tenga usted razón. ¿O sea que después de aquello se unió a la bola?

—Me fui con ellos cuatro, mis hombres; a todos los mataron —explicó Montellano y luego, volviéndose al resto, dijo—: este, señoritas, es un general villista de los meros buenos. Si está aquí en la cárcel, seguro debió andar en el escándalo ese que se cuenta desde anoche, de unos norteños que madrugaron a los federales cerquitas de Tierra Blanca —el "cerquitas" denunciaba el origen geográfico del exrevolucionario.

—Si usted es enemigo de los federales —dijo el primer hombre—, es nuestro amigo.

Lorenzo pasó los dos días siguientes en esa compañía: comerciantes que en Puebla tenían tienda, familia y nombre decente, y que una vez al año, por tres, cuatro días, eran quienes querían ser; obreros de Tampico, tejedores de Orizaba, abogados moleros de Querétaro, ferroviarios de Apizaco que se amaban en secreto, y también prostitutos que vestían de mujer todas las noches y eran preferidos por hombres ricos y respetables en tantos burdeles de la República; todos, una vez al año, se reunían en Veracruz.

La novedad de sus recientes amigos le permitió reservar para las horas nocturnas el recuerdo de la postrera mirada de Garcilazo; la permanente actividad, el constante chismorreo de los invertidos que iban siendo liberados uno a uno, le ayudaban a no pensar en Ariadna a cada momento. Pero pensaba en ella, le seguía doliendo, le dolía como no creyó que pudiera doler, y las dos noches que pasó en prisión fueron otras tantas de doliente insomnio. Finalmente, entrada la mañana del tercer día, un gendarme gritó:

—¡Eeese Lorenzo Áaaaavalos! ¡A la reja!

16

Despedidas

El general Lorenzo Ávalos Puente fue recibido afuera de la cárcel por un hombre vestido de guayabera y elegantes pantalones de lino, al que recordó haber visto al lado del gobernador la mañana del martes de carnaval. El hombre lo saludó y le dijo:

—Con todo respeto, general, ¡cómo es usted pendejo! ¡Regresar a Veracruz después de la que armó! Los federales y los gachupines se quieren beber su sangre.

Lorenzo calló. ¿Qué podía decirle?

—Pero sus amigos se movieron y al final el gobernador les garantizó a los federales, previo acuerdo con la Secretaría de Gobernación, que usted saldría del estado sin hacer ruido para no volver nunca, y aquí me tiene. Agradezca al gobernador y a sus amigos Úrsulo Galván y Herón Proal, porque los otros querían que se secara aquí.

Acompañado por el funcionario y dos escoltas, Lorenzo recorrió en un coche de alquiler las desoladas calles de Veracruz. La ciudad lucía muerta bajo el cielo nublado y entre las ráfagas de aire frío con gotas de helada llovizna; parecía otro mundo o quizá solamente la otra cara de la misma moneda, una ciudad ajena a la que días antes hiciera suya.

En la estación el funcionario le entregó su pistola y un boleto para la ciudad de México en el tren que estaba por salir. Lorenzo caminó por los andenes, la cabeza ocupada en pensamientos tan encapotados como el cielo, las botas pesándole más a cada paso, la garganta hecha nudo, sintiéndose sucio, miserable, cuando escuchó una voz de sueño:

—Lorenzo querido. —Sí, era Ariadna. Ariadna, ataviada con un discreto vestido marrón, cubierta con un sombrero, disimulado el rostro tras vaporoso velo; Ariadna, que lo miraba, o Lorenzo suponía que lo miraba, recargada en el tren. Se sintió más sucio que antes cuando la mujer amada lo besó buscando su lengua, él respondió y pasó a sus oídos y su garganta, desabrochando los botones más altos de la blusa para acceder a los pechos; Ariadna echó hacia atrás el cuello, presentando su elegante línea a los labios ardientes del general.

—Vente conmigo —murmuró con voz sorda, irreconocible.

Lorenzo bebió el sudor que brotaba de la piel de Ariadna; la oprimió contra el vagón, haciendo caso omiso del silbido de la locomotora; hundió su cabeza entre los pechos generosos.

—Vente conmigo —volvió a decir.

Sin soltar su cintura con la izquierda, con la diestra le fue subiendo la falda hasta que pudo meter la mano debajo y acariciar el muslo desnudo, deslizándola luego lentamente hasta la nalga.

—Vente conmigo —dijo por tercera vez.

El tren empezó a moverse y ella, sudorosa y agitada, se soltó de los brazos de Lorenzo.

—No puedo —dijo casi en un sollozo—. No puedo. Mucho hice, mucho desobedecí con venir a verte. ¡Sube, sube o te matan, amado mío! ¡Sube o me matan también a mí!

Ariadna hablaba entre sollozos, adivinando la única manera de hacerlo subir al tren que se marchaba, antes de darse vuelta y salir corriendo.

—Vente conmigo —volvió a pedir él a la mujer que huía.

—¡Adiós, adiós, amor! —se volvió ella, mandándole un beso desde el extremo del andén.

En los días, los meses, los años siguientes, Lorenzo pensó que hubiese querido ver la mirada postrera de Ariadna, pero sus ojos, más que empañados, a punto de las lágrimas, no pudieron captarla. Ni siquiera pudo despedirse. Tenía la garganta completamente cerrada, taponada por una honda tristeza que subía desde el pecho. Alcanzó de un brinco la barandilla y quedó ahí paralizado. Vio el vuelo de la falda de Ariadna y quedó clavado en la escalera, atesorando su figura que escapaba.

Muchos kilómetros adelante un inspector lo obligó a entrar al vagón y sentarse en un duro banco de segunda clase. Rodeado de viajantes y señoras, Ávalos no podía dar rienda suelta a las lágrimas que se le agolpaban en los ojos, al grito atorado en la garganta, a las ganas de echarse abajo del tren, entre las ruedas... A la mirada de Garcilazo, que volvió a confundirse en su memoria con la última de Ariadna.

"Los hombres no lloran", recordó Lorenzo que le habían enseñado desde chiquito, allá en el rancho inmediato a Cuencamé. "Los hombres no lloran", repetían aquellos cuya vida era tan dura que debió ser puro llanto. "Los hombres no lloran", creyó él hasta que la revolución le enseñó que no era cierto, que todos los hombres lloraban alguna vez, que los que no lloraban no eran hombres. En Paso del Macho bajó al andén: no había sotol y el aguardiente que vendían no le inspiró confianza, de modo que compró dos botellas de habanero y gastó sus últimos pesos en cuatro puros de San Andrés.

Tabaco y ron. La mezcla de sabores le evocaba aquellas veinticuatro horas de su vida en el puerto de Veracruz, aquella paz del trópico, aquella piel de mujer. "Tabaco y ron, azúcar y canela", le habían dicho. Hasta mediada la botella, más allá de Córdoba, esos fueron sus recuerdos; cerca ya de Fortín llegaron otros. Recuerdos de antiguas muertes y de sangre reciente, derramada por su ánimo revanchista. Pensó que para volver a vivir, para regresar, no hacía falta tanta sangre. Pensó que en las cuentas que echaba ni siquiera había considerado al sargento Cabrera y los otros tres o seis soldados muertos en las calles de Parral. Demasiados muertos por una osamenta, aunque fuese la del Jefe.

En la estación de Orizaba el tren hizo un alto de casi cuarenta minutos. Lorenzo, con hambre canina, miró a la gente comer y mercar en los andenes, y evocó una canción que últimamente se cantaba en las cantinas de Torreón: "De sus dorados nadie quiere recordar/que Villa duerme bajo el cielo de Chihuahua". Y pensó que era otro infundio, otro más de tantos: de sus dorados nadie olvidaba al general Francisco Villa. *Ninguno*, pensó, *ninguno dudó en acompañarme, en respaldar mi loca aventura*. Terminó la primera botella, decidió guardar la segunda y se acordó, de la guerra, que quien duerme come. Antes de dormir, decidió que ya era hora de volver.

Lo sacó del sueño el escándalo de una murga que destrozaba, con instrumentos que no venían a cuento, la "Carabina .30-30"; veinte gargantas desafinadas se unieron a la pantomima en cuanto la canción llegó a la parte aquella en que "gritaba Francisco Villa…". Lorenzo se despertó sobresaltado y echó mano a su pistola con cacha de nácar, la que le diera el general Toribio Ortega tras la toma de Zacatecas, cuando le encomendó la crianza de la hija que quedaba huérfana. Un inspector ferroviario lo miraba socarronamente:

—¿El general Lorenzo Ávalos Puente?

—Me voy a escribir un letrero con mi nombre, carajo.

—Ahí lo buscan los compañeros —informó el ferrocarrilero.

Lorenzo echó una ojeada a los andenes y vio a medio centenar de campesinos ensarapados, con banderas rojas, que cantaban sin afinación posible:

"Ya nos vamos pa Chihuahua,
ya se va tu negro santo,
si me quebra alguna bala,
ve a llorarme al camposanto"

—¿A poco también usted es rojo, compañero? —preguntó Lorenzo.

—Todos los del riel que fuimos villistas, mi general, estamos en el sindicato rojo.

Lorenzo lo miró a la cara pero no lo identificó. Estaba harto de reconocer gente. Le estrechó firmemente la mano y bajó al andén, donde lo esperaban Úrsulo Galván, Herón Proal y el resto de los camaradas, que uno a uno lo abrazaron entre gritos de "¡Viva Villa!" y "¡Viva la revolución!", mientras el tren partía entre humo y ruido bajo un alto cielo azul.

Pasadas las primeras efusiones, Lorenzo preguntó:

—Don Úrsulo: me advirtieron que no querían saber nada de mí en Veracruz, que me perdonaban si me iba para no volver, y ustedes aquí haciendo escándalo.

—Estamos en Puebla, mi general: Veracruz empieza detrás de aquella loma.

Arrastrado por sus recientes amigos, que lo abrazaban, lo felicitaban, le pedían que les contara el combate, Lorenzo fue llevado hasta una mesa donde lo esperaban moles lujuriantes y tortillas de comal que ingirió con ferocidad entre trago y trago de mezcal. En un respiro, inquirió:

—¿Cómo le hicieron para sacarme?

—Desde 1922 se dictó un decreto de expropiación que afectaba esa puta hacienda, chico —explicó Galván, y Lorenzo recordó una frase a la que no prestó debida atención aquella tarde en que planearon el asalto mientras comían camarones frente a la laguna de Mandinga.

—Tres pueblos de Veracruz iban a recibir sus ejidos —continuó Galván—, pero el cabrón del hacendado consiguió un amparo cuando ya habíamos tomado posesión, y nos sacaron a la fuerza. Nos chingaron a tres compañeros.

—Nosotros metimos una demanda de nulidad del amparo, llevaba dos años en el juzgado federal y ya estaba lista —entró Herón Proal al relevo donde Úrsulo dejara el relato—: un juez amigo nos avisó y le pedimos que esperara para hacer pública la resolución. El amparo se echó abajo el mediodía de la noche que usted quemó la hacienda, de modo que técnicamente los federales violaron la ley al atacarlo.

Lorenzo siguió comiendo mientras los demás se cortaban la palabra unos a otros para contar batallitas legales, idas y venidas al Departamento Agrario y la Secretaría de Agricultura y Fomento, resoluciones de los juzgados, abogados amigos, imprevisibles detalles técnicos del código o su jurisprudencia y asuntos similares. *No hay duda*, pensó Lorenzo, *el derecho agrario mexicano y su aplicación son la encarnación de eso que se llama atole con el dedo*. Por fin, Úrsulo Galván dejó ese tema y le contó:

—¿Sabe, general, que la muchacha esa de usted era agente de la policía?

El rostro de Lorenzo se descompuso en un rictus indescifrable; otra vez miedo, otra vez dolor. De nuevo lamentó no haber visto esa última mirada de Ariadna en la estación, de no haber apreciado en esa despedida si predominaba el trazo del amor o el de la traición.

—¿Ariadna? ¡Pero si la conocí en las oficinas del Partido Comunista!

—Ahí estaba infiltrada, la puta. Algo supo de sus intenciones, porque venía acá con órdenes de enemistarnos a nosotros con el gobernador, aprovechando las andanzas de usted.

Tantas veces Lorenzo descubrió infiltrados en sus filas, que ahora una parte de su consternación residía en no saber si estaba perdiendo agudeza, si estaba envejeciendo, o si era la tragedia de descubrir que el amor puede ser un arma infalible.

—¡Pero yo no hablé delante de ella!, ¡ni en México ni acá!

—Pues alguien le contó. Tras verla en acción, a alguien se ha de haber cogido.

Lorenzo sintió un vacío en el estómago que subió hasta el corazón. Bebió su vaso de un trago y recordó la despedida, las lágrimas que Ariadna había derramado hacía apenas pocas horas. Bebió y quiso llorar. Pensó en Fermín Valencia o, más probablemente, en su joven acompañante, González, gozando en los brazos de Ariadna. Sintió el impulso de regresar a Veracruz para matarla. Sintió el impulso de regresar a Veracruz para robársela y llevarla consigo al norte.

—¿Encontró lo que buscaba, mi general? —Galván interrumpió su tristeza.

—Sí y no, don Úrsulo. No encontré la cabeza de Pancho Villa ni la voy a encontrar, pero encontré que la revolución está viva. No encontré a la División del Norte, que no se halla enterrada en Parral sino en el Bajío, pero sí al villismo, que sigue activo. Encontré que hay que volver a unir, como en 1914, la revolución del norte con la del sur, la de ustedes, porque no está muerta pero sí vencida: esos aliados suyos, que nos chingaron a nosotros y están en el poder, no gobiernan para el pueblo y solo dan atole con el dedo para ir bajando despacito la presión.

—Es cierto —interrumpió Proal, que tomaba agua vil entre tantos bebedores de cerveza—. Lueguito que se fue he estado pensándolo, chingá, y lo platiqué acá con Úrsulo y los compañeros: esos cabrones no quieren la revolución, ni siquiera la reforma agraria, y nosotros hemos sido sus pendejos útiles. Nos han usado para evitar que todo explote otra vez, pero tienen su propia ruta y la están sembrando con nuestros muertos.

—¿Y entonces? ¿No tiene remedio? —preguntó uno de los líderes.

—Sí lo tiene —dijo Lorenzo poniéndose en pie, mirando a los ojos a cada uno sus contertulios—. Hay que empezar otra vez desde el principio. Como en 1910.

Ante la expectación de sus compañeros, el general Lorenzo Ávalos Puente remató con absoluta seriedad:

—Hay que tirar a este gobierno de mierda.

Noticia

Este libro es una obra de ficción, lo que significa que los personajes que en él aparecen, sobre todo los reales, son imaginarios. Significa también que contiene transpolaciones, suposiciones y aberraciones históricas. Significa, a fin de cuentas, que hice con los personajes, los tiempos y los lugares lo que me vino en gana.

Sin embargo, es cierto que Lorenzo Ávalos Puente, Nicolás Fernández, Sóstenes Garza, Daniel Tamayo y Ramón Contreras estaban entre los cincuenta oficiales que Pancho Villa eligió para su exilio interior en Canutillo. Es cierto igualmente que Ramón Contreras fue el único superviviente de la emboscada en que fue asesinado el Centauro del Norte el 20 de julio de 1923.

Asimismo es cierto que Juan B. Vargas fue dorado y luego escribió crónicas maravillosas sobre la revolución en el norte; que el general Severino Ceniceros impulsó el reparto agrario en la región de Cuencamé y fue senador de la República; que Margarito Salinas fue oficial de la Brigada Robles y que Úrsulo Galván y Herón Proal dirigieron uno de los más interesantes experimentos sociales del siglo XX mexicano. Pero se trata de otros: el general Lorenzo Ávalos Puente, nacido en San Bartolo, Durango, que se lanzó a la revolución a los treinta años, fue jefe de regimiento en la Brigada Juárez de Durango, luchó con Pancho Villa hasta 1920, se quedó con él en Canutillo, participó en la rebelión escobarista y fue uno de los principales asesores del general Lázaro Cárdenas durante sus magníficas jornadas agraristas en La Laguna, es otro Lorenzo Ávalos Puente, no el de esta ficción. Espero que sus descendientes y quienes en Cuencamé lo siguen admirando, perdonen al Ávalos de este libro y sus torpezas, vicios y debilidades, que son los del autor, y así con todos los demás.

Páginas de esta ficción fueron tomadas y aderezadas de otras: crónicas y personajes de Jorge Ibargüengoitia, Paco Ignacio Taibo II, John Reed, Rafael F. Muñoz, Francisco L. Urquizo e incluso Nikolai Ostrovski, se cuelan de pronto, sin permiso, por aquí y por allá. Quizá se trate de un involuntario homenaje.

La ficción tiene límites: nadie puede inventar a Pancho Villa. Nadie puede inventarse este país.

No resta sino agradecer a quienes leyeron alguna de las versiones previas y me ayudaron en la inesperadamente difícil ruta del constructor de ficciones: Ana Elena Payán, Daniel Mesino y Alfonso Nava, editores; Paco Ignacio Taibo II, novelista; Andrea y Luis Arturo Salmerón, mis hermanos, y mis amigos María Trejo, Carlos Díez y Bernardo Ibarrola. También al colectivo cibernético en donde me entrené a escribir de esta forma, en particular a los que quedan: Andrea May, Pablo Martínez Burkett, Eduardo Darío Radosta y Daniel Primo, en la Argentina; y Rebeca Navarro, Jorgina Mayor, Sonia López Luna, David Reche e Iñaki Saracibar, en España. Y por supuesto, lectora atenta y persistente impulsora, mi Gaby. Para ellos y para todos mis amigos es este libro.